汉葡对照

展现中国经典作品　传播中国文化精髓

中国文学
经典作品选讲

Excertos do Cânone Literário Chinês

薛　红　陈　迁　胡蓉洁　编
唐思娟　杨　敏　周心语　译

世界图书出版公司
广州·上海·西安·北京

图书在版编目（CIP）数据

中国文学经典作品选讲：汉葡对照 / 薛红，陈迁，胡蓉洁编；唐思娟，杨敏，周心语译. —广州：世界图书出版广东有限公司，2022.8

ISBN 978-7-5192-9508-0

Ⅰ. ①中… Ⅱ. ①薛… ②陈… ③胡… ④唐… ⑤杨… ⑥周… Ⅲ. ①中国文学—古典文学—文学欣赏—汉、葡 Ⅳ. ①I206.2

中国版本图书馆CIP数据核字（2022）第129543号

书　　名	中国文学经典作品选讲（汉葡对照） ZHONGGUO WENXUE JINGDIAN ZUOPIN XUANJIANG（HANPU DUIZHAO）
编　　者	薛　红　陈　迁　胡蓉洁
译　　者	唐思娟　杨　敏　周心语
策划编辑	刘正武
责任编辑	魏志华　李　婷
装帧设计	书窗设计
责任技编	刘上锦
出版发行	世界图书出版有限公司　世界图书出版广东有限公司
地　　址	广州市海珠区新港西路大江冲25号
邮　　编	510300
电　　话	020-84184026　84453623
网　　址	http://www.gdst.com.cn
邮　　箱	wpc_gdst@163.com
经　　销	各地新华书店
印　　刷	广州今人彩色印刷有限公司
开　　本	787 mm × 1 092 mm　1/16
印　　张	13
字　　数	253千字
版　　次	2022年8月第1版　2022年8月第1次印刷
国际书号	ISBN 978-7-5192-9508-0
定　　价	45.00元

编写说明 Palavras das Autoras

本书是针对母语为葡萄牙语的汉语学习者的高年级教材用书，也可作为中国文化爱好者的兴趣读物。此书是为以葡萄牙语为母语的学生提供相对全面介绍中国文化的教材，同时兼顾学生的古代汉语学习，是将中国文化类教材与古代汉语类教材相结合的一种尝试。出版之际，特作如下说明：

一、本书按年代先后顺序分为先秦两汉时期、魏晋南北朝时期、唐代、宋代、元明时期、清代六个部分。

二、本书以文化发展为脉络，力图通过简短的篇章呈现中国古代文化的梗概，并梳理中国文化的源头及影响，呈现中国的精神文化特色。作品选录上遵循选取经典作品的原则，同时兼顾文化脉络的代表性，希望以经典的篇目传递出有代表性的文化现象和精神气质。本书的最大特色是以具体的篇目呈现文化脉络，将文学时期与经典作品紧密结合，对年代背景做大致的介绍，并结合作品进一步说明，以文化发展及延续作为主要线索贯穿全书。

三、本书的翻译面临的最大挑战是中国和葡语国家的文化差异。如果采取直译的方式，很容易造成读者的误解，所以在翻译时以中文释义和英文经典翻译作为参考，在尊重葡萄牙语表达习惯的基础上，尽量原汁原味地向读者呈现古代汉语的魅力。对于文中个别中国文化的特色表述，则加以注释翻译，以便国外学习者更好地理解节选内容。

四、课后练习设计上力图加深对文本的思考与拓展，在思考题和文句翻译中增加可拓展的线索，引导学生进一步学习中国文化，同时也给予授课教师发挥和引申的空间。

五、本书所选篇目主要集中在古代汉语作品即文言作品上，对古代白话文篇目未涉及。

六、本书编写过程中，吸收了许多古代文化、文学研究以及古籍整理的成果，由于本书是教材，没有一一注明，特此致谢。

七、本书由薛红、陈迁主编，具体分工如下：先秦两汉部分由陈迁负责编写，魏晋南北朝、元明、清等部分由薛红负责编写，唐宋部分由胡蓉洁负责编写，唐思娟、杨敏、周心语翻译，巴西籍外籍教师杰克琳·佩雷拉·努内斯（Jakeline Pereira Nunes）和葡萄牙籍外籍教师阿尔贝托·佩雷拉·马尔汀斯（Alberto Pereira Martins）审校。

本书的编写是国别化中国文化类及古代汉语类教材的一次尝试，也是将中国古代文学经典篇目在文化范畴内进行教材编写和阐释的一种尝试，希望广大专家学者批评指正，共同探索对外汉语国别化教材之路。

目　录 Índice

第四编　宋代

第五编　元明时期

第六编　清代

第一编
先秦两汉时期

先秦（旧石器时期—公元前221年）是指秦朝建立之前的历史时代。先秦文学是中国古代文学发生发展的最早阶段。这一时代由天下统一的分封到诸侯异政的分裂，再到中央集权的统一。文学作品的思想性和艺术性大部分都体现了华夏范围内由分裂到寻求统一的基本时代特征。

汉朝（公元前202年—公元220年）是继秦朝之后的大一统王朝，分为西汉、东汉时期，是拥有当时世界上最先进文明的强大帝国。汉代文学包括西汉和东汉两个历史阶段，有近四百年的文学发展史。两汉是文学体裁发生重大变革的时代，许多重要的文学样式都在这个阶段孕育产生，形成了丰富多彩的文学景象。两汉时期的文学以散文、赋和诗歌为主。

Parte I Dinastias Pré-Qin e Han

Xian Qin (Período Paleolítico–221 a.C.) ou época anterior à dinastia Qin, trata-se do período em que o reino de Qin ainda não ocupava todo o território chinês. A produção literária deste período marca o início do desenvolvimento da literatura clássica chinesa. Durante esta época, o país, que estava dividido, tornou-se unificado e os Duques de Qin lideraram a criação de uma administração centralizada. As obras literárias daquele tempo refletiram também esta mudança (da separação à unificação).

Dinastia Han (202 a.C.–220 d.C.) foi procedida pela dinastia Qin e foi dividida em dois períodos: Han ocidental e Han oriental. O reino da dinastia Han foi o maior e o mais civilizado naquela época. A literatura da dinastia Han, com seus 400 anos de duração, é composta pelas obras literárias da dinastia Han ocidental e da dinastia Han oriental. Neste período, a literatura sofreu grandes mudanças e vários gêneros literários importantes foram criados. As obras produzidas na época incluiam principalmente prosa, Fu e poesia.

第一章　神话故事

中国的神话，除了远古的神话传说之外，还有各个朝代文人创作的有关神、鬼、怪的故事。先秦两汉古籍中，《山海经》《楚辞》《风俗通》等书籍记载保存了远古神话，其中《山海经》保存的神话最为丰富，记载了女娲、伏羲、夸父、黄帝等神话人物的传说。中国的神话故事体现了人神合一的思想，反映了人类征服自然的能力，赞美了坚韧不拔、自我牺牲的英雄精神。

Capítulo I　Mitologia

Além de mitos da antiguidade, os mitos de deuses e fantasmas também são importantes na mitologia chinesa. As obras antigas anteriores à dinastia Qin e da dinastia Han, por exemplo, "Shan Hai Jing (Livro das Montanhas e Mares)", "Chu Ci (Poesia do Reino de Chu)" e "Feng Su Tong" relatam mitos antigos. "Shan Hai Jing", com a mais rica documentação sobre histórias míticas, registrou mitos de Nüwa, Fu Xi, Kuafu, Huang Di, etc. A mitologia chinesa reflete o desejo da sociedade antiga de domar a natureza, revelando altruísmo bem como o espírito destemido dos ancestrais desta nação.

nǚ wā zào rén
女娲造人

fēng sú tōng
《风俗通》

扫码听录音

sú shuō tiān dì kāi pì
俗说天地开辟①，
wèi yǒu rén mín, nǚ wā tuán
未②有人民，女娲抟③
huáng tǔ zuò rén. jù wù, lì
黄土做人。剧务④，力
bù xiá gōng, nǎi yǐn shéng
不暇⑤供，乃⑥引⑦绳
yú ní zhōng, jǔ yǐ wéi rén.
于泥中，举⑧以⑨为人。
gù fù guì zhě, huáng tǔ rén;
故⑩富贵者⑪，黄土人；
pín jiàn zhě, yǐn gēng rén yě.
贫贱者，引絙⑫人也。
nǚ wā dǎo shén cí qí
女娲祷⑬神祠祈⑭
ér wéi nǚ méi, yīn zhì
而⑮为⑯女媒，因⑰置⑱
hūn yīn.
婚姻。

解题

女娲抟土造人的神话体现了在中国女娲作为人类始祖母神的地位。在神话中女娲造人用的是黄土，这与中国广大的黄土地区和中国人的黄肤色有关。女娲用黄土造人，因此中国人的皮肤就是黄皮肤；而且中国人对土地有很高的依恋之情，离家的游子会带上家乡的泥土。“女娲造人”也反映了史前时代母系氏族社会生活，在中国女娲是人类创造之神、婚姻之神，是世界万物的化育者。

Comentário

Na China, Nüwa, criadora da humanidade, foi considerada a mãe dos seres humanos. Na mitologia chinesa antiga, Nüwa modelou os humanos com terra amarela, o que resultou pele amarela dos chineses bem como grande superfície de chão amarelo na China. Por esta razão, os chineses têm grande paixão pela terra e as pessoas que saem de casa levam consigo solo da sua terra natal. O mito “Nüwa criou a humanidade” reflete a sociedade matrilinear da pré-história. Na China, Nüwa é a deusa do casamento e da criação da humanidade e é considerada a criadora de todas as coisas do universo.

注释

①开辟（pì）：宇宙的开始。
②未：没。
③抟（tuán）：同“团”，把东西揉成圆形。
④剧务：工作十分繁重。
⑤暇（xiá）：空闲。
⑥乃：于是。
⑦引：拿起。
⑧举：举起来，拿起来。
⑨以：来。
⑩故：因此。
⑪者：……的人。
⑫絙（gēng）：粗绳。
⑬祷：祷告。
⑭祈：祈求（上苍）。
⑮而：连词，表示“祈”的目的。
⑯为：做。
⑰因：于是。
⑱置：安排。

Notas

①开辟（pì）：História inicial do mundo.
②未：Não.
③抟（tuán）：Igual à palavra “团”. Transformar algo em formato esférico.
④剧务：Estar muito ocupado.
⑤暇（xiá）：Livre.
⑥乃：Por isso.
⑦引：Pegar.
⑧举：Levantar.
⑨以：Para.
⑩故：Por isso.
⑪者：Pessoa como.
⑫絙（gēng）：Corda grande.
⑬祷：Rezar.
⑭祈：Pedir a Deus.
⑮而：(*conj.*) Para indicar o objetivo de “祈”.
⑯为：Fazer.
⑰因：Por isso.
⑱置：Arranjar.

译文

民间传说，天地开辟之初，大地上并没有人类，是女娲把黄土捏成团造了人。她干得又忙又累，竭尽全力造人还赶不上自然对人类的需要。于是她就拿了绳子，把它投入泥浆中，举起绳子一甩，泥浆洒落在地上，就变成了一个个的人。后人说，富贵的人是女娲亲手抟黄土造的，而贫贱的人只是女娲用绳沾泥浆，把泥浆洒落在地上变成的。

女娲在神祠里祷告，祈求上苍任命她做婚姻介绍人。于是女娲就负责安排两性婚配

扫码听录音

Tradução

Segundo mitos, na história inicial do mundo não havia seres humanos na terra. Foi Nüwa que transformou o solo amarelo em massa e criou a humanidade. Ela estava tão ocupada e cansada que se esforçou ao máximo para acompanhar o suprimento de criação. Por isso, pegou a corda e a jogou na lama, caindo no chão e a lama se tornou um indivíduo. Dizem que os ricos foram feitos por Nüwa com suas próprias mãos, enquanto os pobres eram apenas feitos de lama da corda caída no chão.

Nüwa orou no santuário, pedindo a Deus para a indicar como casamenteira. A partir disso, passou a arranjar casamentos entre homens e mulheres.

kuā fù zhú rì
夸父逐日

shān hǎi jīng
《山海经》

扫码听录音

kuā fù yǔ rì zhú zǒu rù rì
夸父与日逐走①，入日②。

kě yù dé yǐn yǐn yú hé
渴③，欲④得饮⑤，饮于河⑥、

wèi hé wèi bù zú běi yǐn dà
渭⑦；河、渭不足⑧，北⑨饮大

zé wèi zhì dào kě ér sǐ qì
泽⑩。未至⑪，道⑫渴而死。弃⑬

qí zhàng huà wéi dèng lín
其杖，化⑭为邓林⑮。

解题

夸父逐日的神话塑造了一个敢于和太阳竞赛的巨人夸父的形象，象征着远古人民对光明和真理的追求、与大自然竞争的雄心壮志，表现了远古人民对勇敢、力量和伟大气魄的歌颂，对至死不忘为人类造福的崇高精神的赞美。夸父临死时留下自己的手杖，化为一片桃林，让鲜美的桃子为后继者消热解渴。夸父虽然在半路上牺牲了，但他并没有失败，夸父的精神化为桃林留给了后人，激励着后人去寻求光明和真理。

Comentário

O mito cria a imagem de um gigante com coragem para correr com o sol e indica o desejo de buscar a luz e a verdade do povo antigo. A ambição em competir com a natureza demonstra bravura, força e grande coragem bem como o espírito de beneficiar o ser humano até à morte.

Depois da morte, Kuafu deixou a sua bengala no caminho e a bengala transformou-se numa plantação de pessegueiros, beneficiando os sucessores. Apesar de ter morrido no caminho, não falhou, porque o ato dele inspira muitas pessoas, encorajando-as a buscar a verdade e a luz.

注释

①**逐走**：赛跑。逐，竞争。走，跑。
②**入日**：追赶到太阳落下的地方。
③**渴**：感到口渴。
④**欲**：要，想要。
⑤**饮**：喝。
⑥**河**：黄河，中国的第二大河。古代单用“河”一般指“黄河”。
⑦**渭**：渭河，又叫渭水。发源于甘肃省，经陕西省流入黄河。
⑧**足**：够。
⑨**北**：向北走。
⑩**大泽**：大湖。传说纵横千里，位于雁门山北。
⑪**至**：到达。
⑫**道**：在半路上。
⑬**弃**：丢弃，遗弃。
⑭**化**：变化，变成。
⑮**邓林**：桃林。

Notas

①**逐走**：Corrida. 逐：Competição. 走：Correr.
②**入日**：Correr com o sol para o local em que o sol se põe.
③**渴**：Estar com sede.
④**欲**：Querer.
⑤**饮**：Beber.
⑥**河**：Rio Amarelo, o segundo maior rio da China. Antigamente, o termo“河”indicava o Rio Amarelo.
⑦**渭**：Rio Wei, também conhecido como Wei Shui. O rio Wei tem origem na província de Gansu e desagua no rio Amarelo pela província de Shaanxi.
⑧**足**：Ser suficiente.
⑨**北**：Encaminhar-se para o norte.
⑩**大泽**：Um grande lago. Diz-se que é um lago com mais de 1000km, situado no Norte da MontanhaYanmenshan.
⑪**至**：Chegar.
⑫**道**：No caminho.
⑬**弃**：Deixar.
⑭**化**：Tornar-se.
⑮**邓林**：Plantação de pessegueiro.

译文

夸父与太阳赛跑，一直追赶到太阳落下的地方。他感到口渴，想要喝水，就到黄河、渭河喝水。黄河、渭河的水不够，夸父就去北方喝大湖的水。但他还没赶到大湖，就在半路渴死了。夸父丢弃了手杖，他的手杖化成了桃林。

扫码听录音

Tradução

Kuafu estava perseguindo o sol para o local em que o sol se punha. Ele estava com sede e queria tomar uma bebida. Bebeu no rio Amarelo e no rio Wei, porém a água desses dois rios não foi suficiente para o satisfazer. Teve de correr para o lago no Norte. Morrera de sede antes de chegar lá. Deixara para trás sua bengala no caminho e ela se tornou uma plantação de pessegueiros.

练习 Exercícios

一、根据课文内容回答问题（Responda às perguntas de acordo com o texto.）

1. 在《女娲造人》中，为什么人有贫穷和富裕的区别？
2. 在《夸父逐日》中，夸父的手杖为什么会变成桃林？

二、把下列词语和句子译成现代汉语（Traduza as seguintes locuções e frases para chinês moderno.）

1. 抟土
2. 暇
3. 因置婚姻
4. 入日
5. 道渴而死
6. 邓林

三、古今词义变迁（Defina os caracteres antigos e modernos.）

1. 剧务
   古义：________________　　今义：________________
2. 因置婚姻
   古义：________________　　今义：________________
3. 因置婚姻
   古义：________________　　今义：________________
4. 夸父与日逐走
   古义：________________　　今义：________________
5. 饮于河、渭
   古义：________________　　今义：________________

第二章　寓言故事

寓言故事是含有讽喻或明显教训意义的故事，是文学体裁的一种。它的结构简单，篇幅短小，多用借喻手法，使富有教训意义的主题或深刻的道理在简单的故事中体现。寓言故事早在中国春秋战国时代就已经盛行，是民间口头创作。在先秦诸子百家的著作中，不仅经常采用寓言阐明道理，而且保存了许多当时流行的优秀寓言，如《揠苗助长》《自相矛盾》《郑人买履》《守株待兔》《刻舟求剑》《画蛇添足》等，其中《韩非子》与《庄子》收录的作品最多。

Capítulo II　Fábulas

As fábulas são composições literárias curtas com significado alegórico e normalmente utilizam metáfora. Sempre de carácter educativo ou instrutivo, as fábulas fazem uma analogia entre o cotidiano humano com as histórias vivenciadas pelas personagens. A fábula era muito popular no Período de Primavera e Outono e dos Estados Combatentes. Além disso, era produzida e transmitida oralmente pelo povo. As obras das Cem Escolas de Pensamento (Zhu Zi Bai Jia) anteriores à dinastia Qin já esclareciam as verdades através desse gênero literário. Nas obras referidas, muitas fábulas excelentes dessa época foram preservadas, tais como "Ya Miao Zhu Zhang", "Zi Xiang Mao Dun", "Zheng Ren Mai Lü", "Shou Zhu Dai Tu", "Ke Zhou Qiu Jian", "Hua She Tian Zu" etc. Muitas delas estão no livro "Han Fei Zi" e no livro "Zhuang Zi".

自相矛盾
zì xiāng máo dùn

《韩非子》
hán fēi zǐ

扫码听录音

chǔ rén yǒu yù dùn yǔ máo zhě yù zhī yuē wú dùn zhī jiān
楚人①有鬻②盾与矛③者，誉④之曰："吾⑤盾之⑥坚⑦，
wù mò néng xiàn yě yòu yù qí máo yuē wú máo zhī lì yú wù wú bù
物莫⑧能陷⑨也。"又誉其矛曰："吾矛之利⑩，于⑪物无不
xiàn yě huò yuē yǐ zǐ zhī máo xiàn zǐ zhī dùn hé rú qí rén
陷也。"或⑫曰："以⑬子⑭之⑮矛，陷子之盾，何如⑯？"其⑰人

fú néng yìng yě fú bù kě xiàn zhī dùn yǔ wú bù xiàn zhī máo bù kě tóng shì
弗[18]能应[19]也。夫[20]不可陷之盾与无不陷之矛，不可同世[21]
ér lì
而立[22]。

解题

此篇出自《韩非子·难一》。《韩非子》是战国时期法家思想集大成者韩非的著作。韩非（约公元前280年—公元前233年），战国末期韩国人，法家代表人物之一。他提出了一套以法治为主的完整的思想体系，被秦始皇所采用，为秦统一六国提供了理论武器，对建立和巩固统一的中央集权的封建国家起了很大作用。这个故事比喻说话做事前后抵触，不能自圆其说，也讽刺了那些违反逻辑、吹牛撒谎、自相矛盾的人。

Comentário

Esta fábula tem como fonte o livro “Han Fei Zi·Nan Yi”. “Han Fei Zi” foi escrito por Han Fei, famoso filósofo que desenvolveu a doutrina do legalismo durante o final do Período dos Reinos Combatentes. Han Fei (280 a.C.–233 a.C.) nasceu no Reino de Han no final do Período dos Reinos Combatentes e é um dos representantes do Legalismo da China. Ele propôs um sistema ideológico completo baseado no Estado de Direito, que foi adotado por Qin Shihuang. A sua conceção forneceu armas teóricas para a dinastia. Qin para unificar os seis países e desempenhou um grande papel no estabelecimento e na consolidação de um estado feudal centralizado e unificado. A história indica metaforicamente a contradição entre o que se faz e o que se fala, satirizando àqueles que dizem uma coisa e fazem o contrário.

注释

①**楚人**：楚国人。楚国（？—公元前223年）是先秦时期位于长江流域的诸侯国。

②**鬻（yù）**：出售，卖。

③**盾**：盾牌。古代兵器，打仗时用来防护身体。

矛：长矛。古代兵器，打仗时用来刺杀敌人。

④**誉**：称赞，这里有夸耀、吹嘘的意思。

⑤**吾**：我。

⑥**之**：用在主语和谓语中间，取消句子的独立性，使这个句子成为一个词组，作为全句的一部分。不能译出。

⑦**坚**：坚硬，坚固。

⑧**莫**：表示否定，相当于“不”“没有”。

⑨**陷**：刺穿，刺透。

⑩**利**：锋利。

⑪**于**：对于。

⑫**或**：有人。

⑬**以**：用。

⑭**子**：古代对对方的尊称，相当于“您”。用在姓名的后面，也是尊称，如“韩非”可称“韩非子”。

⑮**之**：放在定语和中心语之间，相当于“的”。

⑯**何如**：怎么样。

⑰**其**：那，那人；这，这人。

⑱**弗**：不。

⑲**应**：回答。

⑳**夫**：用在句首，引发议论。不能译出。

㉑**同世**：同一个时代，同时。

㉒**立**：存在。

Notas

①**楚人**：Habitante de Chu. Chu (?–223 a.C.) era um reino na bacia de Rio Yangtzé durante o Período Pré-Qin.

②**鬻（yù）**：Vender.

③**盾**：Escudo, é um tipo de arma antiga usada para proteger o corpo na batalha.

矛：Lança, um tipo de arma antiga usada para espetar o inimigo na batalha.

④**誉**：O sentido original é elogiar e o sentido da palavra no texto é gabar-se.

⑤**吾**：Eu.

⑥**之**：Palavra colocada entre sujeito e predicado para transformar a frase em sintagma. A palavra “Zhi” não faz nenhum sentido na tradução.

⑦**坚**：Forte.

⑧**莫**：Indica negativo, equivalente a “não”,“não há”.

⑨**陷**：Penetrar.

⑩**利**：Afiado.

⑪**于**：Para.

⑫**或**：Alguém.

⑬**以**：Usar.

⑭**子**：Zi (“Mestre”) era, frequentemente, adicionado ao nome, como apelido, de filósofos de forma honrosa, por exemplo, Han Fei é também conhecido como Han Fei Zi.

⑮**之**：Igual à palavra “De (的)”.

⑯**何如**：Como.

⑰**其**：Aquele, aquela pessoa; este, esta pessoa.

⑱**弗**：Não.

⑲**应**：Responder.

⑳**夫**：Usa-se no início da frase, para introduzir a discussão. A palavra não faz nenhum sentido na tradução.

㉑**同世**：Na mesma época, ao mesmo tempo.

㉒**立**：Existir.

扫码听录音

译文

楚国有个卖盾和矛的人，他先夸耀自己的盾，说："我的盾坚固无比，没有什么东西能够穿透它。"又夸耀自己的矛，说："我的矛锋利极了，任何坚固的东西都穿得透。"有人问他："如果用你的矛去刺你的盾，结果会怎么样呢？"那个人无法回答。什么都不能刺穿的盾与什么都能刺穿的矛，不可能同时存在。

Tradução

Há um homem no reino de Chu que vende escudos e lanças. Ele gabou-se de seu escudo e disse: "Meu escudo é tão forte que nada pode o perfurar." Ele se gabou de sua lança e disse: "Minha lança é tão afiada que consegue perfurar qualquer coisa." Alguém perguntou-lhe: "Se você usar sua lança para perfurar seu escudo, o que acontecerá?" O homem não conseguiu responder. De fato, um escudo impenetrável e uma lança que perfura qualquer coisa não podem coexistir.

dōng shī xiào pín
东施①效②颦

zhuāng zǐ
《庄子》

扫码听录音

xī shī bìng xīn ér pín qí lǐ qí lǐ zhī chǒu rén jiàn ér měi zhī
西施③病心④而颦⑤其里⑥，其里之丑人见而美⑦之，
guī yì pěng xīn ér pín qí lǐ qí lǐ zhī fù rén jiàn zhī jiān bì mén ér bù
归⑧亦捧心而颦其里。其里之富人见之，坚⑨闭门而不
chū pín rén jiàn zhī qiè qī zǐ ér qù zhī zǒu bǐ zhī pín měi ér
出；贫人见之，挈⑩妻子⑪而去⑫之走⑬。彼⑭知颦美⑮，而
bù zhī pín zhī suǒ yǐ měi
不知颦之所以⑯美。

解题

此篇出自《庄子·天运》。庄子，名周，战国时期宋国蒙人，伟大的思想家、哲学家、文学家，是继老子之后道家学派的代表人物，与老子并称“老庄”。代表作品为《庄子》，其中名篇有《逍遥游》《齐物论》等。“东施效颦”比喻模仿别人，不但模仿不好，反而出丑。有时也做自谦之词，表示自己根底差，学别人的长处没有学到家。

Comentário

O texto tem a sua fonte no volume “Tian Yun” do livro “Zhuang Zi”. Zhuangzi foi um influente filósofo, pensador e escritor no Período dos Reinos Combatentes. Ele herdou e desenvolveu a filosofia de Laozi. Por isso, Laozi e Zhuangzi são chamados de “Lao-Zhuang”. A sua obra mais importante e representativa é “Zhuang Zi”, na qual estão incluídos vários artigos famosos, tais como “Xiao Yao You” e “Qi Wu Lun”. O texto “Dong Shi Xiao Pin” indica que uma imitação menos boa é insensata. Às vezes, a expressão “Dong Shi Xiao Pin” é usada como uma expressão de auto-modéstia e significa que alguém não é perfeito e tem de aprender com os outros, mas o efeito não é tão bom como ele imagina.

注释

①**东施**：越国的丑女。
②**效**：仿效，模仿。
③**西施**：越国的美女。初由范蠡把她献给越王勾践，继又献给吴王夫差，成为夫差最宠爱的妃子。
④**病心**：病于心，心口痛。
⑤**颦（pín）**：皱眉头。
⑥**里**：乡里。
⑦**美**：动词，认为……美。
⑧**归**：返回，回去。
⑨**坚**：紧紧的。
⑩**挈（qiè）**：本意是用手提着，在此处是带领的意思。
⑪**妻子**：妻子和孩子。
⑫**去**：躲开，避开。

Notas

①**东施**：Uma mulher feia no reino Yue.
②**效**：Imitar.
③**西施**：Uma beleza reconhecida no reino de Yue. Fan Li ofereceu-a ao rei Goujian de Yue como tributo. Depois, ela foi oferecida ao rei Fu Chai do reino de Wu e tornou-se a mulher favorita de Fu Chai.
④**病心**：Sofrer do coração; Ter dor no coração.
⑤**颦（pín）**：Franzir a testa.
⑥**里**：Na vizinhança do campo.
⑦**美**：(verbo) Achar ... bonito.
⑧**归**：Voltar.
⑨**坚**：(A porta)Está bem fechada.
⑩**挈（qiè）**：O sentido original da palavra é “levantar”, no texto, a palavra significa “liderar”.
⑪**妻子**：Mulher e filho.
⑫**去**：Evitar.

⑬**走**：跑，逃离。
⑭**彼**：她，代指丑妇（东施）。
⑮**颦美**：皱着眉头美。
⑯**之所以**：……的原因。

译文

西施心口疼痛而皱着眉头在邻里间行走，邻里的一个丑女人（东施）看见了，觉得西施皱着眉头很美，回去后也在邻里间捂着胸口皱着眉头。邻里的有钱人看见了，紧闭家门而不出；贫穷的人看见了，带着妻子和子女远远地跑开了。那个丑女人只知道皱着眉头好看，却不知道皱着眉头好看的原因。

⑬**走**：Sair.
⑭**彼**：Ela, indica a menina feia (Dong Shi).
⑮**颦美**：É bonito franzir a testa.
⑯**之所以**：A razão de.

扫码听录音

Tradução

Xishi andava na rua com dor no coração, franzindo a sua testa. Uma mulher feia da vizinhança viu-a franzir a testa e a achou muito bonita. Depois de voltar para casa, ela também franziu a testa enquanto cobria o peito, quando andava na rua. Quando os ricos na vila a viram, fecharam bem a porta de casa e não saíram mais; quando os pobres a viram, fugiram com suas esposas e filhos. A mulher feia conhece apenas a beleza da testa franzida, mas nunca conhece as razões da beleza da testa franzida.

zhuāng zhōu mèng dié
庄周梦蝶

zhuāng zǐ
《庄子》

扫码听录音

xī zhě zhuāng zhōu mèng wéi hú dié xǔ xǔ rán hú dié yě zì yù shì
昔①者庄周梦为胡蝶②，栩栩然③胡蝶也，自喻④适

zhì yú bù zhī zhōu yě é rán jué zé qú qú rán zhōu yě bù zhī zhōu zhī
志⑤与，不知周也。俄然觉⑥，则蘧蘧然⑦周也。不知周之

mèng wéi hú dié yú hú dié zhī mèng wéi zhōu yú zhōu yǔ hú dié zé bì yǒu fēn
梦为胡蝶与，胡蝶之梦为周与？周与胡蝶，则必有分⑧

yǐ cǐ zhī wèi wù huà
矣。此之谓物化⑨。

解题

庄周梦蝶，典出《庄子·齐物论》，是战国时期道家学派主要代表人物庄子所提出的一个哲学命题。庄子通过对梦中变化为蝴蝶和梦醒后蝴蝶复化为己的事件的描述与探讨，提出了人不可能确切地区分真实与虚幻和生死物化的观点。故事虽然极其短小，但由于其渗透了庄子诗化哲学的精义，成为庄子诗化哲学的代表。

Comentário

"Zhuang Zhou Meng Die" (Zhuangzi sonhou que era uma borboleta) é um argumento filosófico, levantado por Zhuangzi no livro "Qi Wu Lun". No livro, Zhuangzi sonhou que era uma borboleta a voar alegremente. Depois de acordar, ele questionou se poderia determinar se era Zhuangzi que teria acabado de sonhar que era uma borboleta, ou se era uma borboleta que teria começado a sonhar que era Zhuangzi. O acontecimento levou Zhuangzi a pensar e discutir que não sejam plenamente confiáveis os sentidos em que confiamos para distinguir a realidade da ilusão. Embora seja muito curto, o conto representa de fato as ideias filosóficas de Zhuangzi e é um dos artigos representativos de Zhuangzi.

注释

①**昔**：过去。

②**胡蝶**：今写作"蝴蝶"。

③**栩（xǔ）栩然**：栩栩，生动形象。然，……的样子。

④**喻**：通"愉"，愉快。

⑤**适志**：合乎心意，心情愉快。

⑥**觉（jué）**：醒来。

⑦**蘧（qú）蘧然**：原意为惊喜的样子，此处为惊疑动容的样子。

⑧**分**：区分，区别。

⑨**物化**：事物自身的变化。此处意思为，外部事物都会与自身交合，即万事万物最后都是要合而为一的，指大道时而化为庄周，时而化为蝴蝶。

Notas

①**昔**：Passado.

②**胡蝶**：Agora escreve-se "蝴蝶" (borboleta).

③**栩（xǔ）栩然**：Vivo. 然: Parecer.

④**喻**：Igual à palavra "愉": Feliz.

⑤**适志**：Confortável.

⑥**觉（jué）**：Acordar.

⑦**蘧（qú）蘧然**：O sentido original é "ser agradavelmente surpreendido". No texto, a palavra significa "ficar chocado".

⑧**分**：Distinguir.

⑨**物化**：Mudança da matéria. No texto, a locução significa que o exterior pode integrar-se na psique, por exemplo, o Tao pode transformar-se em Zhuangzi e na borboleta.

译文

庄周曾经梦见自己变成蝴蝶，很生动、逼真的一只蝴蝶，感到非常愉快和惬意，不知道自己原本是庄周。突然间醒过来，惊惶不定之间方知原来自己是庄周。不知是庄周梦中变成蝴蝶呢，还是蝴蝶梦中变成庄周呢？庄周与蝴蝶，那必定是有区别的。这就可叫作物、我的交合与变化。

扫码听录音

Tradução

Antigamente, eu, Zhuang Zhou, sonhava em me tornar uma borboleta. Era uma borboleta vívida. Senti-me tão feliz e confortável que não tinha uma consciência de que eu era originalmente Zhuang Zhou. De repente, acordei e fiquei chocado ao saber quem eu era. Gostaria de saber se fui eu que me transformei em uma borboleta no sonho de Zhuang Zhou, ou se no sonho de borboleta, ela transformou-se em mim? Há exatamente uma distinção entre Zhuang Zhou e uma borboleta. Isso pode ser chamado de integração e mudança entre mim e a matéria.

练习 Exercícios

一、根据课文内容回答问题（Responda às perguntas de acordo com o texto.）

1. 如果你是那个楚国的商人，那么你会怎么介绍你的“矛”和“盾”？
2. 你的生活中有没有遇到“东施效颦”的例子？
3. 庄周梦蝶的故事主要表现了庄子什么样的思想？

二、把下列句子译成现代汉语（Traduza as seguintes frases para chinês moderno.）

1. 夫不可陷之盾与无不陷之矛，不可同世而立。
2. 彼知颦美，而不知颦之所以美。
3. 不知周之梦为胡蝶与，胡蝶之梦为周与？

三、古今词义变迁（Defina os caracteres antigos e modernos.）

1. 或曰
   古义：________　　今义：________
2. 夫不可陷之盾与无不陷之矛
   古义：________　　今义：________
3. 挈妻子而去之走
   古义：________　　今义：________
4. 挈妻子而去之走
   古义：________　　今义：________

四、一词多义（Indique os diferentes significados das palavras abaixo.）

1. 之
   （1）誉之曰 ________　　（2）吾盾之坚，物莫能陷也 ________
   （3）以子之矛，陷子之盾 ________
2. 坚
   （1）吾盾之坚，物莫能陷也 ________　　（2）坚闭门而不出 ________
3. 与
   （1）胡蝶之梦为周与 ________　　（2）周与胡蝶 ________
4. 而
   （1）同世而立 ________　　（2）坚闭门而不出 ________
   （3）而不知颦之所以美 ________

第三章 《论语》八则

孔子（公元前551年—公元前479年），名丘，字仲尼，鲁国陬邑（今山东曲阜）人，中国古代思想家、教育家，儒家学派创始人。孔子的思想核心是“仁”与“礼”；治国方略上主张“为政以德”，用道德和礼教来治理国家是最高尚的治国之道；教育方面提倡“有教无类”，创办私学，打破了奴隶主贵族对学校教育的垄断，开创了教育普及的先河。

《论语》是孔子弟子及再传弟子记录孔子及其弟子言行而编成的语录集，集中体现了孔子的政治主张、伦理思想、道德观念及教育原则等，被奉为儒家经典。

Capítulo III Os Oito Excertos dos Analectos de Confúcio

Confúcio (551–479 a.C.), também conhecido como Kong Qiu ou Kong Zhongni, nasceu em Zouyi, uma pequena cidade no reino de Lu (atual cidade Qufu, província Shandong). Confúcio foi o fundador do confucionismo. Também foi considerado pensador, filósofo e educador chinês. A filosofia de Confúcio sublinha “Ren (humanidade)” e “Li (cortesia ritual)”. Quanto à prática do governo, levanta a ideia “Wei Zheng Yi De”, ou seja, “governar o país com moralidade e cortesia”. Para a educação, este grande filósofo promove “You Jiao Wu Lei”, que significa não fazer distinções sociais no ensino. Além disso, criou escolas privadas assim quebrando o monopólio da educação escolar pela nobreza do proprietário de escravos, e criou, pela primeira vez, a educação universal.

Os ensinamentos dele podem ser encontrados em “Analectos de Confúcio”, o livro doutrinal mais importante do confucionismo. Esta obra foi compilada por seus alunos após a sua morte e reflete as visões políticas, pensamentos éticos, conceitos morais e princípios educacionais de Confúcio, etc..

zǐ yuē xué ér shí xí zhī bù yì yuè hū yǒu péng zì yuǎn
（一）子①曰：“学而时习②之，不亦说乎③？有朋④自远

fāng lái bù yì lè hū rén bù zhī ér bù yùn bù yì jūn zǐ hū
方来，不亦乐⑤乎？人不知而不愠⑥，不亦君子⑦乎？”

扫码听录音

解题

在这一则中，三句话表面上有不同的含义，实际上却是孔子在周游列国传递思想时的感悟。首先，从自身做起，将“学”和“习”结合起来，不断掌握真理；其次，将真理被人们所认同视作真正快乐的事情；最后，对于不了解自己的人也不会因此迁怒于他。孔子这样高尚的道德品质和对真理的不懈追求，或许正是他的思想流传至今的原因吧。也可将这三句理解为：学习方法，学习乐趣，为人态度。

Comentário

O diálogo representa o pensamento de Confúcio na sua viagem aos países estrangeiros. Em primeiro lugar, temos de reunir “Xue” e “Xi” para descobrir as verdades. Além disso, descobrir as verdades que podem nos trazer alegria. Por fim, se os outros não o fizerem, não podemos nos irritar com eles. As três frases também podem ser resumidas como: maneira e interesse em estudar e atitude da vida.

注释

①**子**：先生，指孔子。中国古代对于有地位、有学问的男子的尊称，有时也泛称男子。

②**时习**：按时复习。时，按时。习，复习，温习，实习，练习。

③**不亦说（yuè）乎**：不是很愉快吗？不亦……乎，即“不是……吗”，反问句式。乎，语助词，相当于“吗”。说，通假字，通“悦”，愉快。

④**朋**：上古“朋”和“友”是有区别的，同门（师）为朋，同志为友。这里指志同道合的人。

⑤**乐（lè）**：表示开心。与“说”有所区别。旧注说，悦在内心，乐则见于外。

⑥**愠（yùn）**：生气，发怒。

⑦**君子**：这里指有才能、有品德的人。

Notas

①**子**: Zi (“Mestre”) era, frequentemente, adicionado ao nome o apelido de filósofos de forma honrosa. No texto “Zi” designa Confúcio.

②**时习**: Revisar na hora. 时: Na hora. 习: Revisão.

③**不亦说（yuè）乎**: Não é agradável? 不亦……乎: não é…? 乎: (partícula modal) Igual à palavra “吗”. 说: Igual à palavra “悦”: Feliz.

④**朋**: Antigamente, “朋” e “友” eram diferentes. “朋”designava colega, “友” é pessoa com interesse ou desejo comum.

⑤**乐 (lè)**: Agradável, contente. Em comparação com “说”(igual a “悦”), que salienta a felicidade interior, a palavra mostra a satisfação exterior, ou seja, pode ser sentida e vista por outros.

⑥**愠 (yùn)**: Ser desconfortável.

⑦**君子**: Homem com talento e virtude.

扫码听录音

译文

孔子说：“学习了新的知识后经常温习它，不是很令人愉悦吗？有志同道合的人从远方来，不是很高兴吗？别人不了解我但我不生气，不是道德上有修养的人吗？”

Tradução

Confúcio disse: “Não é alegre aprender com uma perseverança e uma aplicação constantes? Não é agradável ter amigos vindos de lugares distantes? Não é um homem de virtude completa, quem não sente desconforto, embora os homens não notem nada dele?”

zǐ yuē wú shí yòu wǔ ér zhì yú xué sān shí ér lì sì shí
（二）子曰：“吾十有五[1]而志于学，三十而立[2]，四十

ér bù huò wǔ shí ér zhī tiān mìng liù shí ér ěr shùn qī shí ér cóng xīn
而不惑[3]，五十而知天命[4]，六十而耳顺[5]，七十而从心

suǒ yù bù yú jǔ
所欲，不逾[6]矩[7]。”

扫码听录音

解题

孔子的这段话，讲述了他一生学习和自我修养的过程，他在不同的年龄有着不同的追求和感悟，在这个过程中思想境界也逐步提高。就整个过程来讲，孔子将自己的一生大致分为三个阶段：十五岁到四十岁不断学习解决心中的困惑；五十、六十岁欣然接受上天的安排，安心立命；七十岁将自己内心所求和社会规则融合，达到一种高度和谐的状态。

Comentário

O diálogo relata a vida de Confúcio, que tem diferentes pensamentos e desejos em idades diferentes. A vida do filósofo pode ser dividida em três fases: entre 15 e 40 anos, quando insistiu em estudar para tirar dúvidas; entre 50 e 60 anos, quando obedeceu aos decretos do Céu; aos 70 anos, quando se integrou inteiramente aos desejos e às regras sociais, atingindo a harmonia.

注释

①**十有（yòu）五**：指15岁。“有”是通假字，通“又”，古人在两位数的整数和零数之间常常加“有”字。
②**立**：立身，指有所成就。
③**惑**：迷惑，疑惑。
④**天命**：上天的安排。
⑤**耳顺**：能听得进不同的意见。
⑥**逾（yú）**：超过，越过。
⑦**矩（jǔ）**：法则，规矩。

Notas

①**十有（yòu）五**：Quinze anos. “有”: Igual à palavra “又”. Antigamente, as pessoas colocavam “有” entre o último dígito e o penúltimo dígito de um número.
②**立**：Ter sucesso.
③**惑**：Dúvida.
④**天命**：Decretos do Céu.
⑤**耳顺**：Aceitar opiniões diferentes.
⑥**逾（yú）**：Transgredir.
⑦**矩（jǔ）**：Regra.

译文

孔子说：“我十五岁就立志学习，三十岁能够有所成就，四十岁遇到事情不再感到困惑，五十岁就知道哪些是不能为人力支配的事情而乐知天命，六十岁时能听得进各种不同的意见，七十岁可以随心所欲，却又不超出规矩。”

扫码听录音

Tradução

Confúcio disse: “Aos quinze anos, eu estava decidido a aprender. Aos trinta, mantive-me firme. Aos quarenta, não tive dúvidas. Aos cinquenta, conhecia os decretos do Céu com alegria. Aos sessenta, minhas orelhas eram um obediente órgão para a receção da verdade. Aos setenta, eu podia seguir o que meu coração desejava, sem transgredir o que era certo.”

zǎi yǔ zhòu qǐn zǐ yuē xiǔ mù bù kě diāo yě fèn tǔ zhī
（三）宰予①昼寝②。子曰：“朽③木不可雕④也，粪土⑤之
qiáng bù kě wū yě yú yǔ yú hé zhū zǐ yuē shǐ wú yú rén yě
墙不可圬⑥也！于⑦予与⑧何诛⑨？”子曰：“始⑩吾于人也，
tīng qí yán ér xìn qí xíng jīn wú yú rén yě tīng qí yán ér guān qí xíng yú yǔ
听其言而信其行⑪；今吾于人也，听其言而观其行。于予
yú gǎi shì
与改是⑫。”

扫码听录音

解题

在这段话中，孔子说的话并不难理解：嘴上说什么我们就要做什么，不能嘴上说一套，自己又做另一套，做人需要言行一致。言行一致就是诚信，一个人是否诚信，反映了他的个人修养和处事态度。在日常生活中，我们不仅要让自己做到言行一致，也要和言行一致的人结交朋友，只有大家都是诚信的人，我们才会拥有良好的社会秩序和生活环境。

Comentário

No texto, Confúcio quer dizer que pensar e agir com coerência apresentam a honestidade e a credibilidade. Temos de pensar e agir coerentemente e fazer amigos com aqueles que fazem o mesmo que nós. Consistência de palavras e ações é integridade, o fato de uma pessoa ser honesta ou não reflete seu cultivo e atitude pessoal.

Na vida diária, devemos não apenas nos tornar consistentes com nossas palavras e ações, mas também fazer amizade com pessoas que concordam com nossas palavras e ações. Se todos forem honestos e tiverem credibilidade, atingiriam boa ordem social e bom ambiente de viver.

注释

①**宰予**：人名。姓宰，名予，字子我。孔子的学生。

②**昼寝**：白天睡觉。昼，白天。寝，睡觉。

③**朽**：腐烂的。

④**雕**：刻画，装饰。

⑤**粪土**：脏土。

⑥**圬（wū）**：涂，粉刷。

⑦**于**：对于。

⑧**与**：语气词，同"欤"，用在句中或句尾，有舒缓语气或提顿的作用。和下文中"于予与改是"中的"与"同义。

⑨**诛**：责备。

⑩**始**：最初，当初。

⑪**行**：行为，行动。

⑫**是**：代词，这样，指对人的态度。

Notas

①**宰予**: Nome de um aluno do Confúcio. O seu apelido é Zai, o seu nome é Yu e o nome de cortesia dele é Ziwo.

②**昼寝**: Dormir durante o dia. 昼: Dia. 寝: Dormir.

③**朽**: Podre.

④**雕**: Esculpir.

⑤**粪土**: Terra suja.

⑥**圬 (wū)**: Pintar.

⑦**于**: Para.

⑧**与**: (partícula modal) Igual à "欤", coloca-se na frase ou no final da frase e tem a função de pausar e suavizar o tom. É sinônimo de "与" em "于予与改是" abaixo.

⑨**诛**: Reprovar.

⑩**始**: No início.

⑪**行**: Ação.

⑫**是**: Isto (pronome demonstrativo).

译文

宰予白天睡觉。孔子说："腐烂的木头不可以雕刻，用脏土垒砌的墙面不堪涂抹！对于宰予这样的人，还有什么好责备的呢？"又说："起初我对于人，听了他说的话就相信他的行为；现在我对于人，听了他说的话却还要观察他的行为。这是因为于宰予的事而改变的。"

扫码听录音

Tradução

Zai Yu está dormindo durante o dia, Confúcio disse: "A madeira podre não pode ser esculpida; uma parede feita de terra suja não receberá a espátula. Este Zai Yu, qual é a utilidade de eu o reprovar?" Depois, Confúcio disse: "No início, o meu julgamento aos homens era ouvir suas palavras e lhes dar crédito por sua conduta. Agora, o meu julgamento é ouvir suas palavras e observar sua conduta. Foi com Zai Yu que aprendi a lição e fiz esta alteração."

zǐ yuē zhì shèng wén zé yě wén shèng zhì zé shǐ wén zhì
（四）子曰：“质①胜②文③则野④，文胜质则史⑤，文质
bīn bīn rán hòu jūn zǐ
彬彬⑥，然后君子。”

扫码听录音

解题

“文质彬彬”是我们今天常用到的一个词汇，形容一个人看起来文雅有理的样子。而在孔子看来，“文质彬彬”最初是形容君子的，是指质朴和文饰配合恰当，这样才能成为君子。“文”，最初的意思是纹身，原始时期的人们在身上刺上美丽的花纹，这是试图将自己和动物相区别的文化意识。后来人们用各种服饰来打扮自己，再后来人们用丰富的学识和优雅的谈吐来展示自己的文化。

Comentário

A expressão “Wen Zhi Bin Bin” é frequentemente usada na nossa vida e indica pessoa elegante e com virtude. Inicialmente, a expressão designou homem de virtude que combina bem as realizações e qualidades sólidas. O sentido original da palavra “Wen” é “tatuagem”, antigamente, as pessoas gravavam no corpo a fim de distinguir o ser humano e os animais. Depois, as pessoas usaram várias fantasias para se vestir, mais tarde, as pessoas usaram um conhecimento rico e conversas elegantes para mostrar sua própria cultura.

注释

①**质**：朴实、自然，无修饰的。
②**胜**：超过。
③**文**：文采，经过修饰的。
④**野**：粗鲁、鄙野，缺乏文采。
⑤**史**：言词华丽，这里有虚伪、浮夸的意思。
⑥**彬（bīn）彬**：指文与质的配合很恰当。

Notas

①**质**：Natural, sem modificação.
②**胜**：Exceder
③**文**：Talento, com modificação.
④**野**：Com características rústicas, também indica que falta de talento literário.
⑤**史**：A retórica é linda, aqui indica hipócrita e exagera.
⑥**彬（bīn）彬**：Realizações e qualidades sólidas combinam-se adequadamente.

译文

孔子说："质朴超过了文饰就会显得粗野，文饰超过了质朴就会显得虚浮，质朴和文饰配合恰当，这样才能成为君子。"

扫码听录音

Tradução

Confúcio disse: "Onde as qualidades sólidas excedem as modificações retóricas, temos rusticidade; onde as modificações retóricas excedem as qualidades sólidas, temos vaidade. Quando as realizações e qualidades sólidas combinam-se adequadamente, se pode, por isso, ser considerado um homem de virtude."

zǐ yuē sān rén xíng bì yǒu wǒ shī yān zé qí shàn zhě ér
（五）子曰：“三①人行，必有我师焉②。择③其善者④而

cóng zhī qí bù shàn zhě ér gǎi zhī
从之，其不善者而改之。”

扫码听录音

解题

这句话表现出孔子谦虚好学的精神。我们应该向孔子学习：一方面，看见别人好的优点就虚心学习，这样可以使自己变得更好；另一方面，看见别人不好的地方就引以为戒，反省自己是不是也有这样的缺点，然后加以改正。这样，无论同行相处的人善与不善，我们都可以将他们看作我们的老师。

Comentário

O diálogo mostra que Confúcio tem a modéstia e a vontade de estudar. Devemos aprender com o grande filósofo: por um lado, aprender as qualidades boas dos outros, melhorando a si mesmo; por outro lado, evitar as qualidades más dos outros e refletir sobre as próprias deficiências. Desta maneira, quer pessoa de boa qualidade, quer pessoa de má qualidade, poderá ser a nossa professora.

注释

①三：虚数，这里指多人。

②焉：兼词，于之，意思是“在其中”。

③择：选择，挑选。

④善者：好的方面，优点。

Notas

①三：Mais de duas pessoas.

②焉：Combina significados de “于”e de “之”. Significa “entre eles”.

③择：Selecionar.

④善者：Boas qualidades.

扫码听录音

译文

孔子说：“多人同行，其中必定有人可以做我的老师。应当选择他的优点向他学习，对于他的缺点就对照自己的加以改正。”

Tradução

Confúcio disse: “Quando eu andar com os outros dois, eles podem me servir como meus professores. Selecionarei suas boas qualidades e as seguirei, e as suas más qualidades, evitarei.”

zǐ xià wéi jǔ fù zǎi wèn zhèng zǐ yuē wú yù sù wú jiàn
（六）子夏①为②莒父③宰，问政。子曰：“无欲速，无见
xiǎo lì yù sù zé bù dá jiàn xiǎo lì zé dà shì bù chéng
小利。欲速则④不达⑤，见小利，则大事不成。”

扫码听录音

解题

在日常生活中，无论做什么事我们都应该有一个好的心态。孔子告诉我们：“欲速则不达，见小利则大事不成。”其一，我们做任何事情都应该一步一步打好基础，不能只求速度，任何事情的发展都有它的过程，不是一下子就能看见效果的；其二，我们应该有长远的眼光，而不是只看到眼前的小利，贪图小利就做不成大事。

Comentário

Na vida diária, não importa o que façamos, devemos manter uma mentalidade positiva. Confúcio disse: “Devagar se vai longe. Os pequenos lucros impedem que grandes negócios sejam realizados.” Primeiro, temos que fazer tudo passo a passo. Em seguida, devemos ter uma visão de futuro e não nos focamos apenas no pequeno interesse na sua frente.

A cobiça de pequenos lucros impede que grandes negócios sejam realizados.

注释

①**子夏**：人名。卜商，字子夏，孔子弟子。

②**为**：做，当。

③**莒（jǔ）父**：鲁国的一个城邑，在今天的山东省莒县境内。

④**则**：反而，却。

⑤**达**：达到目的。

Notas

①**子夏**：Nome de pessoa. Bu Shang, com o nome de cortesia de Zixia, é o discípulo de Confúcio.

②**为**：Fazer, ser.

③**莒（jǔ）父**：Uma cidade do reino de Lu, no atual condado de Ju, província de Shandong.

④**则**：Em vez de, mas.

⑤**达**：Alcançar o objetivo.

译文

子夏做了莒父的官员，问孔子怎样办理政事。孔子说："不要求快，不要贪求小利。求快反而达不到目的，贪求小利就做不成大事。"

扫码听录音

Tradução

Zixia, o governante geral de Jufu, perguntou a Confúcio sobre a governança política. Confúcio respondeu: "Não deseje que as coisas sejam feitas rapidamente; não olhe para as pequenas vantagens. O desejo de realizar as coisas rapidamente impede que elas sejam feitas minuciosamente. Pequenos lucros impedem que grandes negócios sejam realizados."

zǐ yuē jūn zǐ hé ér bù tóng xiǎo rén tóng ér bù hé

（七）子曰：“君子和①而不同②，小人同而不和。”

扫码听录音

解题

“和而不同”是孔子思想体系中的重要组成部分。君子可以与他周围的人保持和谐融洽的关系，但他对待任何事情的见解都必须经过自己的独立思考，从来不愿人云亦云，盲目附和。小人则没有自己独立的见解，只求与别人完全一致，而不讲求原则，但他却不能与别人保持融洽友好的关系。这是在为人处世方面对这句话的理解。其实，在所有的问题上，往往都能体现出“和而不同”与“同而不和”的区别。“和而不同”显示出孔子思想的深刻哲理和高度智慧。

Comentário

“Harmonia, mas sem adesão cega” faz uma parte importante do sistema ideológico de Confúcio. Um cavalheiro pode manter um relacionamento harmonioso com as pessoas ao seu redor, porém ele trata tudo através de seu próprio pensamento de forma independente. Ele nunca quer concordar cegamente com os outros. Contudo, um vilão, independentemente, não tem as suas próprias opiniões. Apenas procura ser completamente consistente com os outros e não insiste em princípios. Contudo, não consegue manter relações harmoniosas e amigáveis com os outros. Isso é em relação ao ser humano. Na verdade, em todas as questões, pode frequentemente ser refletida a diferença entre “harmonia, mas sem adesão cega” e “adesão cega, e sem harmonia”. “Harmonia, mas sem adesão cega” mostra a filosofia profunda e a alta sabedoria do pensamento confucionista.

注释

①**和**：和谐，协调。

②**同**：人云亦云，盲目附和。

译文

孔子说："君子在人际交往中能够与他人保持一种和谐友善的关系，但在对具体问题的看法上却不必苟同于对方。小人习惯在对问题的看法上迎合别人的心理、附和别人的言论，但在内心深处却并不抱有一种和谐友善的态度。"

Notas

①**和**：Harmonia, coordenação.

②**同**：Falar como outras pessoas falam, concordar cegamente.

扫码听录音

Tradução

Confúcio disse: "Os cavalheiros podem manter um relacionamento harmonioso e amigável uns com os outros na comunicação interpessoal, porém eles não precisam ser idênticos em suas visões com outros sobre questões específicas. Os vilões estão acostumados a atender à psicologia e à harmonia de outras pessoas em suas visões sobre questões e comentários de outros, entretanto, no fundo do coração, eles não possuem uma atitude harmoniosa e amigável."

（八）子贡[1]问曰：“有一言[2]而可以终身行[3]之者乎[4]？”子曰：“其恕[5]乎！己所不欲，勿施[6]于人。”

扫码听录音

解题

君子应该有仁爱之心，表现在待人接物上，最重要的就是“己所不欲，勿施于人”。与人交往，要常常把“恕”字放在心中，自己不想要的东西、不想做的事情，绝不要强加于人。平等地对待别人并尊重彼此的选择，这样才能使人际关系更加和谐。

Comentário

Um cavalheiro deve ter um coração benevolente, que se manifesta no trato com os outros e o mais importante é: “O que você mesmo não quer, não imponha aos outros”. Ao interagir com as pessoas, deve sempre manter a palavra “reciprocidade” em seu coração e nunca impor aos outros aquilo que não quer ou não faz. Tratar os outros com igualdade e com respeito às escolhas pessoais, podem tornar os relacionamentos interpessoais mais harmoniosos.

注释

①**子贡**：人名。端木赐，字子贡，孔子弟子。

②**一言**：一个字。言，字。

③**行**：奉行。

④**乎**：表示疑问或反问，跟“吗”相同。

⑤**恕**：以仁爱的心对待别人，以自己的心推想别人的心。

⑥**施**：施加，强加。

Notas

①**子贡**: O nome de pessoa. Duanmu Ci, com o nome de cortesia Zigong, é o discípulo de Confúcio.

②**一言**: Uma palavra. 言: palavra.

③**行**: Servir.

④**乎**: Expressar uma pergunta ou fazer uma pergunta retórica, mesmo com “Não é?”.

⑤**恕**: Tratar os outros com benevolência e usar o seu próprio coração para inferir o coração de outras pessoas.

⑥**施**: Impor.

译文

子贡问孔子：“有没有一个字是可以终身奉行的呢?”孔子说：“那大概就是‘恕’吧！自己不愿意的，不要强加给别人。”

扫码听录音

Tradução

Zigong perguntou: “Existe uma palavra que pode servir como regra de prática para toda a vida?”. E Confúcio afirmou: “Não é isso a palavra reciprocidade? Não faças aos outros, o que não queres que façam a ti.”

练习 Exercícios

一、根据课文内容回答问题（Responda às perguntas de acordo com o texto.）

1. 孔子在“吾十有五而志于学……”中讲述了自己这一生的修养过程，你认为自己的一生也应该这样度过吗？说说你的看法。
2. “文质彬彬”的古代意义和现代意义一样吗？如今“文质彬彬”形容什么样的人？
3. “君子和而不同，小人同而不和”中的“同”与“和”分别指什么？
4. 举例说说你对“己所不欲，勿施于人”的看法。

二、把下列词语和句子译成现代汉语（Traduza as palavras e as frases para o chinês.）

1. 愠
2. 三十而立
3. 昼寝
4. 文胜质则史
5. 择其善者而从之
6. 欲速则不达
7. 君子和而不同
8. 己所不欲，勿施于人

三、指出下列句中的通假字并解释（Indique e explique as palavras homônimas abaixo.）

1. 学而时习之，不亦说乎？ _____: ________________________
2. 吾十有五而志于学。 _____: ________________________
3. 于予与何诛？ _____: ________________________

四、找出下列句中的成语并造句（Encontre as expressões idiomáticas nas seguintes frases e faça frases.）

1. 有朋自远方来，不亦乐乎？

   __________: ____

2. 吾十有五而志于学，三十而立，四十而不惑，五十而知天命，六十而耳顺，七十而从心所欲，不逾矩。

   __________: ____

   __________: ____

   __________: ____

   __________: ____

   __________: ____

3. 朽木不可雕也，粪土之墙不可圬也！

__________：____

4. 文质彬彬，然后君子。

__________：____

5. 择其善者而从之。

__________：____

6. 欲速则不达，见小利，则大事不成。

__________：____

7. 君子和而不同，小人同而不和。

__________：____

8. 其恕乎！己所不欲，勿施于人。

__________：____

第四章 《孟子》二章

孟子（约公元前372年—公元前289年），名轲，字子舆，邹国（今中国山东省邹城）人。战国时期著名哲学家、思想家、政治家、教育家，儒家学派的代表人物之一，与孔子并称“孔孟”，也被世人尊称为“亚圣”。孟子继承和发展了孔子的德治思想，发展为仁政学说，这成为其政治思想的核心。孟子最早提出“民贵君轻”的思想，主张“法先王”，以贤明先王的道德标准为规范，推崇尧舜之道。

《孟子》是记录孟子言行的著作，一般认为是孟子及其弟子万章、公孙丑等人共同编著的，属先秦语录体散文集。书中记载了孟子及其弟子的政治、教育、哲学、伦理等思想观点和政治活动。

Capítulo IV Os Dois Excertos de Mênico

Mêncio (aproximadamente 372 a.C.–289 a.C.), chamado Ke com o nome de cortesia de Ziyu, nasceu no reino de Zou (atual cidade de Zoucheng, província de Shandong, China). Famoso filósofo, pensador, político, educador e um dos representantes da escola confucionista durante o Período dos Reinos Combatentes, Mêncio é chamado de “Confúcio e Mêncio” junto com Confúcio, e também é considerado respeitosamente “o segundo sábio” pelo mundo. Mêncio herdou e desenvolveu o pensamento de Confúcio sobre o governo da ética, desenvolveu-o na doutrina da política benevolente e tornou-a o núcleo do seu pensamento político. Mêncio foi o primeiro a propor a ideia: “o povo é mais importante do que o monarca”; defender: “imitar o antigo rei sábio”, com base nos padrões éticos dos antecessores; e magnificar a conotação ideológica de Yao e Shun.

“Mêncio” é uma obra que regista as palavras e ações desse sábio. Comumente, esta é considerada uma coedição de Mêncio e dos seus discípulos Wan Zhang, Gongsun Chou e de outros. A edição pertence a uma coleção de prosas de estilo de citações no período de pré-Qin. O livro registra as visões políticas, educacionais, filosóficas, éticas e outras ideológicas, e as atividades políticas de Mêncio e seus discípulos.

(一) 得道[1]多助，失道[2]寡[3]助

dé dào duō zhù shī dào guǎ zhù

扫码听录音

tiān shí bù rú dì lì dì lì bù rú rén hé
天时[4]不如地利[5]，地利不如人和[6]。

sān lǐ zhī chéng qī lǐ zhī guō huán ér gōng zhī ér bù shèng
三里之城[7]，七里之郭[8]，环[9]而攻之[10]而[11]不胜。
fú huán ér gōng zhī bì yǒu dé tiān shí zhě yǐ rán ér bù shèng zhě shì tiān
夫[12]环而[13]攻之，必有得天时者矣；然而不胜者，是[14]天
shí bù rú dì lì yě
时不如地利也[15]。

chéng fēi bù gāo yě chí fēi bù shēn yě bīng gé fēi bù jiān lì yě
城非不高也[16]，池[17]非不深也，兵革[18]非不坚利[19]也，
mǐ sù fēi bù duō yě wěi ér qù zhī shì dì lì bù rú rén hé yě
米粟[20]非不多[21]也；委[22]而[23]去[24]之[25]，是[26]地利不如人和也。

gù yuē yù mín bù yǐ fēng jiāng zhī jiè gù guó bù yǐ shān xī
故[27]曰，域[28]民不以[29]封疆之界[30]，固[31]国[32]不以山溪[33]
zhī xiǎn wēi tiān xià bù yǐ bīng gé zhī lì dé dào zhě duō zhù shī dào
之险[34]，威[35]天下不以[36]兵革[37]之利。得道者[38]多助，失道
zhě guǎ zhù guǎ zhù zhī zhì qīn qī pàn zhī duō zhù zhī zhì tiān xià shùn zhī
者寡助。寡助之至[39]，亲戚畔[40]之。多助之至，天下顺[41]之。
yǐ tiān xià zhī suǒ shùn gōng qīn qī zhī suǒ pàn gù jūn zǐ yǒu bù zhàn zhàn
以[42]天下之[43]所顺，攻亲戚[44]之所畔，故[45]君子有[46]不战，战
bì shèng yǐ
必胜[47]矣。

解题

孟子生活的时代，诸侯兼并，战争频繁，人民境遇非常悲惨。孟子同情人民，反对掠夺性战争，主张君主应减轻对人民的剥削和压迫，以“王道”和“仁政”治国并进而统一天下。“道”指的是孟子主张的“仁政”，“得道”就是施行了仁政，施行“仁政”就会“多助”，“多助”则“天下顺之”，这就是人和，即得到人民的支持和拥护。本文主要分析了天时、地利、人和三个要素在决定战争胜负中的不同作用。从“得道者多助”到结束，进一步深入论证“得道”在战争中的作用。

Comentário

Na época em que Mêncio viveu, os vassalos anexavam-se reciprocamente, as guerras eram frequentes e a situação das pessoas era muito miserável. Mêncio simpatizou com o povo, opôs-se às guerras predatórias e defendeu que o monarca deveria reduzir a exploração e a opressão do povo. Assim como governar o país com “justiça perfeita” e “política benevolente” para unificar o mundo. “Justiça” refere-se à “política benevolente” defendida por Mêncio. “Ganhar a justiça” significa implementar a política benevolente. Se a “política benevolente” for implementada, ele “ajudará mais”, e “mais ajuda” significa que “o mundo será próspero”. Isso é harmonia humana. Ou seja, é obter o apoio e a adesão do povo. Este artigo analisa principalmente os diferentes papéis dos três fatores de clima propício, terreno favorável e solidariedade interior entre o povo. De “quem ganha a justiça ajuda mais” até o fim, argumenta ainda mais em profundidade o papel de “ganhar a justiça” na guerra.

注释

①**得道**：实施“仁政”。道，正义。下同。

②**失道**：不实施“仁政”。

③**寡**：少。

④**天时**：指有利于作战的时令、气候。

⑤**地利**：指有利于作战的地形。

⑥**人和**：指得人心，上下团结。

⑦**三里之城**：方圆三里的内城。城，内城。

⑧**郭**：外城。在城外加筑的一道城墙。

⑨**环**：包围。

⑩**之**：代这座城。

Notas

①**得道**：Implementar governança benevolente .

②**失道**：Não se implementa governança benevolente.

③**寡**：Muito pouco.

④**天时**：Refere-se à temporada e clima propício ao combate.

⑤**地利**：Refere-se ao terreno propício ao combate.

⑥**人和**：Refere-se a obter o apoio das pessoas e a se unir em todas as classes.

⑦**三里之城**：A cidade interior de três li ao redor. 城：Cidade interior.

⑪**而**：连词，表转折。
⑫**夫**：句首发语词，不译。
⑬**而**：连词，表递进。
⑭**是**：这。
⑮**也**：表判断语气，“是”。
⑯**城非不高也**：城墙并不是不高啊。非，不是。
⑰**池**：护城河。
⑱**兵革**：泛指武器装备。兵，武器。革，甲胄，用以护身的盔甲之类。
⑲**坚利**：坚固精良。利，精良。
⑳**米粟（sù）**：粮食。
㉑**多**：充足。
㉒**委**：抛弃。
㉓**而**：然后。
㉔**去**：离开。
㉕**之**：代词，代“城”。
㉖**是**：代词，这。
㉗**故**：所以。
㉘**域**：这里用作动词，是限制的意思。
㉙**以**：凭借。
㉚**封疆之界**：划定的边疆界线。封，划定。疆，指疆界、边境。
㉛**固**：使巩固。
㉜**国**：国防。
㉝**山溪**：山河。
㉞**险**：险要的地理环境。
㉟**威**：威服。
㊱**以**：凭借，依靠之意。
㊲**兵革**：本意是兵器和铠甲，比喻武力、军事。
㊳**者**：……的人，此处特指君主。

⑧**郭**：Cidade exterior. Uma muralha construída fora da cidade.
⑨**环**：Cercar.
⑩**之**：Refere-se a esta cidade.
⑪**而**：Conjunção adversativa.
⑫**夫**：Partícula modal no início de frase, não precisa traduzir.
⑬**而**：Conjunção progressiva.
⑭**是**：Isto.
⑮**也**：Expressa o tom de julgamento, “é”.
⑯**城非不高也**：A muralha não é baixa. 非 : Não é.
⑰**池**：Fosso.
⑱**兵革**：Refere-se a armas e equipamentos. 兵 : Armas. 革 : Armadura, armadura para proteger o corpo.
⑲**坚利**：Fortaleza, refinadura. 利 : Refinadura.
⑳**米粟（sù）**：Alimentos.
㉑**多**：Suficiente.
㉒**委**：Abandonar.
㉓**而**：E depois.
㉔**去**：Sair.
㉕**之**：Pronome, refere-se a “cidade”.
㉖**是**：Isto (pronome).
㉗**故**：Por isso.
㉘**域**：Usado aqui como verbo, é o significado de restringir.
㉙**以**：Escudar-se em.
㉚**封疆之界**：A fronteira delimitada. 封 : Delimitar. 疆 : Fronteira.
㉛**固**：Consolidar.
㉜**国**：Defesa nacional.
㉝**山溪**：Montanhas e rios.
㉞**险**：Ambiente geográfico perigoso.
㉟**威**：Intimidar.
㊱**以**：Escudar-se em, depender de.

㊴**之至**：到达极点。之，到、到达。至，极点。

㊵**畔**：通“叛”，背叛。

㊶**顺**：归顺，服从。

㊷**以**：凭借。

㊸**之**：主谓间取消句子独立性。

㊹**亲戚**：内外亲属，包括父系亲属和母系亲属。

㊺**故**：所以。

㊻**有**：要么，或者。

㊼**胜**：取得胜利。

㊲**兵革**：O significado original é “armas e armaduras”, como uma metáfora para “força e militar”.

㊳**者**：Uma pessoa de ..., aqui refere-se especificamente a monarca.

㊴**之至**：Chegar ao extremo. 之：Chegar. 至：Extremo.

㊵**畔**：É o sinónimo de 叛：trair.

㊶**顺**：Submeter, obedecer a.

㊷**以**：Com.

㊸**之**：Ficar entre o sujeito e o predicado para anular a independência da frase.

㊹**亲戚**：Parentes interiores e exteriores, incluindo parentes paternos e parentes maternos.

㊺**故**：Por isso.

㊻**有**：Ou.

㊼**胜**：Obter a vitória.

扫码听录音

译文

有利于作战的天气、时令，比不上有利于作战的地理形势，有利于作战的地理形势，比不上作战中的人心所向、内部团结。

方圆三里的内城，方圆七里的外城，包围起来攻打，却不能取胜。采用包围的方式攻城，一定是得到有利于作战的天气、时令了。可是不能取胜，这是因为有利于作战的天气、时令比不上有利于作战的地理形势。

城墙并不是不高，护城河并不是不深，武器装备也并不是不精良，粮食供

Tradução

As oportunidades de tempo concedidas pelo céu não são comparáveis às vantagens da situação oferecida pela condição geográfica. Além disso, as vantagens geográficas não são comparáveis à solidariedade interior entre os homens.

Há uma cidade, com um muro interno de três *li* nos arredores e um muro externo de sete *li*[1]. O inimigo o rodeia e a ataca, mas não consegue vencer a batalha. Agora, para cercá-los e atacá-la, deve lhe ter sido concedida a oportunidade do tempo pelo céu, e, neste caso, não a aceitou porque as oportunidades do tempo concedidas pelo céu não são comparáveis às vantagens das

[1] *Li* é a unidade de distância e 1 *li* é equivalente a 0,5 km.

给也并不是不充足。但还是弃城而逃，这是因为有利于作战的地理形势比不上人心所向、内部团结。

所以说，使百姓定居下来不能靠疆域的界限，巩固国防不能靠山河的险要，震慑天下不能靠武器的锐利。施行仁政的君主，帮助支持他的人就多，不施行仁政的人，支持帮助他的人就少。支持帮助他的人少到了极点，连兄弟骨肉也会背叛他。支持帮助他的人多到了极点，天下所有人都会归顺他。凭着天下人都归顺他的条件，去攻打那连兄弟骨肉都背叛他的寡助之君，所以能行仁政的君主不战则已，战之必胜。

condições geográficas.

As muralhas da cidade não são baixas, o fosso é mesmo profundo, as armas e os equipamentos não são pobres e o suprimento de comida não é insuficiente. Contudo, ele ainda abandonou a cidade e fugiu, isso porque a situação geográfica favorável à guerra não pode ser comparável à solidariedade interior entre os homens.

De acordo com estes princípios, diz-se: “um povo é bem residenciado, não pelos limites de fronteiras; um reino é bem defendido, não pelas ingremidades das montanhas e dos rios; o reino é bem governado, não pela afiação de armas.” Quem encontra o caminho certo tem muitos para o ajudar. Quem perde o rumo adequado tem pouco para o ajudar. Quando for assistido por poucos que atingem seu ponto extremo, suas próprias relações se revoltam contra o monarca. Quando o monarca for apoiado por muitos que até mesmo atingem seu ponto extremo, todo o reino se torna obediente ao monarca. Como todos obedecem ao monarca, ele consegue vencer outro monarca com pouco apoio. Portanto, o verdadeiro governante prefere não lutar; todavia, se ele lutar, ele deve vencer.

shēng yú yōu huàn sǐ yú ān lè
（二）生于忧患[1]，死于安乐[2]

扫码听录音

shùn fā yú quǎn mǔ zhī zhōng fù yuè jǔ yú bǎn zhù zhī jiān jiāo
舜[3]发[4]于畎亩[5]之中，傅说[6]举[7]于版筑[8]之间，胶
gé jǔ yú yú yán zhī zhōng guǎn yí wú jǔ yú shì sūn shū áo jǔ yú hǎi
鬲[9]举于鱼盐[10]之中，管夷吾[11]举于士[12]，孙叔敖[13]举于海[14]，
bǎi lǐ xī jǔ yú shì
百里奚[15]举于市[16]。

gù tiān jiāng jiàng dà rèn yú shì rén yě bì xiān kǔ qí xīn zhì
故[17]天将降大任[18]于是[19]人也[20]，必[21]先苦[22]其心志[23]，
láo qí jīn gǔ è qí tǐ fū kōng fá qí shēn xíng fú luàn qí suǒ wéi suǒ
劳[24]其筋骨，饿[25]其体肤[26]，空乏[27]其身，行拂乱[28]其所为[29]，所
yǐ dòng xīn rěn xìng zēng yì qí suǒ bù néng rén héng guò rán hòu néng
以[30]动[31]心忍[32]性，曾[33]益其所不能[34]。人恒[35]过[36]，然后能
gǎi kùn yú xīn héng yú lǜ ér hòu zuò zhēng yú sè fā yú shēng
改；困于心[37]，衡于虑[38]，而后作[39]；征于色[40]，发于声[41]，
ér hòu yù rù zé wú fǎ jiā bì shì chū zé wú dí guó wài huàn zhě
而后喻[42]。入[43]则无法家[44]拂士[45]，出[46]则无敌国[47]外患[48]者，
guó héng wáng rán hòu zhī shēng yú yōu huàn ér sǐ yú ān lè yě
国恒亡[49]。然后知生于忧患，而死于安乐也。

解题

春秋战国时期，战乱纷争，一个国家要想立于不败之地，要奋发图强，不能安于现状、不思进取。这篇文章就是在这种背景下写的，目的是为了让人们明白人处于困境中才能激发斗志、成就功业，国家如果没有内忧外患，也容易忽视很多问题，从而导致国家灭亡。

Comentário

Durante o Período de Primavera e Outono e dos Reinos Combatentes, com guerras e disputas, se um país quiser ser invencível, deve trabalhar arduamente para se tornar mais forte, não pode contentar-se com o atual reino e deixar de fazer progressos. Este artigo foi escrito neste contexto e o objetivo é fazer as pessoas entenderem que só pessoas com dificuldade podem inspirar o espírito de luta e realizar conquistas. Se um estado não tem preocupações internas e externas, é fácil ignorar muitos problemas e levar à morte do estado.

注释

①**生于忧患**：忧患使人生存发展。

②**死于安乐**：安逸享乐使人萎靡死亡。

③**舜（shùn）**：传说中父系氏族社会后期部落联盟领袖，“三皇五帝”之一。舜帝是中华道德文化的鼻祖。《史记》所载：“天下明德，皆自虞舜始。”舜帝文化精神之魂，可称为“德为先，重教化”，成为推动由野蛮走向文明的历史转捩时期的重要推手，成为中华文化三座里程碑之一。

④**发**：兴起，被任用

⑤**畎（quǎn）亩**：田亩，此处意为耕田。畎，田间水渠。

⑥**傅说（fùyuè）**：殷商时期卓越的政治家、军事家。辅佐殷商

Notas

①**生于忧患**：A vida brota da tristeza e da calamidade.

②**死于安乐**：A vida morre devido à tranquilidade e do prazer.

③**舜（shùn）**：O lendário líder da aliança tribal no período posterior da sociedade do clã patrilinear, um dos “Três Soberanos e Cinco Imperadores”. O imperador Shun foi o fundador da cultura moral chinesa. De acordo com “Registros Históricos”: “Todas as virtudes do mundo começaram com Yu e Shun.” A alma do espírito cultural do Imperador Shun, que pode ser chamado de “virtude em primeiro lugar e ênfase na educação”, Tornou-se um importante promotor do período de transição da barbárie para a civilização, e também os três edifícios de referência da cultura chinesa.

④**发**：Levantar-se, ser nomeado.

⑤**畎（quǎn）亩**：Campo, aqui se refere à terra arada. 畎 : os canais no campo.

⑥**傅说（fùyuè）**：O destacado estadista, estrategista e militare das Dinastias Yin e Shang ajudou o

高宗武丁安邦治国，形成了历史上有名“武丁中兴”的辉煌盛世。

⑦**举**：选拔。

⑧**版筑**：筑墙的时候在两块夹板中间放土，用杵捣土，使它坚实。筑，捣土用的杵。

⑨**胶鬲（gé）**：商纣王大臣，与微子、箕子、王子比干同称贤人。

⑩**鱼盐**：此处意为在海边捕鱼晒盐。《史记》称燕在渤碣之间，有鱼盐之饶；齐带山海，多鱼盐。

⑪**管夷吾**：管仲，中国古代著名经济学家、哲学家、政治家、军事家。春秋时期法家代表人物。辅佐齐桓公成为春秋五霸之首。对内大兴改革、富国强兵；对外尊王攘夷，九合诸侯，一匡天下，被尊称为“仲父”。

⑫**士**：狱官。

⑬**孙叔敖（áo）**：春秋时期楚国令尹（宰相）。辅佐楚庄王独霸南方，成为春秋五霸之一。历史治水名人。

⑭**海**：海滨。

⑮**百里奚（xī）**：春秋时期著名政治家、思想家。辅佐秦穆公倡导文明教化，实行“重施于民”的政策，内修国政，外图霸业，

Imperador Gaozong das Dinastias Yin e Shang e Wu Ding a rejuvenescer o país, formando a era gloriosa e próspera do famoso “Wuding Zhongxing” na história.

⑦**举**: Eleger.

⑧**版筑**: Quando construírem as paredes, colocam solo entre duas talas e trituram-no com um pilão, fazendo-o tornar-se sólido. 筑: Um tipo de pilão usado para triturar o solo.

⑨**胶鬲（gé）**: Jiao Ge, o grande ministro do imperador Shang, com Wei Zi, Ji Zi, Wangzi e Bigan são chamados sábios.

⑩**鱼盐**: Aqui significa pescar e secar sal à beira-mar. Registros Históricos do Grande Historiador diz que Yan está entre Bo e Jie, rico em peixe e sal. O país Qi localiza-se entre a montanha e o mar, onde há muito peixe e sal.

⑪**管夷吾**: Guan Zhong, um famoso economista chinês antigo, filósofo, estadista e estrategista. Uma figura representativa do legalismo no período da primavera e outono. Ele ajudou o Duque Huan de Qi a se tornar o chefe dos Cinco Hegemons no Período da Primavera e do Outono. Internamente, promoveu reformas, enriqueceu o país e fortaleceu o exército; externamente, respeitou o rei e reprimiu estrangeiros.

⑫**士**: Guarda prisional.

⑬**孙叔敖（áo）**: Sun Shu’ao, apelido de Lun, nome de Ao, alcunha de Sun Shu, outra alcunha de Ai Lie. No Período de Primavera e Outono, ele era o primeiro-ministro do reino de Chu. Inicialmente, conhecido e natural de Qisi que agora se localiza em Gushi e Henan.

开地千里，称霸西戎，统一西北地区，促进了秦国的崛起。

⑯**市**：市井，集市。

⑰**故**：所以。

⑱**任**：责任，担子，使命。

⑲**是**：代词，这，这些。

⑳**也**：助词，用在前半句的末尾，表示停顿一下，后半句将要加以解说。

㉑**必**：一定。

㉒**苦**：动词的使动用法，使……苦恼。

㉓**心志**：意志。

㉔**劳**：动词的使动用法，使……劳累。

㉕**饿**：动词的使动用法，使……饥饿。

㉖**体肤**：肌肤。

㉗**空乏**：形容词的使动用法，使……穷困。空，穷。乏，绝。

㉘**拂乱**：形容词的使动用法，使……颠倒错乱。拂，违背，不顺。乱，错乱。

㉙**所为**：所做的事。

㉚**所以**：用来（通过那样的途径来……）。

㉛**动**：动词的使动用法，使……惊动。

㉜**忍**：形容词的使动用法，使……坚韧。

⑭**海**：Beira-mar.

⑮**百里奚（xī）**：Um famoso estadista e pensador no período da primavera e outono. Auxiliou o Duque Mu de Qin na defesa da educação civilizada, Implementando a política de “reimposição ao povo”, revisando a política do país internamente, buscando o domínio externamente, abrindo milhares de quilômetros de terra, dominando o oeste, unificando a região noroeste e promovendo a ascensão do estado de Qin.

⑯**市**：Feira.

⑰**故**：Portanto.

⑱**任**：Responsabilidade, carga, missão.

⑲**是**：Este, estes (pronome).

⑳**也**：Palavras auxiliar, usada no final da primeira metade duma frase, significa uma pausa, e a segunda metade será a explicação.

㉑**必**：Certamente.

㉒**苦**：Fazer algo angustiado.

㉓**心志**：Vontade.

㉔**劳**：Fazer algo cansado.

㉕**饿**：Fazer algo com fome.

㉖**体肤**：Pele.

㉗**空乏**：Fazer algo pobre. 空: Pobre. 乏: Extremo.

㉘**拂乱**：Fazer algo invertido e confuso. 拂: Desobedecer. 乱: Confuso.

㉙**所为**：As coisas feitas.

㉚**所以**：Dessa forma (por esse caminho…).

㉛**动**：Fazer algo mexer-se.

㉜**忍**：Fazer algo forte.

㉝**曾**：Equivalente a “增”, aumentar.

㉝**曾**：同“增”，增加。

㉞**能**：才干。

㉟**恒**：常常，总是。

㊱**过**：过错，过失。

㊲**困于心**：在内心里困惑。

㊳**衡于虑**：思虑堵塞。衡，同“横”，梗塞，指不顺。

㊴**作**：奋起，指有所作为。

㊵**征于色**：面色上有征验，意为表现在脸上。征，征验，征兆。色，颜面，面色。

㊶**发于声**：言语上有抒发，意为言语愤激。发，流露，显露。

㊷**而后喻**：然后人们才明白他。喻，知晓，明白。

㊸**入**：名词活用作状语，在国内。

㊹**法家**：坚守法度的大臣。

㊺**拂（bì）士**：足以辅佐君主的贤士。拂，同“弼”，辅佐。

㊻**出**：名词活用作状语，在国外。

㊼**敌国**：实力相当、足以与之抗衡的国家。

㊽**外患**：来自国外的祸患。

㊾**亡**：灭亡。

㉞**能**：Talento, engenho.

㉟**恒**：Frequentemente, sempre.

㊱**过**：Culpa.

㊲**困于心**：Sentir-se confuso no coração.

㊳**衡于虑**：O pensamento está obstruído. 衡: Equivalente a “横”: Obstruído.

㊴**作**：Levantar-se, significa atingir alguma realização.

㊵**征于色**：Há sinais na cara, significando é fácil identificar o que uma pessoa está pensando segundo a sua expressão facial. 征: Sinais. 色: Cor de cara.

㊶**发于声**：Revelar a emoção através das palavras, refere-se que as palavras estão cheias de zanga. 发: Revelar.

㊷**而后喻**：Depois, as pessoas entendiam-no. 喻: Entender.

㊸**入**：Substantivo usado como adverbial, no país, no interior.

㊹**法家**：Os ministros que defendem a lei.

㊺**拂（bì）士**：Os talentosos que podem ajudar o governante. 拂: Igual a “弼”: Ajudar, auxiliar.

㊻**出**：Substantivo usado como adverbial, fora do país, no exterior.

㊼**敌国**：País com forças equiparáveis, suficientemente fortes para serem contrários.

㊽**外患**：A calamidade que vem do exterior.

㊾**亡**：Perecer.

扫码听录音

译文

舜从田野耕作之中被任用，傅说从筑墙的劳作之中被任用，胶鬲从贩鱼卖盐中被任用，管夷吾从狱官手里被救出来并受到任用，孙叔敖从海滨隐居的地方被任用，百里奚从奴隶市场里被赎买回来并被任用。

所以上天要把重任下达在这个人身上，一定先要使他心意苦恼，使他筋骨劳累，使他忍饥挨饿，使他受尽贫困之苦，使他所做的事情颠倒错乱，用来这些事使他的内心受到震撼，使他性情坚韧起来，增加他所不具备的能力。

一个人常常犯错误，这样以后才能改正；内心困惑，思虑阻塞，然后才能知道有所作为；表现在脸色上，流露在言语中，然后才能被人所明白。一个国家，在国内没有坚守法度的大臣和足以辅佐君王的贤士，在国外没有实力相当、足以与之抗衡的国家和来自国外的祸患，这样的国家就常常会走向灭亡。这样以后才知道忧虑祸患能使人（或国家）生存发展，而安逸享乐会使人（或国家）走向灭亡的道理了。

Tradução

Shun se levantou dentre os campos canalizados; Fu Yue foi nomeado para o cargo no meio de seus trabalhos de construção; Jiao Ge de sua venda de peixe e sal; Guan Yiwu das mãos de seu carcereiro; Sun Shu’ao de seu esconderijo à beira-mar; Bai Lixi do mercado de escravos.

Assim, quando o céu confere um grande cargo a qualquer homem, ele primeiro exercita sua mente com sofrimento, seus tendões e ossos com labuta. Ele expõe seu corpo à fome e o submete à extrema pobreza. Isso confunde seus compromissos. Por todos estes métodos, ele estimula sua mente, endurece sua natureza e fornece suas incompetências.

Os homens erram na maior parte do tempo e depois são capazes de se reformar. Eles estão angustiados e perplexos em seus pensamentos, e então surgem para uma vigorosa reforma. Quando as coisas são evidenciadas na aparência dos homens e expostas em suas palavras, elas as entendem. Se um príncipe não tiver suas famílias da corte ligadas às leis e conselheiros dignos, e se no exterior não houver reinos hostis ou outras calamidades externas, seu reino geralmente ficará arruinado. Dessas coisas, vemos como a vida brota da tristeza e da calamidade, e a morte da tranquilidade e do prazer.

练习 Exercícios

一、根据课文内容回答问题（Responda às perguntas de acordo com o texto.）

1.《得道多助，失道寡助》中“人和”的含义是什么？请你结合历史或现实，再举出一个相关的事例。

2.《生于忧患，死于安乐》中列举了六位历史人物的经历，强调了“逆境能成才”。现在有人认为“顺境也能成才”。对此，你有什么看法？请举例谈谈。

二、把下列词语和句子译成现代汉语（Traduza as seguintes palavras e frases para o chinês moderno.）

1. 三里之城
2. 封疆之界
3. 生于忧患
4. 域民不以封疆之界，固国不以山溪之险，威天下不以兵革之利。
5. 以天下之所顺，攻亲戚之所畔，故君子有不战，战必胜矣。
6. 入则无法家拂士，出则无敌国外患者，国恒亡。

三、选择正确的答案（Escolha a resposta correta.）

1. 加点的单音节词变双音节词有误的一项是（　　）

A. 城（城墙）非不高也　　B. 环而攻之而不胜（胜利）

C. 池（水池）非不深也　　D. 以天下之所顺（归顺）

2. 下列句中加点字的解释不正确的一项是（　　）

A. 舜发于畎亩之中（起，指被任用）　　B. 生于忧患，死于安乐（安逸）

C. 人恒过，然后能改（过去）　　D. 曾益其所不能（同“增”，增加）

3. 下列句中加点字的解释有错的一项是（　　）

A. 委而去之（到……去）　　B. 寡助之至，亲戚畔之（背叛）

C. 威天下不以兵革之利（兵器）　　D. 以天下之所顺（用，靠）

4. 下列句中加点词的意义和用法完全相同的一项是（　　）

A. 环而攻之而不胜　　委而去之

B. 然而不胜者，是天时不如地利也得　　道者多助

C. 固国不以山溪之险　　多助之至，天下顺之

D. 域民不以封疆之界　　威天下不以兵革之利

5. 对《得道多助，失道寡助》理解有误的一项是（　　）

A. 文中与“得道者”意思相同的一个词是“君子”。

B. 作者在论述战争的三个要素时，着重强调了“人和”。

C. 文章的中心论点是“天时不如地利，地利不如人和”。

D. 文章集中反映了孟子“法治”的思想。

6. “入则无法家拂士，出则无敌国外患者，国恒亡。”对此句理解有误的一项是（　　）

A. 全文只有此句是用来论证“死于安乐”的。

B. 此句是对历史上大量亡国事实的高度概括。

C. 此句是针对国君治国而言，告诫国君要居安思危，否则死于安乐。

D. 此句是从正面论证受磨砺的益处。

第五章 《老子》八则

老子，姓李，名耳，字聃，春秋末期人，生卒年不详。中国古代思想家、哲学家、文学家和史学家，道家学派创始人和主要代表人物，与庄子并称“老庄”。在道教中被尊为始祖，称“太上老君”。老子的思想核心是朴素的辩证法，政治上主张无为而治。

《道德经》(又称《老子》) 是老子的哲学作品，是道家哲学思想的重要来源。以哲学意义之“道德”为纲宗，论述修身、治国、用兵、养生之道，而多以政治为旨归，乃所谓“内圣外王”之学，文意深奥，包涵广博，被誉为万经之王。

Capítulo V　Os Oito Excertos de Lao Tzu

Laozi, o seu apelido é Li, o seu nome é Dan e o nome de cortesia é Ran, nasceu no final do Período de Primavera e Outono, desconhecendo-se o ano de seu nascimento e de sua morte. Como famoso filósofo, pensador, político e educador, é considerado o criador e o representante principal da escola taoísta durante o Período dos Reinos Combatentes na antiga China. Laozi é conhecido como “Lao-Zhuang” junto com Zhuangzi e também é reverenciado como ancestral e é chamado de “Taishang Laojun” no Taoísmo.

“Tao Te Jing” (também conhecido como “Lao Zi”) é a obra filosófica de Laozi e uma fonte importante da filosofia taoísta. Com o significado filosófico de “moralidade” como base, discutindo as formas de autocultura, a governança do reino, o domínio de forças militares e a manutenção da saúde, e a maioria delas são baseadas na política. É chamado de “uma obra tanto na teoria e como na prática”. É considerado como o rei de todos os sutras.

shàng shàn ruò shuǐ shuǐ shàn lì wàn wù ér bù zhēng chǔ zhòng
（一）上善①若②水，水善③利④万物而不争⑤，处众

rén zhī suǒ wù gù jī yú dào
人之所恶⑥，故⑦几⑧于道⑨。

扫码听录音

解题

老子在自然界万事万物中最欣赏水，认为水是近于道的。水没有固定的形体，没有固定的色彩，没有固定的居所，它最大的特性就是多变。它川流不息，却没有穷竭之时。这不就是老子描绘的道的特质吗？

Comentário

Laozi elogia a água em todas as suas coisas, pensa que a moralidade da água está próxima do taoísmo. Ela não tem forma fixa, nem cor da semana nem residência fixa.

A sua maior característica situa-se no riacho que continua fluindo, mas sem limite. Não é a essência do Tao que é descrita por Laozi?

注释

①**上善**：极致的善。上，指极致。
②**若**：好像，像。
③**善**：善于。
④**利**：有利于，对某物有好处。
⑤**不争**：不与之争夺。
⑥**恶**：不喜欢的地方。
⑦**故**：所以，因此。
⑧**几**：接近，靠近。
⑨**道**：大道，道德和德行的最高境界。

Notas

①**上善**：O bom superior, refere-se a um extremo, e o bom superior é o bom extremo.
②**若**：Como.
③**善**：Bom.
④**利**：Bom para algo.
⑤**不争**：Não competir comos outros.
⑥**恶**：O lugar que não gosta.
⑦**故**：Portanto.
⑧**几**：Aproximar-se.
⑨**道**：A moral superior, o mais alto nível da moral e da virtude.

译文

最高境界的善就好像水一样。水善于滋润万物而不与万物相争，能够停留在众人都不喜欢的地方，所以最接近于“道”。

扫码听录音

Tradução

O bem maior é como a água. A bondade da água é que ela beneficia as dez mil criaturas, mas ela mesma não luta e se contenta com os lugares que todos os homens desprezam. É isso que torna a água tão perto de “Tao”.

（二）企①者不立②，跨③者不行④。

qǐ zhě bù lì, kuà zhě bù xíng

扫码听录音

解题

不自然、违背常规的行为不会带来长久有效的结果。如果你想站稳、站久，就不要“企”；要走得远，就不能“跨”。

Comentário

Ações que não são naturais e contrárias à rotina não produzem resultados duradouros e eficazes. Se você quer ficar firme e de pé por muito tempo, não pode ficar “em bicos de pés”. Para ir longe, não se pode usar “passo largo”.

注释

①**企**：踮脚站。

②**不立**：站不稳。

③**跨**：迈大步快速前进。

④**不行**：不能远行。

Notas

①**企**：Em bicos de pés.

②**不立**：Não estar firme.

③**跨**：Passo largo.

④**不行**：Não pode viajar longe.

译文

踮脚而立的人反而站立不稳；迈起大步想要走得快的人，反而走不远。

Tradução

Quem fica em bicos de pés não se mantém firme; quem estica as pernas não vai longe.

rén fǎ dì, dì fǎ tiān, tiān fǎ dào, dào fǎ zì rán

（三）人法地①，地法天②，天法道③，道法自然④。

扫码听录音

解题

这句话表述了我国古代哲学家“天人合一”的伟大哲学思想，揭示了关于人、地、天、自然之间高度和谐的美妙境界，也阐述了以人为本的“人—地—天—自然”系统由近及远的关系层次。人要与环境和谐相处，小环境要与大环境和谐相处，大环境不可违背自然规律。

Comentário

Esta frase expressa o grande pensamento filosófico dos antigos filósofos de nosso país sobre a “Unidade entre o Céu e o Homem”, revelando o maravilhoso estado de Laozi sobre o desenvolvimento altamente harmonioso entre o homem, a terra, o céu e a natureza, e também expõe o nível de relação entre o distante de perto para longe do sistema de “Homem-Terra-Céu-Natureza”, que coloca o homem em primeiro lugar. O homem deve viver em paz e harmonia com o meio ambiente; o meio ambiente menor deve viver em paz e harmonia com o meio ambiente maior; o meio ambiente maior não deve violar as leis da natureza, que funcionam automaticamente.

注释

①**人法地**：人类的行为取决于大地，或是人类的生活行为的运行以地球运行的规则为法则。

②**地法天**：地球运行以这整个宇宙运行的规则为法则。

③**天法道**：宇宙运行以道为法则。

④**道法自然**：道的运行是以自然的规律为法则。简言之，“道”取法于“自然”，以自然为法则。简言之，道的运行以宇宙本来的自然规律为法则。

Notas

①**人法地**: As ações humanas são extraídas da terra, ou o funcionamento das ações humanas de vida é regido pelas regras da operação geofísica.

②**地法天**: A lei pela qual a terra opera é a lei pela qual este universo opera.

③**天法道**: O universo opera de acordo com a lei de Tao.

④**道法自然**: O funcionamento de “Tao” é regido pelas leis da natureza. Em suma, o “Tao” toma a lei da “Natureza” e toma a natureza como lei. Em suma, o funcionamento do logos é governado pelas leis naturais do universo.

扫码听录音

译文

人的行为效法地球运行的规则，地球的运行效法宇宙运行的规则，宇宙效法“道”而运行，“道”按照自然规律运行。

Tradução

O homem tira sua lei da Terra; à Terra tira sua lei do Céu; o Céu tira sua lei de “Tao”. A lei de “Tao” é a lei propriamente dita.

zhī rén zhě zhì, zì zhī zhě míng. shèng rén zhě yǒu lì, zì shèng zhě qiáng.

（四）知人①者智②，自知③者明④。胜人⑤者有力⑥，自胜⑦者强⑧。

扫码听录音

解题

老子明确地指出，不仅要了解别人，还要了解自己；不仅要战胜别人，更重要的是要战胜自己。这才是求道者最基本的人生观。

Comentário

Laozi apontou claramente que é preciso conhecer não só os outros, mas também a si mesmo; não só vencer os outros, mas, sobretudo, vencer a si mesmo, é a visão fundamental da vida do buscador.

注释

①**知人**：了解别人。

②**智**：聪明，智慧。

③**自知**：了解自己。

④**明**：聪明。

⑤**胜人**：战胜别人，胜过别人。

⑥**有力**：有力量。

⑦**自胜**：胜过自己，战胜自己。

⑧**强**：强大。

译文

能认识、了解别人叫做有智慧，能认识、了解自己才算聪明。能战胜别人的人是有力量的，能战胜自己的人则更加强大而不可战胜。

Notas

①**知人**：Conhecer as pessoas.

②**智**：Inteligência, sabedoria.

③**自知**：Conhecer a si mesmo.

④**明**：Inteligente.

⑤**胜人**：Vencer e superar os outros.

⑥**有力**：Tem força.

⑦**自胜**：Vencer a si mesmo.

⑧**强**：Forte.

扫码听录音

Tradução

A sabedoria situa-se em conhecer e compreender os outros, é inteligente conhecer e compreender a si mesmo.

Pessoas que podem derrotar outras são poderosas, aquelas que se podem derrotar são mais poderosas e invencíveis.

dà fāng wú yú，dà qì wǎn chéng，dà yīn xī shēng，dà xiàng wú xíng

（五）大方①无隅②，大器③晚成④，大音希声⑤，大象⑥无形⑦。

扫码听录音

解题

这一句话辩证地分析了现象与本质对立统一的关系，蕴含了老子的辩证思维和对自然状态的崇尚，即把万物的最高境界归于自然而非人为。这也是老子提出的中国古代文学理论中的一种美学观念，意在推崇自然的、而非人为的美。

Comentário

A frase analisa dialeticamente a relação contraditória e unificada entre fenômeno e essência. Ademais, contém o pensamento dialético de Laozi e a admiração pela natureza. A sentença também atribui à natureza o estado mais alto de tudo, ao invés do que é feito pelo homem. Este conceito do mesmo modo é estético da antiga teoria literária chinesa apresentada por Laozi, que visa promover a beleza natural e não a artificial.

注释

①**方**：方正的。
②**隅**：棱角。
③**大器**：最大的器具。
④**晚成**：最后完成。
⑤**希声**：没有声音。
⑥**大象**：最大的形象。
⑦**无形**：没有形状。

Notas

①**方**：Quadrado.
②**隅**：Arestas e cantos.
③**大器**：O maior aparelho ou utensílio.
④**晚成**：Conclui-se no último momento.
⑤**希声**：Não faz som.
⑥**大象**：A maior imagem.
⑦**无形**：Sem forma.

扫码听录音

译文

最方正的东西没有棱角，最大的器具最后完成，最好的音乐没有声响，最大的形象没有形状。

Tradução

O quadrado em forma mais regular não tem arestas. O maior utensílio é feito no último momento. A voz mais bonita é o silêncio. Uma figura maravilhosa, igual a uma sombra.

huò xī fú zhī suǒ yǐ fú xī huò zhī suǒ fú
（六）祸兮①福之所倚②，福兮祸之所伏③。

扫码听录音

解题

福与祸并不是绝对的，它们相互依存，可以互相转化。坏事有可能引发好结果，而好事情也可能引发出坏的结果。

Comentário

Bênçãos e maldições não são absolutas, são interdependentes e podem ser transformadas uma na outra. Coisas más podem levar a bons resultados e coisas boas podem levar a maus resultados.

注释

①**兮**：中国古文中的助词，相当于现代的“啊”。

②**倚**：依靠，依傍。

③**伏**：隐藏，躲藏。

Notas

①**兮**: Palavra de interjeição no chinês antigo e é equivalente ao “ah” no chinês moderno.

②**倚**: Confiar ou ter dependência de.

③**伏**: Esconder.

译文

灾祸有福禄依傍着，福禄中隐藏着灾祸。

扫码听录音

Tradução

O desastre é o vizinho próximo da fortuna e a fortuna é a ocultação do desastre. Ah, miséria! A felicidade encontra-se ao seu lado. Ah, felicidade! A miséria espreita por baixo.

tiān xià nán shì bì zuò yú yì tiān xià dà shì bì zuò yú
（七）天下①难事②，必③作④于易⑤；天下大事，必作于
xì
细⑥。

扫码听录音

解题

任何伟大的事情，开始的时候都是渺小的。要想做成大事，必须先从小事做起，即使那些十分复杂困难的事，我们也可以从细节入手，化繁为简，看到事物的本质。

Comentário

Todas as coisas grandiosas começam com as pequeninas. Se desejar obter sucessos grandiosos, primeiro deve começar com as pequeninas. Mesmo que sejam muito complicadas e difíceis, podemos começar com os detalhes e tornar a complexidade em simplicidade. Assim, a explorar as essências das coisas.

注释

①**天下**：天底下的，世界上的。

②**难事**：复杂的事。

③**必**：都是，一定是。

④**作**：发展，产生。

⑤**易**：容易，简单。

⑥**细**：小事。

译文

天下的难事都是从容易的时候发展起来的，天下的大事都是从细小的地方一步步形成的。

Notas

①**天下**：No mundo.

②**难事**：Coisas complicadas.

③**必**：Deve-se ser, com certeza de ser.

④**作**：Desenvolver e produzir.

⑤**易**：Fácil e simples.

⑥**细**：Coisas pequenas.

扫码听录音

Tradução

Todas as coisas difíceis do mundo certamente surgirão de um estado anterior em que eram fáceis. E todas as coisas magníficas, daquelas em que eram pequenas.

hé bào zhī mù shēng yú háo mò jiǔ céng zhī tái qǐ yú lěi
（八）合抱①之木，生②于毫末③；九层之台④，起⑤于累

tǔ qiān lǐ zhī xíng shǐ yú zú xià
土⑥；千里之行⑦，始⑧于足下⑨。

扫码听录音

解题

这句话告诉我们，做事得从头开始，一步一步做。经过日积月累和坚持不懈之后，一定会有所收获。

Comentário

Esta frase diz-nos que devemos começar passo a passo, pois após a acumulação e a perseverança, com o passar do tempo, obteremos definitivamente o que queremos.

注释

①**合抱**：需要用手臂抱满怀的。

②**生**：生长。

③**毫末**：细小的（幼苗）。

④**台**：高台。

⑤**起**：垒起，筑起。

⑥**累土**：一堆又一堆的泥土。

⑦**行**：行程，路程。

⑧**始**：从……开始。

⑨**足下**：脚底下。

Notas

①**合抱**：Precisar de abraçar com os braços.

②**生**：Crescer.

③**毫末**：Plantas jovens.

④**台**：Edifício alto.

⑤**起**：Construir.

⑥**累土**：Monte de solo.

⑦**行**：Viagem ou jornada.

⑧**始**：Começar com.

⑨**足下**：Debaixo do pé.

译文

合抱的大树，生长于细小的幼苗；九层的高台，筑起于一堆堆的泥土；千里的远行，是从脚下第一步开始走出来的。

扫码听录音

Tradução

A árvore que enche os braços cresce desde jovem. A torre de nove andares ergue-se dum pequeno monte de solo. A jornada de mil li começou com o primeiro passo.

练习 Exercícios

一、根据课文内容回答问题（Responda às perguntas de acordo com o texto.）

1. 什么样的人很强大？
2. 最大的东西是什么样的？
3. 世界上的难事都是怎样形成的？

二、把下列词语译成现代汉语（Traduza as frases abaixo para o chinês moderno.）

1. 上善若水
2. 企者不立
3. 大器晚成

三、古今词义变迁（Defina os caracteres antigos e modernos.）

1. 故几于道
   古义：＿＿＿＿＿＿＿＿ 今义：＿＿＿＿＿＿＿＿
2. 企者不立
   古义：＿＿＿＿＿＿＿＿ 今义：＿＿＿＿＿＿＿＿
3. 大象无形
   古义：＿＿＿＿＿＿＿＿ 今义：＿＿＿＿＿＿＿＿

四、找出下列句中的成语并造句（Sublinhe os provérbios nas frases abaixo. Depois, faça frases com eles.）

1. 上善若水，水善利万物而不争，处众人之所恶，故几于道。
   ＿＿＿＿：＿＿＿＿＿＿＿＿＿＿＿＿＿＿＿＿
2. 知人者智，自知者明。
   ＿＿＿＿：＿＿＿＿＿＿＿＿＿＿＿＿＿＿＿＿
3. 大方无隅，大器晚成，大音希声，大象无形。
   ＿＿＿＿：＿＿＿＿＿＿＿＿＿＿＿＿＿＿＿＿
4. 合抱之木，生于毫末；九层之台，起于累土；千里之行，始于足下。
   ＿＿＿＿：＿＿＿＿＿＿＿＿＿＿＿＿＿＿＿＿

第六章　烛之武退秦师

《左传》

《左传》，左丘明著，又称《左氏春秋》，是中国古代一部叙事完备的编年体史书，它标志着我国叙事散文的成熟。它与《公羊传》《谷梁传》合称“春秋三传”。《左传》以《春秋》为本，通过记述春秋时期的具体史实来说明《春秋》的纲目，是儒家重要经典之一。

《左传》代表了先秦史学的最高成就，是研究先秦历史，尤其是春秋时期历史的重要文献，对后世的史学产生了很大影响，特别是对确立编年体史书的地位起了很大作用。而且它具有强烈的儒家思想倾向，强调等级秩序与宗法伦理，重视长幼尊卑之别，同时也表现出“民本”思想，因此也是研究先秦儒家思想的重要历史资料。

Capítulo VI　Zhu Zhiwu Convenceu o Exército de Qin

"Zuo Zhuan"

"Zuo Zhuan", escrito por Zuo Qiuming, também conhecido como "Comentário de Zuo", é um livro de história narrativa da antiga China, que marca a maturidade da prosa narrativa do nosso país. É chamada de "Três Obras de Comentários de Primavera e de Outono" junta com "Gong Yang Zhuan (Comentário de Gongyang)" e "Gu Liang Zhuan (Comentário de Guliang)". "Zuo Zhuan" é baseado em "Os Anais de Primavera e Outono" e ilustra o esboço de "Os Anais de Primavera e Outono", descrevendo fatos históricos específicos durante o Período de Primavera e Outono. É um dos clássicos confucionistas importantes.

"Zuo Zhuan" representa a maior conquista da historiografia pré-Qin. É um documento importante para estudar a história pré-Qin, especialmente a história do Período de Primavera e Outono. Tem uma grande influência na historiografia posterior, especialmente no aumento de importância de livros de história cronológica. E por ter uma forte tendência ideológica confucionista, enfatizar a ordem hierárquica e a ética patriarcal, destacar a diferença entre o idoso e a criança e, em simultâneo, mostrar o pensamento centrado no povo, é também um importante material histórico para o estudo de pré-Qin Confucionismo.

扫码听录音

jìn hóu qín bó wéi zhèng yǐ qí wú lǐ yú jìn qiě èr yú
晋侯、秦伯[1]围郑，以其无礼于晋[2]，且贰于
chǔ yě jìn jūn hán líng qín jūn fán nán
楚[3]也。晋军函陵[4]，秦军氾南[5]。

yì zhī hú yán yú zhèng bó yuē guó wēi yǐ ruò shǐ zhú zhī wǔ jiàn
佚之狐[6]言于郑伯[7]曰：“国危矣，若[8]使[9]烛之武见[10]
qín jūn shī bì tuì gōng cóng zhī cí yuē chén zhī zhuàng yě yóu bù rú
秦君，师必退。”公从之。辞[11]曰：“臣之壮也[12]，犹[13]不如
rén jīn lǎo yǐ wú néng wéi yě yǐ gōng yuē wú bù néng zǎo yòng zǐ jīn
人；今老矣，无能为也已[14]。”公曰：“吾不能早用[15]子，今
jí ér qiú zǐ shì guǎ rén zhī guò yě rán zhèng wáng zǐ yì yǒu bù lì yān
急而求子，是寡人之过也[16]。然[17]郑亡，子亦有不利焉。”
xǔ zhī
许之[18]。

yè zhuì ér chū jiàn qín bó yuē qín jìn wéi zhèng zhèng jì zhī wáng
夜缒[19]而出，见秦伯，曰：“秦、晋围郑，郑既[20]知亡
yǐ ruò wáng zhèng ér yǒu yì yú jūn gǎn yǐ fán zhí shì yuè guó yǐ bǐ yuǎn
矣。若亡郑[21]而有益于君，敢以烦执事[22]。越国以鄙远[23]，
jūn zhī qí nán yě yān yòng wáng zhèng yǐ bèi lín lín zhī hòu jūn zhī bó yě
君知其难也。焉用亡郑以陪邻[24]？邻之厚，君之薄也。
ruò shě zhèng yǐ wéi dōng dào zhǔ xíng lǐ zhī wǎng lái gōng qí fá kùn jūn yì
若舍郑以为东道主，行李[25]之往来，共[26]其乏困，君亦
wú suǒ hài qiě jūn cháng wéi jìn jūn cì yǐ xǔ jūn jiāo xiá zhāo jì ér xī
无所害。且君尝为晋君赐矣[27]，许[28]君焦、瑕，朝济而夕
shè bǎn yān jūn zhī suǒ zhī yě fú jìn hé yàn zhī yǒu jì dōng fēng zhèng
设版焉[29]，君之所知也。夫晋，何厌[30]之有？既东封郑[31]，
yòu yù sì qí xī fēng ruò bù quē qín jiāng yān qǔ zhī quē qín yǐ lì jìn wéi
又欲肆其西封[32]，若不阙[33]秦，将焉取之？阙秦以利晋，唯
jūn tú zhī qín bó yuè yǔ zhèng rén méng shǐ qǐ zǐ páng sūn yáng sūn shù
君图之。”秦伯说[34]，与郑人盟[35]。使杞子、逢孙、杨孙戍
zhī nǎi huán
之[36]，乃还[37]。

zǐ fàn qǐng jī zhī gōng yuē bù kě wēi fú rén zhī lì bù jí cǐ
子犯[38]请击之[39]，公曰：“不可。微夫人之力不及此[40]。
yīn rén zhī lì ér bì zhī bù rén shī qí suǒ yǔ bù zhì yǐ luàn yì
因[41]人之力而敝[42]之，不仁；失其所与[43]，不知[44]；以乱易
zhěng bù wǔ wú qí huán yě yì qù zhī
整，不武[45]。吾其还也[46]。”亦去之[47]。

解题

《烛之武退秦师》是春秋时期文学家、史学家左丘明创作的一篇散文。此文记述的是秦晋联合攻打郑国之前开展的一场外交斗争，烛之武以一己之力，凭借对时局的洞若观火和过人的辩才，最终使郑国免于灭亡。其临危不惧、解除国难的精神以及能言善辩的杰出外交才能，为人赞叹。

公元前630年，晋国和楚国大战于城濮，结果楚国大败，晋国的霸业完成。两年后晋国联合秦国讨伐郑国。郑伯闻讯后，派烛之武面见秦穆公，劝他退兵。烛之武巧妙地利用秦、晋两国的矛盾，表现出处处为秦国利益着想的样子，分析当时的形势，抓住利害关系，说明保存郑国对秦国有利，灭掉郑国对秦国不利的道理，最终说动了秦国退兵。晋军失去盟军支持后，也被迫撤离了郑国。此文即是记叙了这一历史事件。

Comentário

O “Zhu Zhiwu Convenceu o Exército de Qin” é um relato narrado por Zuo Qiuming, escritor e historiador no Período de Primavera e Outono. O registro descreve uma luta diplomática antes do ataque aliado do reino de Qin-Jin ao reino de Zheng. Zhu Zhiwu, com o seu entendimento profundo da circunstância de então e da sua capacidade argumentativa extraordinária, finalmente, conseguiu salvar Zheng da queda. São realmente louváveis a sua capacidade de não ter medo diante dos perigos, a sua dedicação para resolver a crise nacional e a sua capacidade notável de eloquência diplomática.

Em 630 a.C., ocorreu uma guerra entre Jin e Chu em Chengpu, como resultado, Chu foi derrotado e a hegemonia de Jin foi concluída. Dois anos mais tarde, Jin e Qin uniram forças contra Zheng. Após o Duque Wen de Zheng ouvir a notícia, ele enviou Zhu Zhiwu para visitar Duque Mu de Qin e o convenceu a recuar. Zhu Zhiwu inteligentemente se aproveitou dos conflitos entre Qin e Jin para mostrar que ele sempre se beneficiou de Qin. Ao analisar a situação do presente, mostrava que era favorável para Qin apoiar Zheng e era prejudicial destruir Zheng. A verdade desfavorável, finalmente, convenceu Qin a recuar. Depois que o exército Jin perdeu o apoio aliado, eles também foram forçados a se retirar de Zheng. Este registro representa o evento histórico.

注释

①**晋侯、秦伯**：指晋文公和秦穆公。

②**以其无礼于晋**：指晋文公即位前流亡国外，经过郑国时，没有受到应有的礼遇。以，因为。

③**且贰于楚**：并且从属于晋的同时又从属于楚。且，并且。贰，从属二主，怀有二心。

Notas

①**晋侯、秦伯**：Refere-se a Duque Wen de Jin e Duque Mu de Qin.

②**以其无礼于晋**：Porque Duque Wen de Jin, que não recebeu a cortesia que merecia quando passou por Zheng no exílio antes de assumir o trono. 以 : Porque.

③**且贰于楚**：Enquanto o Zheng é subordinado a Jin, ele fica subordinado a Chu ao mesmo tempo. 且 : E. 贰 : Ser desonesto.

④**晋军函陵**：晋军驻扎在函陵。军，驻军。函陵，郑国地名，在今河南新郑北。

⑤**氾（fán）南**：古代东氾水的南面，在今河南中牟南。

⑥**佚之狐**：郑国大夫。

⑦**郑伯**：指郑文公。

⑧**若**：假如。

⑨**使**：派。

⑩**见**：进见。

⑪**辞**：推辞。

⑫**臣之壮也**：我壮年的时候。

⑬**犹**：尚且。

⑭**无能为也已**：不能干什么了。为，做。已，同"矣"，语气词，了。

⑮**用**：任用。

⑯**是寡人之过也**：这是我的过错。是，这。过，过错。

⑰**然**：然而。

⑱**许之**：答应这件事。许，答应。

⑲**缒（zhuì）**：用绳子拴着从城墙上往下吊。

⑳**既**：已经。

㉑**亡郑**：使郑亡。

㉒**敢以烦执事**：冒昧地拿（亡郑这件事）麻烦您。这是客气的说法。执事，执行事务的人，古时候君王左右办事的人。这是对对方的敬称。

㉓**越国以鄙（bǐ）远**：越过别国而把远地（郑国）当作边邑。越，越过。鄙，边邑。这里作动词。

㉔**焉用亡郑以陪邻**：怎么要用灭掉郑国来给邻国（晋国）增加（土地）呢？焉，哪里，怎么。以，来。陪，同"倍"，增加。邻，邻国，指晋国。

④**晋军函陵**：O exército Jin está localizado em Hanling. Hanling, o nome do local de Zheng, hoje está localizado no norte de Xinzheng, Henan.

⑤**氾（fán）南**：O sul do antigo Rio Dong Fan, hoje fica situado no sul da província de Henan.

⑥**佚之狐**：Título oficial de Zheng.

⑦**郑伯**：Refere-se a Duque Wen de Zheng.

⑧**若**：Se.

⑨**使**：Mandar.

⑩**见**：Visitar.

⑪**辞**：Recusar.

⑫**臣之壮也**：Quando eu estava no auge da vida, quer dizer, quando eu era jovem e forte.

⑬**犹**：Ainda.

⑭**无能为也已**：Não pode fazer nada. 为：Fazer ou exercer. 已：É igual a "矣", serve como modal.

⑮**用**：Recomendar alguém para uma vaga.

⑯**是寡人之过也**：A culpa é minha (do rei). 是：Este. 过：Culpa.

⑰**然**：No entanto.

⑱**许之**：Dar permissão a fazer. 许：Permitir.

⑲**缒（zhuì）**：Pendurado na parede com uma corda.

⑳**既**：Já.

㉑**亡郑**：Destruir Zheng.

㉒**敢以烦执事**："Incomodá-lo com a queda de Zheng." Esta é uma expressão educada. 执事：O ministro que ajuda o rei a tratar de assuntos nos tempos antigos. Título honorífico um para o outro.

㉓**越国以鄙（bǐ）远**：Selecionando um país mais afastado (Zheng) como o país de fronteira de Qin, mas abandona um país mais próximo. 越：Passar. 鄙：Locais nas fronteiras, no texto utiliza-se como verbo.

㉔**焉用亡郑以陪邻**：Porque destruímos Zheng a expandir territórios para o país vizinho (Jin)? 焉：Onde, como. 以：Para. 陪：É igual a "倍", aumentar. 邻：País vizinho, aqui se refere a Jin.

㉕**行李**：也作“行吏”，外交使节。
㉖**共**：通“供”，供给。
㉗**尝为晋君赐矣**：曾经给予晋君恩惠（指秦穆公曾派兵护送晋惠公回国）。尝，曾经。为，给予。赐，恩惠。为……赐，施恩。
㉘**许**：答应。
㉙**朝济而夕设版焉**：（晋惠公）早上渡过黄河（回国），晚上就筑城防御。济，渡河。设版，指筑墙。版，筑土墙用的夹板。
㉚**厌**：满足。
㉛**东封郑**：在东边让郑国成为晋国的边境。封，疆界，这里作用动词。
㉜**肆其西封**：扩展它西边的疆界。指晋国灭郑以后，必将图谋秦国。肆，延伸，扩张。封，疆界。
㉝**阙（quē）**：使……减损。
㉞**说**：通“悦”，喜悦，悦服。
㉟**盟**：结盟。
㊱**使杞子、逢孙、杨孙戍之**：指秦穆公派兵驻扎郑国代为防设。杞子、逢孙、杨孙，三人都是秦国大夫。戍，防守。
㊲**还**：撤军回国。
㊳**子犯**：晋国大夫狐偃，字子犯。
㊴**击之**：袭击秦国军队。
㊵**微夫人之力不及此**：要不是有那人（秦穆公）的帮助，我是到不了今天这个地步的。微，非，无，要不是。夫，那。
㊶**因**：依靠。
㊷**敝**：损害。

㉕**行李**: Também é utilizado como “行吏”, enviado diplomático.
㉖**共**: É igual a “供”, suprimento.
㉗**尝为晋君赐矣**: Deu ao rei de Jin um favor[1]. 尝: Era uma vez. 为: Dar. 赐: Um favor ou uma graça. 为……赐: Dar favores para.
㉘**许**: Prometer.
㉙**朝济而夕设版焉**: (Duque Hui de Jin) Atravessou o Rio Amarelo de manhã (para retornar ao seu próprio país) e logo construiu à noite uma muralha para defesa. 济: Atravessar o rio. 设版: Construir as muralhas de defesa. 版: Tijolos para construir muralhas de terra.
㉚**厌**: Ficar satisfeito.
㉛**东封郑**: No leste, torna-se o Zheng em fronteira de Jin. 封: Fronteiras, neste caso é utilizado como verbo.
㉜**肆其西封**: (Jin) Expande sua fronteira ocidental. Refere-se que após da queda de Zheng, Jin certamente vai atacar Qin. Extensão, expansão. 封: Fronteiras.
㉝**阙（quē）**: Depreciar de.
㉞**说**: É igual a “悦”, alegria.
㉟**盟**: Aliar. Nos tempos antigos, fazia juramentos assinando um tratado perante os deuses.
㊱**使杞子、逢孙、杨孙戍之**: Duque Mu de Qin que enviou tropas para Zheng em nome da defesa. **杞子、逢孙、杨孙**: Qizi, Pangsun e Yangsun são todos médicos de Qin. 戍: Defender.
㊲**还**: Retira as tropas e volta para o próprio país.
㊳**子犯**: Também se chama Hu Yan, ministro de Jin.
㊴**击之**: Atacar o exército Qin.
㊵**微夫人之力不及此**: Se não fosse a ajuda dessa pessoa (Duque Mu de Qin), eu não estaria onde estou hoje. 微: Se não fosse a. 夫: E então.
㊶**因**: Depender de.
㊷**敝**: Prejudicar.

[1] Referindo-se a Duque Mu de Qin uma vez que enviou tropas para escoltar Duque Hui de Jin para voltar ao seu própiro país.

㊸**与**：联合。
㊹**知**：通“智”，明智。
㊺**以乱易整，不武**：用混乱相攻取代联合一致，是不符合用武的军事准则的。
㊻**吾其还也**：我们还是回去吧。其，表商量或希望的语气，还是。
㊼**去之**：离开郑国。

㊸**与**: Unir.
㊹**知**: É igual a “智”, sábio.
㊺**以乱易整，不武**: Não é corajoso substituir a unidade pelo caos.
㊻**吾其还也**: Vamos voltar. 其: Falar com tom de negociação.
㊼**去之**: Partir ou sair de Zheng.

扫码听录音

译文

晋文公和秦穆公联合围攻郑国，因为郑文公曾对晋文公无礼，并且郑国从属于晋国的同时又从属于楚国。晋军驻扎在函陵，秦军驻扎在氾水的南面。

佚之狐对郑文公说：“国家危险了，假如派烛之武去见秦穆公，秦国的军队一定会撤退。”郑文公同意了。烛之武推辞说：“我壮年时，尚且不如别人；现在老了，更不能干什么了。”郑文公说：“我没有及早重用您，危急时才来求您，这是我的过错。然而郑国灭亡了，对您也不利啊！”烛之武答应了。

夜里，有人用绳子将烛之武从城楼上放下去，见到秦穆公，烛之武说：“秦、晋围攻郑国，郑国已经知道要灭亡了。如果灭掉郑国对您有好处，怎敢拿这件事情来麻烦您。越过别的国家把远地郑国作为秦国的边邑，您知道这是困难的，为什么要灭掉郑国而给邻国增加土

Tradução

O Duque Wen de Jin e o Duque Mu de Qin fizeram um ataque conjunto a Zheng, porque o Duque Wen de Zheng ofendeu o Duque Wen de Jin, além de seguir simultaneamente como filial de Jin e de Chu. O exército de Jin assentou base em Hanling e o de Qin estacionou ao sul de Fanshui.

Yi Zhihu disse ao Duque Wen de Zheng: “Zheng está em perigo. Se podermos, enviaremos Zhu Zhiwu para visitar o Duque Mu de Qin. Zhu Zhiwu deve ser capaz de o convencer a se retirar.” O Duque Wen de Jin, então, concordou. Contudo, Zhu Zhiwu declinou dizendo: “Quando eu era jovem e forte, não conseguia vencer os outros. Agora estou tão velho de os convencer.” Duque Wen de Zheng disse: “Antigamente, eu não o considerava importante. A culpa é minha que só no momento de perigo lhe peço ajuda. No entanto, a queda de Zheng também não é favorável para si.” Assim Zhu Zhiwu prometeu.

À noite, Zhu Zhiwu saiu pela muralha com uma corda e encontrou-se com o Duque Mu de Qin. “Qin e Jin fizeram um ataque a Zheng. Agora Zheng sabia que estava perto da sua própria queda. Se a queda de Zheng fosse favorável para Qin, Zheng

地呢？邻国的国力雄厚了，您的国力也就相对削弱了。如果您放弃围攻郑国，把它当做东方道路上接待过客的主人，出使的人来来往往，郑国可以随时给他们提供缺少的东西，对您也没有什么害处。而且您曾经给予晋惠公恩惠，晋惠公答应给您焦、瑕二座城池。然而他早上渡过黄河回国，晚上就在那里筑城墙防御，这您是知道的。晋国怎么会有满足的时候呢？现在它既然以郑国作为东边的疆界，又想往西扩大边界。如果不损害秦国的利益，它到哪里去夺取土地呢？削弱秦国这件事对晋国有利，希望您还是多多考虑！”秦伯听了很高兴，就与郑国签订了盟约。派杞子、逢孙、杨孙戍守郑国，秦伯就回国了。

晋国大夫子犯请求攻打秦军。晋文公说：“不行！如没有秦国国君的帮助，就没有我的今天。依靠别人的力量而又反过来损害他的利益，这是不仁义的；失掉自己的同盟国，这是不明智的；用混乱相攻取代联合一致，这是不符合用武的军事准则的。我们还是回去吧！”晋军也就离开了郑国。

nem o incomodaria com este assunto. Sabes que é irrazoável selecionar um reino mais afastado como país vizinho de Qin. Por que, então, quer exterminar Zheng e aumentar área de território vizinha? Quando os países vizinhos tornam-se mais fortes e a sua força fica relativamente enfraquecida. Caso desista de atacar Zheng e considere Zheng como um dono para hospedar convidados que passam por aqui. Zheng sempre poderá fornecer o que falta aos mensageiros que não é nada prejudicial para Qin. Além disso, você já benificiou o Duque Hui de Jin e ele também prometeu ceder-lhe as duas cidades. No entanto, ao voltar para o reino dele, ele atravessou o Rio Amarelo de manhã, construiu logo muralhas defensivas como tu sabias. O Jin nunca está satisfeito, não é? Agora, ele tornou Zheng como a fronteira oriental dele e ainda planejou expandir os seus territórios na direção ocidental. Se Jin não atacar Qin, onde é que Jin poderá conquistar mais territórios? Enfraquecer Qin é favorável para Jin, por favor, pense mais nisso!". O Duque Mu de Qin ficou muito satisfeito e assinou um pacto de aliança com Zheng. Depois de enviar Qi Zi, Feng Sun e Yang Sun para defender Zheng, o Duque Mu de Qin voltou ao seu país.

O ministro Zifan de Jin pediu permissão para atacar o exército de Qin. O Duque Wen de Jin, todavia, lhe respondeu: "Não! Sem o poder do reino de Qin, eu não conseguiria chegar até aqui. É imoral beneficar-se com o poder e a ajuda dos outros, mas, logo abandoná-lo. Não é inteligente perder seus próprios aliados. Não é valente substituir a unidade por ataques caóticos. Vamos voltar!". Prontamente, o exército de Jin saiu de Zheng.

练习 Exercícios

一、指出下列句中的通假字并解释（Indique e explique as palavras homônimas abaixo.）

1. 今老矣，无能为也已 ________：________________
2. 行李之往来，共其乏困 ________：________________
3. 夫晋，何厌之有 ________：________________
4. 秦伯说，与郑人盟 ________：________________
5. 失其所与，不知 ________：________________

二、把下列句子译成现代汉语（Traduza as frases abaixo para o chinês moderno.）

1. 若亡郑而有益于君，敢以烦执事。
2. 若舍郑以为东道主，行李之往来，共其乏困，君亦无所害。
3. 既东封郑，又欲肆其西封，若不阙秦，将焉取之？
4. 因人之力而敝之，不仁；失其所与，不知；以乱易整，不武。

三、古今词义变迁（Defina os caracteres antigos e modernos.）

1. 且贰于楚也

   古义：________________ 今义：________________
2. 若舍郑以为东道主

   古义：________________ 今义：________________
3. 行李之往来，共其乏困

   古义：________________ 今义：________________
4. 微夫人之力不及此

   古义：________________ 今义：________________
5. 亦去之

   古义：________________ 今义：________________

第七章　报任安书（节选）

司马迁

《史记》是西汉史学家司马迁撰写的纪传体史书，是中国历史上第一部纪传体通史，记载了上至上古传说中的黄帝时代，下至汉武帝太初四年间共三千多年的历史。《史记》全书包括十二本纪（记历代帝王政绩）、三十世家（记诸侯国和汉代诸侯、勋贵兴亡）、七十列传（记重要人物的言行事迹，主要叙人臣，其中最后一篇为自序）、十表（大事年表）、八书（记各种典章制度，包括礼、乐、音律、历法、天文、封禅、水利、财用），共一百三十篇，五十二万六千五百余字。《史记》被列为“二十四史”之首，对后世史学和文学的发展都产生了深远影响，其首创的纪传体编史方法为后来历代“正史”所传承。《史记》还被认为是一部优秀的文学著作，在中国文学史上有重要地位，有很高的文学价值，被鲁迅誉为“史家之绝唱，无韵之《离骚》”。

Capítulo 7　Uma Carta Resposta a Ren’An

Sima Qian

“Shi Ji” é um livro de história escrito pelo historiador Sima Qian da dinastia Han ocidental. É a primeira história geral da biografia chinesa. Ele elaborou uma obra que registra a história de mais de 3000 anos, desde a época do Imperador Amarelo em lendas antigas até ao quarto ano do Imperador Wu da Dinastia Han.“Shi Ji”inclui doze Benji (registrando as conquistas políticas dos imperadores das dinastias anteriores), trinta Shijia (registrando os reinos e os príncipes da dinastia Han, a ascensão e queda dos nobres) e setenta Liezhuan (registro das palavras e atos de figuras importantes, principalmente narrando os oficiais, o último capítulo é prefácio do próprio autor), dez Biao (cronologia dos grandes acontecimentos), oito Shu (registro de vários rituais, música, calendário, astronomia, meditação, conservação da água e uso financeiro), um total de 130 capítulos, 526500 palavras. “Shi Ji” foi listado como topo das “Vinte e Quatro Histórias” e teve um impacto profundo no desenvolvimento da historiografia e da literatura posterior. Seu primeiro método de compilar a história no estilo usando biolgrafias foi transmitido pela “História Oficial” das dinastias subsequentes. “Shi Ji” também é considerada uma excelente obra literária e tem um lugar importante na história da literatura chinesa. É elogiada por Lu Xun como “Os artigos de registro histórico de Sima Qian são inéditos na história e igual ao de “Li Sao” por Qu yuan quanto à sua realização literária.

gǔ zhě fù guì ér míng mó miè bù kě shèng jì wéi tì tǎng fēi cháng zhī rén chēng
古者富贵而名摩[1]灭，不可胜记，唯倜傥[2]非常之人称[3]

yān gài wén wáng jū ér yǎn zhōu yì zhòng ní è ér zuò chūn qiū qū
焉。盖文王拘而演《周易》[4]；仲尼厄而作《春秋》[5]；屈

yuán fàng zhú nǎi fù lí sāo zuǒ qiū shī míng jué yǒu guó yǔ sūn
原放逐[6]，乃赋[7]《离骚》；左丘[8]失明，厥有《国语》[9]；孙

zǐ bìn jiǎo bīng fǎ xiū liè bù wéi qiān shǔ shì chuán lǚ lǎn hán
子[10]膑脚[11]，《兵法》修列[12]；不韦[13]迁蜀，世传《吕览》；韩

fēi qiú qín shuō nàn gū fèn shī sān bǎi piān dà dǐ shèng xián fā fèn
非[14]囚秦，《说难》《孤愤》；《诗》三百篇[15]，大底[16]圣贤发愤

zhī suǒ wéi zuò yě cǐ rén jiē yì yǒu suǒ yù jié bù dé tōng qí dào gù shù
[17]之所为作也。此人皆意有所郁结[18]，不得通其道[19]，故述

wǎng shì sī lái zhě nǎi rú zuǒ qiū wú mù sūn zǐ duàn zú zhōng bù kě yòng
往事、思来者[20]。乃如左丘无目，孙子断足，终不可用，

tuì ér lùn shū cè yǐ shū qí fèn sī chuí kōng wén yǐ zì xiàn
退而论书策[21]，以舒其愤，思垂空文以自见[22]。

扫码听录音

pú qiè bù xùn　jìn zì tuō yú wú néng zhī cí　wǎng luó tiān xià fàng yì jiù
仆窃不逊[23]，近自托于无能之辞[24]，网罗天下放失旧

wén　lüè kǎo qí xíng shì　zōng qí zhōng shǐ　jī qí chéng bài xīng huài zhī jì
闻[25]，略考其行事，综其终始[26]，稽其成败兴坏之纪[27]，

shàng jì xuān yuán　xià zhì yú zī　wéi　shí biǎo　běn jì shí èr　shū bā zhāng
上计轩辕[28]，下至于兹[29]，为[30]十表，本纪十二，书八章，

shì jiā sān shí　liè zhuàn qī shí　fán bǎi sān shí piān　yì yù yǐ jiū tiān rén zhī jì
世家三十，列传七十，凡百三十篇。亦欲以究天人之际[31]，

tōng　gǔ jīn zhī biàn　chéng yī jiā zhī yán　cǎo chuàng　wèi jiù　huì zāo cǐ huò
通[32]古今之变，成一家之言[33]。草创[34]未就，会遭此祸，

xī　qí bù chéng　shì yǐ jiù jí xíng　ér wú yùn　sè　pú chéng yǐ zhù cǐ shū　cáng
惜[35]其不成，是以就极刑[36]而无愠[37]色。仆诚以著此书，藏

zhī míng shān chuán zhī qí rén　tōng yì　dà dū　zé pú cháng qián rǔ zhī zhài　suī
之名山，传之其人，通邑[38]大都，则仆偿前辱之责[39]，虽

wàn bèi lù　qǐ yǒu huǐ zāi　rán cǐ kě wéi zhì zhě dào　nán wéi sú rén yán yě
万被戮[40]，岂有悔哉！然此可为智者道，难为俗人言也！

解题

司马迁（公元前145年或公元前135年—不可考），字子长，夏阳(今陕西韩城南)人。西汉史学家、散文家。任太史令，因替李陵败降之事辩解而受宫刑，但他发奋继续完成所著史籍，被后世尊称为史迁、太史公、历史之父。

《报任安书》是司马迁写给友人任安的一封回信。作者在信中以激愤的心情，陈述了自己的不幸遭遇，抒发了为著作《史记》而不得不含垢忍辱、苟且偷生的痛苦心情。司马迁向任安解释了自己为什么不能按照来信的要求去做，为什么要为李陵辩护而触怒汉武帝，为什么自甘受辱、愿意接受宫刑，以及在宫刑

Comentário

Sima Qian (145 a.C. ou 135 a.C.) cujo nome de cortesia é Zichang, nasceu em Xiayang (agora situa-se ao sul de Hancheng, Shaanxi). Foi historiador e ensaísta da dinastia Han Ocidental. Ocupava o cargo de astrônomo. Foi, também, condenado à castração por defender a derrota Li Ling numa guerra. Continuou a escrever seus livros históricos. É conhecido como Shiqian, Taishigong e "Pai da História".

"Uma Carta Resposta a Ren'An" é uma carta resposta de Sima Qian ao seu amigo Ren'An. Na carta, o autor expressava sua própria desgraça com indignação e demonstrava o sentimento doloroso de ter que abdicar de fazer os seus insultos para suportar a elaboração de sua obra "Shi Ji". Sima Qian explicou a Ren'An porque ele não podia seguir os requisitos da carta e insistiu em defender Li Ling que ofendeu assim o imperador Han Wudi. Além disso, escreveu na carta resposta as razões pelas quais estava disposto a ser humilhado, a aceitar a sentença de castração

以后是什么信念支撑他顽强活下去的。文章发语酸楚沉痛，笔端饱含感情，是一篇不可多得的奇文，具有极其重要的史料价值。

注释

①**摩**：通"磨"，拭去。

②**倜傥（tìtǎng）**：卓越豪迈，才华不凡，不受拘束。

③**称**：称道，称赞。

④**文王拘而演《周易》**：传说周文王被殷纣王拘禁在牖里时，把古代的八卦推演为六十四卦，成为《周易》的骨干。

⑤**仲尼厄而作《春秋》**：这里指孔子晚年感叹自己主张不得实行。孔子周游列国宣传儒道，在陈地和蔡地受到围攻和绝粮之苦，返回鲁国作《春秋》一书。孔丘字仲尼。厄，困穷。

⑥**放逐**：流放。

⑦**赋**：铺述，这里指创作。

⑧**左丘**：春秋时鲁国史官左丘明。

⑨**《国语》**：史书，相传为左丘明撰著。

⑩**孙子**：春秋战国时著名军事家孙膑。

⑪**膑脚**：孙膑曾与庞涓一起从鬼谷子习兵法。后庞涓为魏惠王将军，骗膑入魏，割去了他的膑骨（膝盖骨）。孙膑有《孙膑兵法》传世。

⑫**修列**：编著。

⑬**不韦**：吕不韦，战国末年大商人，秦初为相国。曾命门客著《吕氏春秋》(一名《吕览》)。始皇十年，令

e as crenças que o apoiavam para sobreviver após castração. Este registro manifesta fortemente os sentimentos de sofrimentos e misérias que é um artigo incomparável de grande valor histórico.

Notas

①**摩**: É igual a "磨", apagar.

②**倜傥(tìtǎng)**: Heroico e destemido.

③**称**: Ser conhecido, ser elogiado.

④**文王拘而演《周易》**: Segundo a lenda, quando o rei Wen foi detido pelo rei Zhou em Yongli, ele deduziu Bagua (Oito tigramas) a 64 tigramas, que se torna base de I Ching (Livro das mutações).

⑤**仲尼厄而作《春秋》**: Confúcio viajou pelos reinos para divulgar o confucionismo. Ele foi sitiado e ficou desesperado em Chen e Cai (nome de localização) e voltou ao reino de Lu para escrever o seu livro "Os Anais de Primavera e Outono". O segundo nome de Kongqiu é Zhongni. 厄: Pobre. Isso se refere a Confúcio lamentando que sua proposta não pudesse ser implementada quando ficasse velho.

⑥**放逐**: Exílio.

⑦**赋**: Descrição detalhada, aqui se refere à elaboração de ensaio.

⑧**左丘**: Zuo Qiuming, o historiador do reino de Lu no Período de Primavera e Outono.

⑨**《国语》**: Um livro de história, dizem que foi escrito por Zuo Qiuming.

⑩**孙子**: Estrategista famoso durante o Período de Primavera e Outono e o Período dos Reinos Combatentes.

⑪**膑脚**: Sun Pin e Pang Juan estudaram juntos a arte da guerra de Guiguzi. Depois, Pang Juan se tornou o general do Rei Hui de Wei e enganou Sun Pin para entrar em Wei, cortando sua rótula. Sun Pin foi autor da "Arte da Guerra de Sun Pin"que é uma obra transmitida de geração a geração.

⑫**修列**: Editar e elaborar.

吕不韦举家迁蜀，吕不韦自杀。

⑭**韩非**：战国后期韩国公子，曾从荀卿学，入秦被李斯所谗，下狱死。著有《韩非子》,《说难》《孤愤》是其中的两篇。

⑮**《诗》三百篇**：今本《诗经》共有三百零五篇，此举其成数。

⑯**大底**：大抵，大都。底，通"抵"。

⑰**发愤**：抒发愤懑。

⑱**郁结**：抑郁不舒畅。

⑲**不得通其道**：他们的思想观念不被当时的人们接受。道，思想。

⑳**思来者**：想到未来，意思是让后世了解自己的思想。

㉑**退而论书策**：回家著书。退，回家。

㉒**思垂空文以自见（xiàn）**：意思是想留下文章来表现自己的思想。空文，是与具体的功业相对而言。

㉓**不逊**：不谦虚。

㉔**近自托于无能之辞**：近来将自己的心愿寄托在无用的言辞上。

㉕**放失（yì）旧闻**：散乱的文献。失，通"佚"。

㉖**略考其行事，综其终始**：粗略地考证历史人物的所作所为，统观他们由始至终的过程。略，粗略。

㉗**稽其成败兴坏之纪**：考查他们的成功、失败、振兴、衰落的规律。稽，考订。纪，纲纪，规律。

㉘**轩辕**：黄帝。传说中我国远古的君王，姓公孙，因居于轩辕，故称"轩辕"。

⑬**不韦**: Lü Buwei, um grande empresário nos últimos anos do Período dos Reinos Combatentes, foi primeiro-ministro no início da dinastia Qin. Ele convocou seus retentores para elaborar "Lu Shi Chun Qiu". Em 237 a.C., Qin Shi Huang ordenou que Lü Buwei e sua família se deslocassem para Shu que levou ao suicídio dele.

⑭**韩非**: O príncipe do reino Han no final do período dos Reinos Combatentes, foi aluno de Xunzi. Depois da sua entrada no reino de Qin, foi caluniado por Li Si e acabou morrendo na prisão. Ele foi o autor de "Han Fei Zi", "Dizendo Dificuldades"e"Raiva Solitária"são duas partes da obra.

⑮**《诗》三百篇**: A edição atual do"Shi Jing" tem um total de trezentos e cinco artigos.

⑯**大底**: Provavelmente, principalmente. 底: É igual a"抵".

⑰**发愤**: Expressar sua raiva.

⑱**郁结**: Depressão e desconforto.

⑲**不得通其道**: Suas ideias não são aceites pelas pessoas da época. 道: Pensamentos.

⑳**思来者**: Pensando no futuro, significa deixar que as gerações futuras entendam os pensamentos da época passada.

㉑**退而论书策**: Voltar para casa e escrever livros. 退: Voltar para casa.

㉒**思垂空文以自见（xiàn）**: O autor queria manifestar os seus pensamentos pelos seus artigos. 空文: É uma expressão humilde, o autor julga que o artigo dele não tem tanto valor comparando com os méritos e conquistas dos outros.

㉓**不逊**: Não é humilde.

㉔**近自托于无能之辞**: Recentemente fixei meu desejo em palavras inúteis.

㉕**放失（yì）旧闻**: Documentos dispersos. 失: É igual a"佚".

㉖**略考其行事，综其终始**: Uma pesquisa e visão geral das figuras históricas para conhecer bem os seus passados. 略: De um modo mais geral.

㉗**稽其成败兴坏之纪**: Explorar e analisar as leis nos

㉙**兹**：现在。指汉武帝时期。

㉚**为**：写成。

㉛**亦欲以究天人之际**：也想要研究自然与人类社会的关系。究，推断、研究。天，自然界。人，人类。

㉜**通**：通晓。

㉝**言**：学说。

㉞**草创**：起草稿。

㉟**惜**：惋惜。

㊱**极刑**：指宫刑。

㊲**愠（yùn）**：怨怒。

㊳**通邑**：大的城市。通，指四通八达。

㊴**责（zhài）**：通"债"，指下狱受官刑。

㊵**戮（lù）**：杀。

seus sucessos, fracassos, revitalizações e declínios. 稽: Explorar e analisar. 纪: Regulamentos e leis.

㉘**轩辕**：Segundo a lenda, Huang Di é o antigo rei do nosso país, cujo sobrenome é Gongsun, também é conhecido como"Xuanyuan"porque mora em Xuanyuan.

㉙**兹**: Agora. Refere-se ao período do Imperador Han Wudi.

㉚**为**：Escrito em.

㉛**亦欲以究天人之际**：O autor quer estudar a relação entre os fenômenos naturais e a sociedade humana. 究: Inferir e pesquisar. 天: Natureza. 人: Humanos.

㉜**通**：Ser sábio ou conhecer bem de alguma área.

㉝**言**：Doutrina.

㉞**草创**：Rascunho.

㉟**惜**：Lamento.

㊱**极刑**：Castração.

㊲**愠（yùn）**：Zangado.

㊳**通邑**：Uma cidade grande. 通: Estender-se em todas as direções.

㊴**责(zhài)**：É igual a "债". Refere-se a experiência de prisão e de castração.

㊵**戮（lù）**：Matar.

扫码听录音

译文

古时候虽富贵但名字磨灭不传世的人，多得数不清，只有那些卓异而不平常的人才在世上著称。周文王被拘禁而推演《周易》；孔子受困窘而作《春秋》；屈原被放逐，才写了《离骚》；左丘明失去视力，才有《国语》；孙膑被截去膝盖骨，《兵法》才被撰写出来；吕不韦被贬谪蜀地，后世才流传着《吕氏春秋》；韩非被囚禁在秦国，写出《说难》《孤愤》；《诗》三百篇，

Tradução

Nos tempos antigos, havia inúmeras pessoas que eram ricas e nobres, porém seus nomes eram indeléveis e somente aquelas com talentos extraordinários e incomuns eram conhecidas no mundo. Rei Wen foi detido e escreveu "Zhou Yi". Confúcio, portanto, ficou envergonhado e escreveu "Os Anais de Primavera e Outono" Qu Yuan, quando foi exilado depois escreveu "Li Sao". Zuo Qiuming perdeu a visão e elaborou finalmente "Guo Yu". Sun Pin teve a sua rótula retirada e conseguiu terminar a obra "A Arte da Guerra". Lü Buwei foi relegado à Shu (região afastada e pobre naquela época) que levou a transmissão de geração

大都是一些圣贤们为抒发愤懑而写作的。这些人们都是感情有抑郁不舒畅，不能实现其理想，所以记述过去的事迹，以让将来的人了解他的志向。就像左丘明没有了视力，孙膑断了双脚，终生不能被人重用，便退隐著书立说来抒发他们的怨愤，想留下著作来表达自己的思想。

我私下也自不量力，近来用我那不高明的文辞，收集天下散失的历史传闻，粗略地考订其事实，综述其事实的本末，推究其成败盛衰的道理，上自黄帝，下至于当今，写成十篇表，十二篇本纪，八篇书，三十篇世家，七十篇列传，一共一百三十篇。也是想探求天道与人事之间的关系，贯通古往今来变化的脉络，成就一派学说。草稿还没有完成，恰恰遭遇到这场灾祸，我痛惜这部书不能完成，因此便接受了最残酷的刑罚而不敢有怒色。我确实想完成这部书，打算把它藏进名山，传给可传的人，再让它广传于天下。那么，这便抵偿了我之前所受的侮辱，即便是让我千次万次地被侮辱，又有什么后悔的呢！但是，这些只能向有见识的人诉说，却很难向世俗之人讲清楚啊！

a geração de “Lü Shi Chun Qiu”. Han Fei foi preso no reino de Qin e escreveu “Dizendo Dificuldades” e “Raiva Solitária”. Já “Os trezentos Poemas” foram na maior parte escritos por algum sábio ao expressar sua raiva e insatisfações. Todas as pessoas sentem-se deprimidas e não podem ser entendidas nestes lugares. Portanto, elas não conseguem realizar suas ideias. Por isso, registram atos passados e querem que as pessoas no futuro entendam as suas ambições. Assim como Zuo Qiuming que perdeu a visão, Sun Pin teve rótula retirada e ficou ignorado e inválido durante o resto da vida. Retirou-se, portanto, a escrever para expressar suas queixas, pensando em sobreviver da escrita para expressar seus pensamentos.

Também estou com excesso de confiança. Recentemente, usei minha linguagem não sofisticada para coletar os rumores históricos espalhados pelo mundo, verificar os fatos, resumir os detalhes dos fatos e inferir as razões de seu sucesso ou fracasso, desde o Imperador Amarelo até ao presente. Escrevi dez Biao, doze Benji, oito Shu, trinta Shijia, setenta Liezhuan[1], um total de cento e trinta. Queria explorar a relação entre a natureza e a humanidade, para estudar e resumir as mudanças na história e, no fim, formar a minha própria doutrina. A elaboração desta obra ainda está na fase preliminar que nem pensei a desgraça. Lamentava que esta obra não pudesse ser concluída, por isso, aceitei o castigo mais cruel e não ousei ficar com raiva. Agora terminei completamente a elaboração da obra, pretendo escondê-la em uma montanha famosa, passá-la para uma pessoa confiável e deixá-la se espalhar pelo reino. Assim os insultos que sofri valeram a pena e nunca me arrependeria de sofrer mais. No entanto, isso só pode ser dito aos sábios e é difícil explicar claro aos iletrados do mundo!

---

[1] Todos são estilos diferentes de ensaios. *Biao* é memorial dos períodos diferentes. *Benji* é utilizado para narrar as conquistas políticas dos imperadores. *Shu* é um registro detalhado de algum acontecimento histórico. *Shijia* narra principalmente a história dos nobres e duques. *Liezhuan* são biografias de pessoas de diferentes classes sociais.

练习 Exercícios

一、根据课文内容回答问题（Responda às perguntas abaixo segundo o texto.）

1. 司马迁为什么要写这篇文章？
2. 文章列举了文王、屈原、孔子、左丘明等人的事迹，有什么作用？
3. 从文章中我们可以学到司马迁怎样的精神？

二、把下列词语和句子译成现代汉语（Traduza as frases abaixo para o chinês moderno.）

1. 倜傥
2. 发愤
3. 思来者
4. 草创
5.《诗》三百篇，大底圣贤发愤之所为作也。
6. 亦欲以究天人之际，通古今之变，成一家之言。

三、指出下列句中的通假字并解释（Indique e explique as palavras homônimas abaixo.）

1. 古者富贵而名摩灭　　________：________________
2. 大底圣贤发愤之所为作也　　________：________________
3. 思垂空文以自见　　________：________________
4. 网罗天下放失旧闻　　________：________________
5. 稽其成败兴坏之纪　　________：________________
6. 则仆偿前辱之责　　________：________________

四、一词多义（Indique os diferentes significados das palavras abaixo.）

1. 而
（1）古者富贵而名摩灭 ________　　（2）仲尼厄而作《春秋》 ________
2. 就
（1）草创未就 ________　　（2）是以就极刑而无愠色 ________
3. 为
（1）为十表 ________　　（2）难为俗人言也 ________
4. 道
（1）不得通其道 ________　　（2）然此可为智者道 ________

第二编

魏晋南北朝时期

魏晋南北朝（220年—589年）是中国历史上最为动荡的时期，主要分为三国、西晋、东晋和南北朝时期。西晋曾短暂统一中国，而后就是中国历史上著名的南北对峙期。这一时期的文学呈现出明显的南北不同的地域特色，同时由于战乱频繁，个人时常处于生命难以保全的境地，诗人们思考自我与人生，思想家与文学家们向往个人的自由与政治的清明，纷纷向道家思想靠拢，寻求心灵的自由与安适，兴起了“清谈”及“玄学”的风潮。道教作为中国的本土化宗教正式形成，佛教也以迅猛的势头传播开来。在魏晋南北朝的政治生活中，建立起了严格的士族门阀制度，以血统来定社会地位的尊卑，士族的力量甚至可以左右王朝的兴废、政权的更叠。士族与皇族、士族与庶族之间产生了复杂的矛盾，也成为当时文学创作的题材之一。魏晋南北朝期间，文学发生了巨大的变化，文学的自觉和文学创作的个性化，在这些变化中是最有意义的。

Parte II O período das seis dinastias

O período mais agitado na história chinesa é o das seis dinastias (220–589). Essa época inclui principalmente o período dos Três Reinos, dinastia Jin do Oeste, dinastia Jin do Leste e o das dinastias do Sul e do Norte. Na dinastia Jin do Oeste, a China foi governada de forma unificada por um curto tempo. Depois da sua queda, seguiu-se a etapa de desunião em que o Sul e o Norte da China estiveram governados por dinastias diferentes. A literatura desse período apresenta simultaneamente características do Sul e do Norte. Aliás, com guerras frequentes, as condições de vida do povo eram próximos. Os pensamentos dos poetas, intelectuais e literatos da época eram próximas ao taoismo. Estas ideias buscavam liberdade própria e decência na política, provocando a popularização de “Qingtan” (noção que promove conversas e debates livres sobre metafísica e filosofia) e de “Xuanxue” (metafísica). Neste momento, o taoismo foi fundado oficialmente e o budismo floresceu na China. No que diz respeito à política, nas dinastias do Sul e do Norte, estabeleceu-se a hierarquia de classes, ou seja, a raça decidia a classe social. Por exemplo, as famílias poderosas poderiam até controlar o país. Conflitos entre elas e os nobres, assim como disputas entre estas famílias poderosas e os civis eram temas essenciais na literatura da época. Durante essa época, a expressão literária também sofreu grandes mudanças, dentre as quais a autoconsciência e a personalização na escrita literária foram as mais significativas.

第一章　诗　歌

五言古诗在魏晋南北朝进入创作的高潮，文人在学习汉乐府诗的过程中将五言古诗推向高峰。陶渊明是魏晋南北朝成就最高的诗人，他的诗沿袭魏晋诗歌的古朴作风而进入更纯熟的境地，展现了古朴的诗歌所能达到的高度。陶渊明的诗将“自然”提升为一种美的至境，使诗歌与日常生活相结合，并开创了田园诗这种新题材。南朝和北朝长期处于对峙的局面，在政治、经济、文化以及民族风尚、自然环境等方面存在着明显的差异，民歌也呈现出不同的情调和风格。南朝民歌清丽缠绵，更多反映人民真挚纯洁的爱情生活；北朝民歌粗犷豪放，广泛反映了北方动乱不安的社会现实和人民的生活风习。

Capítulo I

Nas seis dinastias, com o estudo das cantigas Yuefu, da dinastia Han, Wu Yan Gu Shi (poemas clássicos com estrofes de quatro versos de cinco caracteres em cada linha) foi promovido por literatos e atingiu o pico. Tao Yuanming é o maior poeta das seis dinastias. Os poemas dele mantêm o estilo poético da época Weijin, porém com mais simplicidade e pureza. Por isso, pode-se dizer que os poemas deste autor são marcantes. Nas obras deste literato, a natureza é uma beleza deslumbrante e o conteúdo dos poemas combina-se de maneira natural com a vida quotidiana. Além disso, o grande poeta criou um novo tema de poesia titulado como “Campo e jardim (Tianyuan)”. Neste período, o Sul e o Norte do país estavam sempre em conflitos e os dois lados tinham grandes diferenças na política, economia, cultura, costumes e geografia. Além disso, as obras literárias do Sul e do Norte são bem diferentes, seja no sentimento, seja no estilo: as cantigas do Sul são elegantes e comoventes, refletindo o amor puro e sincero do povo; entretanto, as cantigas do Norte mostram o temperamento generoso e heroico do povo, refletindo a sociedade e a vida no Norte do país.

yǐn jiǔ dì wǔ
饮酒（第五）

táo yuān míng
陶渊明

扫码听录音

jié lú zài rén jìng ér wú chē mǎ xuān
结庐[1]在人境，而无车马喧[2]。

wèn jūn hé néng ěr xīn yuǎn dì zì piān
问君[3]何能尔[4]？心远地自偏[5]。

cǎi jú dōng lí xià yōu rán jiàn nán shān
采菊东篱下，悠然[6]见[7]南山[8]。

shān qì rì xī jiā fēi niǎo xiāng yǔ huán
山气日夕[9]佳，飞鸟相与还[10]。

cǐ zhōng yǒu zhēn yì yù biàn yǐ wàng yán
此中有真意，欲辨已忘言。

解题

陶渊明（365年—427年），字元亮，一说，名潜，字渊明，浔阳柴桑（今江西九江）人。早年任过小官，后因厌恶官场污浊，退隐农村。陶渊明的诗表现了对农村田园生活真诚的热爱，被称为“古今隐逸诗人之宗”。陶渊明同时开创了一个传统，即隐居生活不是人生失意后的被动选择，而是高洁情操的表现，是对个人生活方式的选择，是尊重自我内心的一种表现。陶渊明对人生所作的哲学思考，连同他的诗成为后世知识阶层的精神家园。陶渊明诗歌风格质朴自然而形象鲜明，对后代诗人的创作起了很大的影响。《饮酒》诗共十二首，不是一时所作。内容藉饮酒抒写情怀，寄寓内心感慨。本诗原列第五，写悠游自在的隐居生活。诗歌显示出诗人对世间喧嚣的厌恶，表现出对恬静闲适田园生活的喜爱和远离官场、安贫乐道、与世无争的人生态度。

Comentário

Tao Yuanming (365–427), também conhecido como Tao Yuanliang ou Tao Qian, nasceu em Chaisang, Xunyang (atualmente conhecida como Jiujiang, província de Jiangxi). Tao Yuanming foi funcionário do governo, porém ao se dececionar com a corrupção generalizada, desistiu da carreira política e passou a viver no campo. As poesias de Tao Yuanming apresentam o amor pela vida no campo e, por esta razão, o poeta é chamado “antecessor de poetas da reclusão”. O grande poeta promoveu o conceito de que viver solitariamente não é uma opção passiva, o ato apresenta qualidade nobre, respeitando a voz do coração. Os pensamentos filosóficos dele sobre a vida bem como os seus poemas exerceram grande impacto aos acadêmicos posteriores. As poesias simples, com figuras vivas, influenciaram muitos poetas posteriormente. A obra “Yin Jiu (beber vinho)” é composta por 12 poemas. Na obra, o poeta descreve os momentos de beber vinho para expressar os sentimentos verdadeiros. Neste capítulo foi escolhido o 5º poema da obra “Yin Jiu”, que descreve a vida solitária no campo. A obra apresenta o aborrecimento pelo clamor do mundo, assim como expressa a atitude de vida do poeta, isto é, a preferência pela vida tranquila no campo, pela pobreza e paz e sem concorrência com os outros.

注释

①**结庐**：建造住宅，这里指居住的意思。
②**车马喧**：指世俗交往的喧扰。
③**君**：指作者自己。
④**何能尔**：为什么能这样。尔，如此。
⑤**心远地自偏**：只要存心远离尘世，便觉得居住的地方也远离尘世了。偏，偏僻。

Notas

①**结庐**：Construir uma casa. No texto, o sentido é viver.
②**车马喧**：Incomodar-se com relacionamento humano.
③**君**：Refere-se ao autor.
④**何能尔**：Como é possível. 尔 : Assim.
⑤**心远地自偏**：Quando o coração está distante, a solidão chega. 偏 : Isolado.

⑥**悠然**：自得的样子。
⑦**见**：看见，动词。
⑧**南山**：泛指山峰，一说指庐山。
⑨**日夕**：近黄昏之时。
⑩**相与还**：结伴而归。

⑥**悠然**：Sentir-se à vontade.
⑦**见**：Ver.
⑧**南山**：Montanhas. No texto, é possível que indique a Montanha Lushan.
⑨**日夕**：Ao entardecer.
⑩**相与还**：Voltar juntos.

译文

居住在人世间，却没有世俗交往的喧嚣。

问我为何能如此，只要心远离尘世，自然就会觉得所处地方僻静了。

在东篱之下采摘菊花，悠然间，那远处的南山映入眼帘。

山中的气息与傍晚的景色十分美好，有飞鸟结伴归来。

这里面蕴含着人生的真正意义，想要辨识，却不知怎样表达。

扫码听录音

Tradução

Moro neste mundo como os outros, no entanto, não me incomodo com os assuntos e com o relacionamento entre os homens.

Se perguntará como é possível. Direi, quando o coração está distante, a solidão chega.

Pego os crisântemos que crescem a leste da cerca, vejo as montanhas distantes do sul e sinto-me relaxado.

O ar lá é fresco e a paisagem do entardecer é bela, os bandos de pássaros voltam aos seus ninhos.

Em tudo isso existe uma grande verdade da vida, porém quando a tento expressar, não consigo encontrar palavras para expressar tal momento.

zǐ yè gē
子夜歌

yuè fǔ mín gē
乐府民歌

扫码听录音

shǐ yù shí láng shí liǎng xīn wàng rú yī lǐ sī rù cán jī hé wù
始欲识郎时，两心望如一①。理丝②入残机③，何悟④

bù chéng pǐ
不成匹⑤。

解题

《子夜歌》相传是晋代一个叫子夜的女子所创作,《乐府诗集》将它归入《清商曲·吴声歌曲》类。《吴声歌曲》是产生在吴地(长江中下游地区)的一些歌曲的总名，包含很多曲调。《子夜歌》现存四十二首，都是男女恋歌。

Comentário

Diz-se que as “Cantigas Ziye” foram criadas por uma mulher chamada Ziye, na dinastia Jin. Depois, segundo“Cantigas Yuefu”[1], cantigas Ziye foram classificadas e incluídas na obra “Cantigas Qingshang e Cantigas Wusheng”. Cantigas Wusheng é o nome geral das cantigas criadas na região Wu (região do curso médio e baixo do Rio Yangtzé) que incluem diversas melodias. Estão catalogadas, atualmente, cerca de 42 cantigas Ziyue e todas são cantigas cujo tema é o amor dos apaixonados.

注释

①**望如一**：怀着相同的愿望。如一，一律，一样。
②**理丝**：抽理蚕丝，整理丝线。丝，双关语，谐情思的“思”。
③**残机**：残破的织布机。
④**何悟**：怎么知道。
⑤**匹**：双关语，布匹，谐匹配的“匹”，以织丝不成匹段隐喻情人不匹配。

Notas

①**望如一**: Possuir os mesmos desejos. 如一: Mesmo.
②**理丝**: Tecer fios de seda. 丝: Palavra homônima, indicando também o amor.
③**残机**: Tear quebrado.
④**何悟**: Como saber.
⑤**匹**: Palavra homônima, tecido, indica também a correspondência. Com o uso de metáfora, nesta poesia, a falha de fiação significa a discrepância dos namorados.

扫码听录音

译文

刚刚开始想要认识郎君的时候，总是希望两颗心都是一样的渴望彼此。而恋爱就像在残破的织机上织布一样，哪料到不能织成布匹。

Tradução

No início, quando conheceu o namorado, desejava sempre que os dois corações se desejassem um ao outro, de forma mútua. Contudo, namorar é como tecer num tear quebrado, como saber da falha da fiação.

---

[1] O Yuefu era, originalmente, um departamento de música da dinastia Han responsável por recolher poemas de eruditos e letras de cantigas populares para serem usadas em composições musicais. Mais tarde, o material recolhido e compilado pelo órgão passou a ser denominado pelo seu nome, Yuefu. As cantigas populares, ou seja, poemas e baladas coletados junto à população, são a máxima expressão deste gênero. A obra “Yue Fu Shi Ji”, ou seja, “Coleção de Cantigas Yuefu” é a obra que recolhe as cantigas Yuefu (Conhecimentos da Cultura Chinesa, Sede do Instituto Hanban/Confúcio, 2015: 45).

chì lè gē
敕勒歌

yuè fǔ mín gē
乐府民歌

扫码听录音

chì lè chuān yīn shān xià tiān sì qióng lú lóng gài sì yě
敕勒川①，阴山②下。天似穹庐③，笼盖四野。

tiān cāng cāng yě máng máng fēng chuī cǎo dī xiàn niú yáng
天苍苍，野茫茫。风吹草低见牛④羊。

解题

本篇诗歌在《乐府诗集》中属《杂歌谣辞·歌辞》，是北齐斛律金所唱的敕勒民歌。敕勒初号狄历，是匈奴族的后裔，北齐时居住于朔州（今山西省北部）一带。这首歌的内容歌唱草原的辽阔和牛羊的繁盛，写出了大草原的特殊景色。

Comentário

A cantiga Yuefu apresentada, aparece no volume "Za Ge Yao Ci e Ge Ci" (um volume da "Coleção de Cantigas Yuefu"), foi cantada por Hulv Jin na dinastia Qi do Norte. A tribo Chile, inicialmente chamada de Di Li, era descendência da tribo Xiongnu. Na dinastia Qi do Norte, a tribo Chile vivia no reino de Shuo (atual norte da província Shanxi). O poema elogia o vasto prado e o abundante rebanho e destaca a beleza da natureza.

注释

①**川**：指平原。敕勒川，因敕勒部族居住于此而得名。

②**阴山**：阴山山脉起于河套西北，绵亘于今内蒙古自治区南境一带，和内兴安岭相连接。

③**穹庐**：毡帐，游牧民族所居的圆顶帐幕。

④**见**：同“现”，呈现。

Notas

①**川**：Planície. 敕勒川: Região onde a tribo Chile vivia. Foi por isso que essa região recebeu o nome "Chile Chuan".

②**阴山**：A Cordilheira da Montanha Yinshan começa no Noroeste da Região Hetao e estende-se ao longo da fronteira sul da Região Autônoma da Mongólia Interior, conectando com a Cordilheira Nei Xing'anling.

③**穹庐**：Iurta, tenda circular onde moram povos nómadas.

④**见**：Igual à palavra "现", cujo sentido é apresentar.

扫码听录音

译文

辽阔的敕勒大平原，就在阴山脚下。敕勒川的天空啊，看起来好像牧民们居住的毡帐一般笼罩大地。它的四面与大地相连，蔚蓝的天空一望无际，碧绿的原野茫茫不尽。那风吹到草低处，有一群群的牛羊时隐时现。

Tradução

Chile Chuan é vasta e fica no sopé da Montanha Yinshan. Lá o céu parece uma tenda circular dos pastores nômadas. O céu azul e a planície verde são tão grandes que parecem não ter fim. Quando o vento sopra na relva, aparecem lá os rebanhos, bovinos.

练习 Exercícios

一、根据课文内容回答问题（Responda às perguntas de acordo com o texto.）

1. 为什么陶渊明会觉得“欲辨已忘言”？
2. 你觉得现代人会喜欢陶渊明的生活方式吗？为什么？
3. 请结合课文比较南朝民歌与北朝民歌的差异。

二、把下列词语和句子译成现代汉语（Traduza as seguintes locuções e frases para chinês moderno.）

1. 结庐
2. 相与还
3. 悠然见南山
4. 始欲识郎时，两心望如一。
5. 风吹草低见牛羊。

三、一词多义（Indique os diferentes significados das palavras abaixo.）

1. 君
   （1）君子和而不同 ___________
   （2）若使烛之武见秦君 ___________
   （3）问君何能尔 ___________
   （4）落花时节又逢君 ___________
2. 望
   （1）两心望如一 ___________
   （2）远而望之 ___________
   （3）名门望族 ___________
3. 见
   （1）风吹草低见牛羊 ___________
   （2）其里之丑人见而美之 ___________
   （3）若使烛之武见秦君 ___________

第二章　世说新语

《世说新语》是著名的笔记小说集。又名《世说新书》《世说》，南朝宋临川王刘义庆撰。全书分德行、言语、政事、文学等三十六门，记载汉末到东晋士族的轶事和言谈，比较全面地反映了这个时期士族的放诞生活和清谈风气，在中国小说中自成一体。作者用清谈家的观点来品评人物，通过一言一行刻画人物肖像和精神面貌，篇幅短小而善于传神，刻画了当时以道家思想为依归的知识阶层的精神状态和生活侧影，表现了当时知识阶层对个人风度、气质等外在形态的推崇。其中体现的名士风范成为后来一些知识阶层的榜样。

Capítulo II

"Shi Shuo Xin Yu" (abreviatura: Shishuo), também conhecido como "Um Novo Conto dos Contos do Mundo", foi escrito e complilado por Liu Yiqing, Lorde de Linchuan da dinastia Song do Sul. A obra tem 36 seções cujas temáticas são, por exemplo, conduta virtuosa, discurso e conversação, assuntos políticos, literatura, etc. Ao contar anedotas históricas e fazer esboços das famílias poderosas entre o final da dinastia Han e dinasitia Jin do Oeste,"Um Novo Conto dos Contos do Mundo" marcou a literatura chinesa por abordar a vida das famílias poderosas e do ambiente de Qingtan (Qingtan visa promover conversas e debates livres sobre metafísica e filosofia). Além disso, o autor, como especialista em Qingtan, avalia os personagens por meio da descrição pormenorizada da aparência, das ações e das ideias das personagens. A obra transmite imagens vivas com textos pequenos e apresenta a vida e o mundo espiritual da classe intelectual taoista, demonstrando que essa classe valoriza o comportamento, a elegância e outros aspetos relacionados à aparência. A "maneira de ser" presente no livro foi considerada o padrão para a geração da classe intelectual seguinte.

wáng zǐ yóu jū shān yīn rèn dàn
王子猷①居山阴②（任诞）

扫码听录音

wáng zǐ yóu jū shān yīn, yè dà xuě, mián jué, kāi shì, mìng zhuó jiǔ, sì
王子猷居山阴，夜大雪，眠觉③，开室，命酌酒，四
wàng jiǎo rán. yīn qǐ páng huáng, yǒng zuǒ sī 《zhāo yǐn shī》. hū yì dài ān dào.
望皎然④。因起彷徨，咏左思⑤《招隐诗》。忽忆戴安道⑥。
shí dài zài shàn, jí biàn yè chéng xiǎo chuán jiù zhī. jīng xiǔ fāng zhì, zào mén bù
时戴在剡⑦，即便⑧夜乘小船就之。经宿方至⑨，造门不
qián ér fǎn. rén wèn qí gù, wáng yuē: "wú běn chéng xìng ér xíng, xìng jìn ér fǎn,
前而返⑩。人问其故，王曰："吾本乘兴而行，兴尽而返，
hé bì jiàn dài?"
何必见戴？"

解题

王子猷，名徽之，是东晋著名书法家王羲之的第五个儿子，东晋名士，书法家。本篇写王子猷日常生活都以兴之所至为根据。这种放纵任性（任诞）的行为是当时士族知识分子所崇尚的，也被认为合于道家崇尚自然、追求自由的思想。

Comentário

Wang Ziyou, cujo nome de estilo é Huizhi, é o quinto filho do Wang Xizhi, calígrafo famoso da dinastia Jin do Leste. O texto narra que Wang Ziyou fazia tudo no seu dia-a-dia de acordo com seus próprios interesses e vontades. Este comportamento foi defendido e elogiado por famílias poderosas e intelectuais da época, assim como era correspondente a valores do taoismo, que valoriza natureza e busca pela liberdade.

注释

①**王子猷（yóu）**：王徽之，字子猷，王羲之的儿子。
②**山阴**：旧县名，今浙江绍兴市。
③**眠觉**：睡醒。
④**皎然**：洁白光明的样子。
⑤**左思**：西晋著名诗人。他的《招隐诗》是描写隐居田园乐趣的诗。
⑥**戴安道**：戴逵的字。其人博学多艺，在文章、音乐、书画等方面也很有修养，隐居不仕。
⑦**剡（shàn）**：今浙江嵊州市。
⑧**即便**：立即。
⑨**经宿方至**：经过一夜才到。
⑩**造门不前而返**：到了门口不进去就返回了。造，到。

Notas

①**王子猷（yóu）**: Wang Huizhi, cujo o nome de cortesia é Ziyou, é o filho do Wang Xizhi.
②**山阴**: Nome de um condado antigo, agora fica na Cidade de Shaoxing, na província de Zhejiang.
③**眠觉**: Acordar.
④**皎然**: Branco e brilhante.
⑤**左思**: Poeta famoso na dinastia Jin do Oeste. O seu poema "Zhao Yin Shi" descreve o interesse pela vida solitária no campo.
⑥**戴安道**: Nome de cortesia de Dai Kui. Dai Andao é talentoso e é especialista em escrita, música, caligrafia e pintura. Ele prefere a vida solitária e não se queria dedicar à carreira política.
⑦**剡（shàn）**: Atualmente, fica na Cidade de Shengzhou, na província de Zhejiang.
⑧**即便**: Imediatamente.
⑨**经宿方至**: Chegar depois de uma noite.
⑩**造门不前而返**: Ele chegou à porta e voltou sem entrar. 造: Chegar.

扫码听录音

译文

王子猷住在山阴，一天夜里大雪纷飞，他一觉醒来，推开卧室门，命仆人斟上酒，眺望四方，一片洁白。于是他感到心神不宁，吟咏起左思的《招隐诗》，忽然思念起戴安道。当时戴安道在剡县，于是王子猷即刻连夜乘小船去拜访他。经过一夜才到，王子猷到了戴安道家门前没进去就转身返回。有人问他为何这样，王子猷说："我本来是乘着兴致前往，兴致没了自然返回，为什么一定要见戴安道呢？"

Tradução

Wang Ziyou morava no Norte da Montanha Kuaijishan. Numa noite nevando, ele despertou-se, abriu a porta e pediu ao criado para derramar o vinho. Quando viu o cenário branco de neve branco, sentiu-se nervoso e recitou o poema "Zhao Yin Shi" do poeta Zuo Si. Lembrou-se, no mesmo instante, de Dai Andao. Todavia, naquele momento, Dai Andao estava no condado de Shan. Ziyou decidiu imediatamente visitá-lo de barco. Depois de viajar toda a noite, chegou à porta da casa de Dai Andao, contudo voltou sem mesmo entrar. Alguém perguntou-lhe porque não entrou, ele, portanto, disse: "No início, fui lá por interesse. Porém quando o interesse desapareceu, foi natural para mim voltar sem o visitar. Afinal, por que teria eu que o visitar?"

jī kāng róng zhǐ
嵇康（容止）

扫码听录音

jī kāng shēn cháng qī chǐ bā cùn fēng zī tè xiù jiàn zhě tàn yuē xiāo xiāo sù
嵇康身长七尺八寸[1]，风姿特秀。见者叹曰："萧萧肃
sù shuǎng lǎng qīng jǔ huò yún sù sù rú sōng xià fēng gāo ér xú yǐn
肃[2]，爽朗清举[3]。"或云："肃肃[4]如松下风，高而徐引[5]。"
shān gōng yuē jī shū yè zhī wéi rén yě yán yán ruò gū sōng zhī dú lì qí zuì
山公曰："嵇叔夜之为人也，岩岩[6]若孤松之独立；其醉
yě wēi é ruò yù shān zhī jiāng bēng
也，傀俄[7]若玉山之将崩。"

解题

稽康，字叔夜，崇尚老庄，性格高傲刚正，不拘礼法，是当时名士，著名的"竹林七贤"之一。"容止"指仪容举止，本篇主要讲述嵇康的风姿之美，表明当时的人开始注重人物外貌之美，将外形之美与风度仪容结合起来欣赏。

Comentário

Ji Kang, também conhecido como Ji Shuye, foi um seguidor da filosofia de Laozi e Zhuangzi. Ele era altivo e honesto e não se preocupava com etiquetas. O poeta era também uma pessoa célebre naquele tempo e um dos famosos "Sete Sábios do Bosque de Bambu". O termo "容止" refere-se à aparência e ao comportamento de uma pessoa. O texto aborda principalmente a beleza da aparência e o comportamento de Ji Kang. O que indica que as pessoas naquele tempo já começavam a apreciar tanto a aparência quanto o comportamento.

注释

①**七尺八寸**：古代的尺寸，长度没有现代那么长，不过七尺八寸也表明身材高大。

②**萧萧肃肃**：萧萧形容举止潇洒脱俗，肃肃形容清静。

③**举**：挺拔。

④**肃肃**：象声词，形容风声。

⑤**徐引**：舒缓悠长。

⑥**岩岩**：形容高峻挺拔。

⑦**傀俄（wēi'é）**：同"巍峨"，形容高大雄伟。

Notas

①**七尺八寸**: Sete chi e oito cun. Chi e cun são as unidades tradicionais de medida de comprimento da China. As unidades de medidas referidas, chi e cun, são mais curtas em comparação com unidades de medidas modernas. Contudo, oito chi e sete cun ainda indica um homem que é alto e forte.

②**萧萧肃肃**: "萧萧", locução para descrever um bom comportamento. "肃肃", locução para apresentar a tranquilidade.

③**举**: Alto e direito.

④**肃肃**: (Onomatopeia) A expressão é usada para descrever o som de vento.

⑤**徐引**: Que está calmo e dura muito tempo.

⑥**岩岩**: Alto e direito.

⑦**傀俄（wēi'é）**: Alto e grande.

扫码听录音

译文

嵇康身高七尺八寸，风度姿态秀美出众。见到他的人都赞叹说："他举止潇洒安详，气质豪爽清逸。"有人说："他像松树间沙沙作响的风声，高远而舒缓悠长。"山涛评论他说："嵇叔夜的为人，像挺拔的孤松傲然独立；他的醉态，像高大的玉山快要倾倒。"

Tradução

Ji Kang tem altura de sete chi e oito cun. Tanto a aparência quanto o comportamento dele são extraordinários. As pessoas elogiam-no quando o veem: "Ele tem um bom comportamento e é calmo e generoso." Há quem diga: "Ele é como o som do vento calmo, distante e relaxante, que ecoa entre os pinheiros." Shan Tao comenta: "Ji Shuye é uma pessoa extraordinária como um pinheiro alto e direito; quando ele está bêbado, parece uma montanha de jade prestes a desmoronar."

练习 Exercícios

一、根据课文内容回答问题（Responda às perguntas de acordo com o texto.）

1. 王子猷最终见到戴安道了吗？为什么？
2. 嵇康有什么外貌特征？
2. 请简略叙述一下魏晋名士的特点，并讨论其对现代生活的影响。

二、把下列词语和句子译成现代汉语（Traduza as seguintes locuções e frases para chinês moderno.）

1. 夜大雪
2. 经宿
3. 吾本乘兴而行，兴尽而返，何必见戴？
4. 爽朗清举
5. 岩岩若孤松之独立

三、一词多义（Indique os diferentes significados das palavras abaixo.）

1. 造
（1）造门不前而返 ____________
（2）王将伐吴，造船于蜀 ____________
（3）可造之材 ____________
2. 秀
（1）风姿特秀 ____________
（2）佳木秀而繁阴 ____________
（3）木秀于林，风必摧之 ____________
3. 引
（1）高而徐引 ____________
（2）引锥自刺其股 ____________
（3）将军夜引弓 ____________

第三编
唐　代

唐代（618年—907年）是中国史上最辉煌璀璨的一个王朝，它国力强盛，经济繁荣，文化灿烂，达到了中国封建社会发展历史上的最高峰。唐代的前半叶，社会经济处于上升阶段，文化先进，是中国历史上第一个向周边国家文化大输出的时期，兼容并蓄的社会风气为海内外各民族提供了一个空前的交流融合的环境。在文学成就上以诗歌最为发达，诗人辈出。

Parte III　Dinastia Tang

A dinastia Tang (618–907) foi uma das dinastias mais brilhantes da história chinesa, com compotente força nacional, prosperidade econômica e cultura espledorosa. Chegou a atingir o ponto mais alto na história do desenvolvimento da sociedade feudal na China. Na primeira metade da dinastia Tang, a situação socioeconômica estava em ascensão e a cultura era avançada. Foi a primeira fase de grande exportação de cultura e tecnologia para países vizinhos na história chinesa. Uma cultura social inclusiva proporcionou um ambiente sem precedentes para trocas e integração entre os reinos no interior e no exterior. A poesia foi a mais desenvolvida nas realizações literárias com inúmeras publicações e o surgimento de poetas.

第一章　唐诗五首

仅就清康熙年间编撰的《全唐诗》记载，唐代诗人超过2200人，唐代诗歌近5万首，实际远不止此数。唐诗一般分为初唐、盛唐、中唐、晚唐四个时期。初唐时期是齐梁诗歌向盛唐诗歌的过渡阶段，不仅让诗歌在形式上逐渐突破了宫廷诗的局限，也在思想题材领域进行了更多的探索。盛唐是唐朝的鼎盛阶段，社会安定繁荣和国势的空前强大给诗人的精神面貌以深刻的影响，这一时期的诗歌展现出广阔壮大的境界，充满了诗人的自信和幻想，蕴含着张扬的个性、浓烈的情感。著名诗人李白、杜甫、王维、王昌龄等都是盛唐时期的代表人物。中唐时期社会动荡、时间跨度较长，期间诗人辈出，流派纷呈，既有感慨乱世的音调，又有盛唐诗风的余韵。晚唐社会状况急转而下，唐朝统治面临崩溃，诗人们的关注对象从社会现实转向个人复杂的内心世界，用华丽的语言捕捉细微的心理变化，带着颓废放浪的色彩。

Capítulo I　Cinco Poesias da Dinastia Tang

A poesia da dinastia Tang, em termos de “Poesia Completa da Dinastia Tang”, compilada durante o período Kangxi da dinastia Qing, tem mais de 2200 poetas e quase 50000 poemas, o que é muito mais do que isso. Os seus estágios são geralmente divididos em Tang inicial, Tang próspero, Tang médio e Tang tardio. Tang inicial foi o período de transição da poesia de Qi Liang para a poesia de Tang próspero, que não apenas permitiu que a poesia rompesse gradualmente as limitações da poesia da corte, mas também fez mais explorações no campo de temas ideológicos. Tang próspero chegou ao auge da dinastia Tang. A estabilidade e a prosperidade da sociedade, a força nacional sem precedentes fortes deram um impacto profundo na aparência espiritual do poeta. A poesia desse período mostrou um estado amplo e poderoso, cheio de autoconfiança e fantasias e continha uma personalidade extravagante, sentimentos profundos. Os famosos poetas tais como Li Bai, Du Fu, Wang Wei e Wang Changling pertenciam a Tang próspero. Em Tang médio, a sociedade era conturbada e manteve-se assim por longo tempo. No período, surgiram poetas e as escolas eram diversas, com o tom de tempos difíceis e o sabor do estilo poético de Tang próspero. A situação social de Tang tardio subitamente diminuiu, e o domínio da dinastia Tang estava enfrentando um colapso. Os poetas desviaram sua atenção da realidade social para o complexo mundo interior do indivíduo, usando uma linguagem deslumbrante para capturar mudanças psicológicas sutis, com uma cor decadente.

chū sài
出塞

wáng chāng líng
王昌龄

扫码听录音

qín shí míng yuè hàn shí guān
秦时明月汉时关[1]，

wàn lǐ cháng zhēng rén wèi huán
万里长征人未还。

dàn shǐ lóng chéng fēi jiàng zài
但[2]使龙城飞将[3]在，

bù jiào hú mǎ dù yīn shān
不教胡马[4]度阴山[5]。

解题

王昌龄（约698年—756年），字少伯，是唐代著名边塞诗人，擅长七言绝句，被誉为“七绝圣手”。其善于在对边塞风光及战场情景描写的同时捕捉将士细腻的内心世界，其诗文有着丰富的表现力，言语精炼，意境开阔。

这是一首著名的边塞诗，表达了诗人希望起任良将，早日平息边塞战事，使人民过上安定生活的愿望。首句勾勒出一幅冷月照边关的苍凉景象。“秦时明月汉时关”不能理解为秦时的明月汉代的关，这里秦、汉、月、关四字交错使用，意思是“秦汉时的明月，秦汉时的关”。诗人暗示，这里的战事自秦汉以来一直未停过，大有历史变换、征战未断的感叹。次句“人未还”使人联想到多少将士战死沙场，感受到战争给人们带来的无尽痛苦。第三、四句中诗人寄希望于有才能的将军平定战乱，让人民从痛苦中解脱出来。诗人把复杂的内容熔铸在四行诗里，深沉含蓄，耐人寻味。

Comentário

Wang Changling (cerca de 690–756), com nome de cortesia de Shaobo, é o poeta famoso de poesias fronteiriças da dinastia Tang, especializado em estrofes de sete palavras, é conhecido como “gênio de estrofes de sete palavras”. É caracterizado por descrever as paisagens de fronteiras e a situação de combate, enquanto apanhava o delicado mundo interior dos soldados. Suas poesias têm expressividade rica, discurso conciso e significados generosos.

Este poema fronteiriço é famoso, porque exprime o desejo do poeta de assumir o posto de general e de acabar com as guerras nas fronteiras o mais rápido possível, para que o povo possa ter uma vida estável e segura. A primeira estrofe traça uma imagem desoladora da lua que brilha nas fronteiras. Aqui, não significa que é a lua, na dinastia Qin e a fronteira na dinastia Han, mas sim a lua e a fronteira nas Qin e Han, usando alternadamente quatro palavras: Qin, Han, lua e fronteira. O poeta quis dizer que as guerras nunca pararam desde a dinastia Qin e Han. Ele reclama das mudanças históricas e das guerras contínuas. A segunda estrofe lembra os leitores dos guerreiros mortos em combate e da dor infinita gerada pelas guerras. Nas últimas frases, o autor esperava que alguns generais talentosos recuperassem a paz e libertassem o povo do sofrimento. O poeta insere complexidade em apenas quatro estrofes, que são enfémicas e despertam reflexões dos leitores.

注释

①**秦时明月汉时关**：自秦、汉以来，边关一直无休止地进行着战争。秦和汉、明月和关，互文见义，并非专属。

②**但**：只要。

Notas

①**秦时明月汉时关**: Desde a dinastia Qin e dinastia Han, a fronteira estava sofrendo com as guerras.

②**但**: Enquanto.

③**龙城飞将**：指扬威北方边地的名将。

④**胡马**：指当时常来扰边的匈奴。胡，泛称西北少数民族。

⑤**阴山**：昆仑山北支，西起河套，绵延于内蒙古自治区。汉时，匈奴常在此骚扰汉朝边境。

③**龙城飞将**: Refere-se aos famosos generais na fronteira Norte.

④**胡马**: Refere-se ao xiongnu, que costumavam perturbar as fronteiras naquele momento. Hu, geralmente referida como minoria do Noroeste.

⑤**阴山**: O ramo Norte da montanha Kunlun, a partir de Hetao do Oeste, se estendendo pela região autônoma da Mongólia Interior. Durante a dinastia Han, os hunos frequentemente importunavam a fronteira de Han.

扫码听录音

译文

依旧是秦汉时期的明月和关隘，

万里外来征的士卒多少都没能再回去。

如若卫青、李广这样的大将依然健在，

绝不让胡人的兵马越过阴山。

Tradução

A lua e a fronteira são as mesmas como as nas dinastias Qin e Han. Inúmeros soldados, que saíram para a expedição de longo percurso, morreram e nunca mais voltaram para casa. Se os generais como Wei Qing e Li Guang ainda estiverem vivos, não deixarão que os xiongnu (uma nação antiga na China) passem dos montes Yin.

lù zhài
鹿柴①

wáng wéi
王 维

扫码听录音

kōng shān bù jiàn rén
空山不见人，
dàn wén rén yǔ xiǎng
但②闻人语响。
fǎn yǐng rù shēn lín
返景③入深林，
fù zhào qīng tái shàng
复④照青苔上。

解题

王维（701年—761年），字摩诘，唐朝著名诗人、画家，以山水诗著称，是“盛唐山水田园诗派”的杰出代表。他的诗句在描绘自然美景的同时也常常流露出对隐居生活的向往，其“诗中有画，画中有诗”的描写，深受后人称道。

这首诗描绘的是鹿柴附近空山深林傍晚时分的幽静景色。诗

Comentário

Wang Wei (701–761), com nome de cortesia de Mojie, poeta e pintor famoso da dinastia Tang, conhecido em poesia de paisagem, é um dos grandes representantes de “escola poética de paisagem e bucolismo”. Suas poesias não só descrevem belas paisagens naturais, em simultâneo, com frequência, transparecem seu almejo de recluso. Suas descrições que “existem pinturas em poesias e existem poesias em pinturas” são elogiadas profundamente por poetas seguintes.

O poema retrata a tranquilidade solitária no vale e na floresta profunda ao fim da tarde, perto de Luzhai. O sentido imagético deste poema é a capacidade do eu-

的绝妙处在于以动衬静，以局部衬全局。第一句先写空山的杳无人迹，侧重于表现山的空寂清冷。之后紧接第二句引出人语响来，以局部的、暂时的"响"反衬出全局的、长久的空寂。空谷传音，愈见其空；人语过后，愈添空寂。第三、四句进而描写深林返照，由声及色。深林本来就幽暗，林间树下的青苔更突出了深林的不见阳光。作者从听觉、视觉两方面愈加触发空寂清冷之感。

lírico de se destacar do silêncio a partir da descrição do barulho e pela "só uma parte de cena de toda a cena". Na primeira estrofe o autor diz que não vê ninguém no vale, concentrando-se em descrever a tranquilidade. A segunda estrofe detalha a voz do homem, que ressaltou a tranquilidade geral, por meio do barulho parcial e temporário. O som espalha-se pelos vales tranquilos, e torna os vales ainda mais tranquilos. O som do homem tornou o ambiente mais tranquilo no monte. Em seguida, a terceira e quarta estrofes representam a luz do sol na floresta, um retrato que muda do som para a cor. A floresta profunda é obscura, e o musgo acentua a falta de raios de sol na floresta. O eu-lírico promove que os leitores experimentem solidão e frieza emocional, através de ser tanta no aspeto da audição como na visão.

注释

①**鹿柴**：地名，在王维居所附近。

②**但**：只。

③**返景**：反照的阳光。景，同"影"。

④**复**：又。

Notas

①**鹿柴**: Nome do local, perto da residência de Wang Wei.

②**但**: Apenas.

③**返景**: Luz solar refletida. Cenário, o mesmo que "sombra".

④**复**: Novamente.

译文

山中空空荡荡看不见一个人影，
只隐约听见人说话的言语声响。
夕阳的金光直射入深深的山林中，
又在青苔上投下斑驳的光影。

扫码听录音

Tradução

Não se vê ninguém no vale tranquilo,
só se ouve indistintamente a voz das pessoas.
A luz dourada do pôr-do-sol penetra no fundo da floresta,
e lança as sombras manchadas sobre os musgos.

wàng lú shān pù bù
望庐山①瀑布

lǐ bái
李白

扫码听录音

rì zhào xiāng lú shēng zǐ yān
日照香炉②生紫烟③，
yáo kàn pù bù guà qián chuān
遥看瀑布挂前川④。
fēi liú zhí xià sān qiān chǐ
飞流直下三千尺⑤，
yí shì yín hé luò jiǔ tiān
疑是银河⑥落九天⑧。

解题

李白（701年—762年），字太白，自号青莲居士，唐代伟大的浪漫主义诗人。其性格爽朗大方，爱好饮酒作诗和交友，被后人誉为“诗仙”。李白的诗句飘逸潇洒、豪迈奔放，常运用想象、夸张、比喻、拟人等手法，富有浓烈的抒情色彩和浪漫主义精神。

这首诗从庐山的香炉峰入笔描写庐山瀑布之景，前两句描绘了庐山瀑布的奇伟景象，既有朦

Comentário

Li Bai (701–762), com nome de cortesia de Taibai, e a sua alcunha (hao) era Qinlian Jushi, grande poeta do romantismo da dinastia Tang, com personalidade generosa e gosta de beber, escrever poesia e fazer amigos, tem sido descrito pelos posteriores como “gênio de poesia”. As poesias de Li Bai são livres, galhardas, generosas e acaloradas, usando frequentemente imaginação, hipérbole, metáfora e personificação, entre outros, para dar-lhes cor brilhante de expressão de sentimentos e espírito de romantismo.

Este poema descreve o cenário da cachoeira de Lushan através da descrição da primeira pela montanha de

胧美，又有雄壮美；后两句用夸张的比喻和浪漫的想象，进一步展现出瀑布的形象和气势，将飞流直泻的瀑布描写得雄伟奇丽，宛如一幅生动的山水画。

Xianglu de Lushan. As duas primeiras frases apresentam o maravilhoso cenário da cachoeira de Lushan, que possui tanta beleza nebulosa quanto majestosa; as duas últimas frases com metáfora exagerada e imaginação romântica descrevem profundamente o cenário fabuloso e a atmosfera imponente e majestosa, parecendo-se como uma pintura de paisagem ao vivo.

注释

①**庐山**：山名，在江西省境内，避暑胜地。

②**香炉**：香炉峰，在庐山的东南面。

③**紫烟**：指阳光透过云雾，远望如紫色的烟云。

④**川**：河流，这里指瀑布。

⑤**三千尺**：形容山高，这里用夸张的手法形容庐山瀑布的雄伟壮观。

⑥**银河**：古人指晴朗的夜空中看见的带状星群。

⑦**九天**：天的最高处，这里指极高的天空。

Notas

①**庐山**: O nome da montanha, atualmente um local turístico, especialmente no verão na província de Jiangxi.

②**香炉**: Pico do queimador de incenso, no sudeste do Lushan.

③**紫烟**: Fumaça roxa, refere-se ao sol por entre as nuvens, parecendo uma nuvem roxa à distância.

④**川**: Rio, aqui se refere à cachoeira.

⑤**三千尺**: Para descrever a altura da montanha, aqui está uma forma hiperbólica de descrever a majestade da Cachoeira Lushan.

⑥**银河**: Galáxia, utilizam para descrever as estrelas em faixas vistas no céu claro da noite.

⑦**九天**: O ponto mais alto do céu, aqui se refere ao céu extremamente alto.

译文

香炉峰上的雾气在阳光下变成了紫色的烟云，

远远地看去，瀑布好似白色绢绸悬挂在山前。

高崖上飞腾而下的瀑布好像有几千尺，

真让人怀疑这是银河从天上倾泻下来了。

扫码听录音

Tradução

A névoa da Monte de Xianglu transformou-se em uma nuvem roxa de fumaça sob o sol.

De longe, a cachoeira parece seda branca pendurada na montanha.

A cachoeira voando pelo penhasco alto parece ter milhares de pés.

É realmente duvidoso que esta seja a Via-Láctea que desce do céu.

chūn wàng
春 望

dù fǔ
杜 甫

扫码听录音

guó pò shān hé zài
国[1]破山河[2]在，

chéng chūn cǎo mù shēn
城[3]春草木深。

gǎn shí huā jiàn lèi
感时花溅[4]泪，

hèn bié niǎo jīng xīn
恨别鸟惊心。

fēng huǒ lián sān yuè
烽火[5]连三月，

jiā shū dǐ wàn jīn
家书[6]抵[7]万金。

bái tóu sāo gèng duǎn
白头搔[8]更短[9]，

hún yù bù shèng zān
浑[10]欲不胜簪[11]。

解题

杜甫（712年—770年），字子美，自号少陵野老，是唐代伟大的现实主义诗人，与李白合称为“李杜”。他的诗文反映了盛唐转衰过程中各个层面的社会问题，对国计民生表现出深切关怀。

在安史之乱中，杜甫身处沦陷的长安，目睹了昔日繁华的国都如今变得萧条零落，他在百感交集之中写下了这首诗。本诗前四句写春日长安凄惨破败的景象，后四句表达了诗人挂念亲人、心系国事的情怀。

Comentário

Du Fu (712–770), com o seu nome de cortesia de Zimei, e a sua alcunha (hao) era Shaoling Yelao. É grande poeta de realismo da dinastia Tang. É conhecido com Li Bai como “Li e Du”. Suas poesias refletem problemas sociais em todos os aspectos durante a queda de Tang próspero e mostram preocupações profundas sobre os assuntos da nação e a vida do povo.

Na Rebelião de An Lushan, Du Fu estava em Chang’an, onde estava ocupada pelo inimigo. Ele viu as cenas de grande depressão do capital, comparada-as à capital movimentada do passado. Num misto de sentimentos escreveu este poema. As quatro primeiras linhas deste poema descrevem a trágica derrota de Chang’an durante a primavera. E os últimos quatro versos expressam os sentimentos do poeta sobre seus entes queridos e os assuntos de sua nação.

注释

①国：指京都长安城。
②山河：山岭和河流，指国家的疆土。
③城：指长安城，当时被叛军占领。
④溅：液体受到冲激向四周飞射。
⑤烽火：古时边防报警的烟火。这里指战事。
⑥书：信。
⑦抵：相当于。
⑧搔：挠，用手指甲轻轻刮。
⑨短：少。
⑩浑：简直。
⑪不胜簪：插不住簪子。胜，能够承受、禁得起。簪，古人用来插头发或者把头发和帽子扎在一起的一种长针。

Notas

① 国: Cidade de Chang'an.
② 山河: Montanhas e rios, referem-se ao território do reino.
③ 城: Refere-se à cidade de Chang'an, que era ocupada por rebeldes na época.
④ 溅: O líquido apressa-se e voa ao redor.
⑤ 烽火: Fogos de artifício usados para a alerta de fronteira nos tempos antigos. Neste contexto, refere-se à guerra.
⑥ 书: Cartas.
⑦ 抵: É igual a.
⑧ 搔: Arranhar e raspar suavemente com a unha, unhar.
⑨ 短: Menos do que.
⑩ 浑: Simplesmente.
⑪ 不胜簪: Não é possível colocar o gancho de cabelo. 胜: Pode-se suportar. 簪: Um longo grampo usado antigamente por homens para prender o cabelo ou colocar o cabelo preso junto ao chapéu.

扫码听录音

译文

长安沦陷、国家破碎，只有山河依旧。

春日的长安城里杂草丛生。

为国家的时局而伤感，看见花开也潸然泪下，

亲人离散、内心惆怅，听到鸟鸣声也令人心悸。

战火一连三个月不曾停息，

珍贵的家信抵得上万两黄金。

满怀愁绪挠头思考，头上的白发越挠越短，

短得简直连簪子都没法插稳了。

Tradução

A cidade de Chang'an foi ocupada pelo inimigo, o reino estava fragmentado e apenas as montanhas e os rios permaneciam.

A cidade de Chang'an, coberta de vegetação demais na primavera.

Fico triste pela situação atual do país, chorando ao ver as flores abertas.

Os entes queridos estão dispersos e melancolizados, e também sinto em mim a palpitação ao ouvir o canto dos pássaros.

A guerra não parou e durava três meses.

As cartas de família são tão valiosas como um monte de ouro.

Coçando a cabeça pensando com tristeza, os cabelos brancos ficaram caídos e mais curtos.

Os cabelos eram tão curtos e finos que não era possível colocar o gancho de cabelo.

fù dé gǔ yuán cǎo sòng bié
赋得古原草送别

bái jū yì
白居易

扫码听录音

lí lí yuán shàng cǎo
离离① 原 上 草，

yī suì yī kū róng
一 岁 一 枯 荣②。

yě huǒ shāo bù jìn
野 火 烧 不 尽，

chūn fēng chuī yòu shēng
春 风 吹 又 生。

yuǎn fāng qīn gǔ dào
远 芳③ 侵 古 道④，

qíng cuì jiē huāng chéng
晴 翠⑤ 接 荒 城。

yòu sòng wáng sūn qù
又 送 王 孙⑥ 去，

qī qī mǎn bié qíng
萋 萋⑦ 满 别 情。

解题

白居易（772年—846年），字乐天，号香山居士，是唐代伟大的现实主义诗人，“新乐府运动”的倡导者。其诗歌题材广泛、形式多样、通俗写实。

这首诗相传是白居易十六岁时所作的一篇命题应考习作。诗人通过对野草的描写抒发送别友人时的依依惜别之情。前四句流传千古，自然朴实，特别是“野

Comentário

Bai Juyi (772–846), com nome de cortesia de Letian, e a sua alcunha (hao) era Xiangshan Jushi, grande poeta de realismo da dinastia Tang, é exponente de “Movimento Novo de Yuefu”. Suas poesias têm temas diversos, formas distintas e são populares e reais.

Segundo a lenda, este poema é uma proposição com nome fixo dado pelo exame feito Bai Juyi aos que dezesseis anos. O poeta descreve a erva para expressar seus sentimentos ao se despedir dos amigos. As quatro primeiras estrofes foram transmitidas por gerações e gerações e são naturais e simples: em particular, “o fogo

火烧不尽，春风吹又生”，极为形象地表现了野草顽强的生命力。

selvagem é inesgotável, quando a brisa da primavera sopra, cresce novamente", o que mostra vividamente a vitalidade obstinada da grama selvagem.

注释

①**离离**：青草茂盛的样子。
②**枯荣**：枯，枯萎。荣，茂盛。
③**远芳**：远处的青草。
④**古道**：一直伸向远方的古老的荒道。
⑤**晴翠**：阳光下草色青翠。
⑥**王孙**：原指贵族，此处指友人。
⑦**萋萋**：青草茂盛的样子。

Notas

①**离离**：A descrição de grama exuberante.
②**枯荣**：枯: Murcha. 荣: Floresça.
③**远芳**：A grama à distância.
④**古道**：Uma estrada antiga que foi esticada ao longe.
⑤**晴翠**：A grama verde sob sol.
⑥**王孙**：Originalmente se refere a nobres, aqui se refere a amigos.
⑦**萋萋**：A descrição de grama exuberante.

扫码听录音

译文

原野上长满了茂盛的青草，

每年都会枯萎又茂盛。

野火也烧不尽这满地野草，

春风一吹它又蓬勃生长。

远处的野草都长到古老的驿道上去了，

在阳光照耀下翠绿一直连绵到了远处的荒城。

今天我又来送别朋友，

繁茂的小草仿佛也满怀离别之情。

Tradução

A planície está coberta de grama exuberante,

A grama murcha e floresce uma vez por ano.

Incêndios selvagens neste ano não conseguiram queimar todas estas inesgotáveis ervas.

Quando a brisa da primavera sopra, as ervas crescem novamente.

As ervas daninhas cresceram até ao antigo posto.

Sob o sol, o verde verdejante estendia-se até a cidade deserta ao longe.

Hoje eu vim para despedir-me dos meus amigos novamente,

A grama exuberante estava repleta de tristeza do adeus.

练习 Exercícios

一、根据课文内容回答问题（Responda às perguntas de acordo com o texto.）

1. 杜甫写《春望》这首诗时才四十多岁，为什么却说自己“白头搔更短，浑欲不胜簪”？
2. 怎样理解“秦时明月汉时关”的意思？这句用了什么修辞手法？
3. 诗句“飞流直下三千尺”用了什么修辞手法？作者想表达的效果是什么？

二、按要求解释下面诗句中的词语（Explique as palavras nas seguintes poesias conforme os requisitos.）

1. 注音并解释(Marque pinyin e explique.)

（1）万里长征人未还　　还：（　　）________________

（2）不教胡马度阴山　　教：（　　）________________

2. 解释下面诗句中加点字的意思（Indique os significados das partes sublinhadas abaixo.）

（1）生

日照香炉生紫烟　________________

春风吹又生　________________

（2）月

烽火连三月　________________

秦时明月汉时关　________________

三、选择画线词语的正确解释（Escolha a interpretação correta das palavras sublinhadas.）

1. 家书抵万金（　　）

A. 书籍　　B. 信　　C. 钱

2. 但闻人语响（　　）

A. 不但　　B. 但是　　C. 只

3. 返景入深林（　　）

A. 光影　　B. 人影　　C. 风景

4. 不教胡马度阴山（　　）

A. 教育　　B. 让　　C. 假如

5. 野火烧不尽（　　）

A. 完　　B. 尽头　　C. 尽量

第二章 唐代散文

唐代散文的代表人物是韩愈和柳宗元。韩愈的文章语言凝练、气势磅礴，柳宗元的文章文笔生动、寓意深刻。二人在散文文体文风上进行了大量的改革：一方面文以致用，从空言明道走向参与现实、参与政治；另一方面吸收秦汉各家散体文及六朝骈文之所长，极大地丰富了散文的艺术表现技巧。韩柳二人对古典散文的发展做出了承前启后的贡献。

Capítulo II A Prosa da Dinastia Tang

As figuras representativas da prosa na dinastia Tang são Han Yu e Liu Zongyuan. O artigo de Han Yu é condensado e com uma linguagem magnífica.O estilo do artigo de Liu Zongyuan é vívido e com profundo sentido. Ambos realizaram muitas reformas no estilo da prosa. Por um lado, o texto é esmerado, desenvolve-se com retórica e clareza para participar da realidade e da política. E, por outro lado, absorve méritos de prosas de personalidades da dinastia Qin e da dinastia Han, assim como a grandeza da prosa paralela das seis dinastias,enriquecidas as habilidades de expressão artística da prosa, as devidas figuras contribuíram para o desenvolvimento da prosa clássica, servindo como uma ponte entre passado e futuro.

shī shuō
师说

hán yù
韩愈

扫码听录音

gǔ zhī xué zhě bì yǒu shī shī zhě suǒ yǐ chuán dào shòu yè jiě huò yě
古之学者①必有师。师者，所以传道②受业③解惑也。
rén fēi shēng ér zhī zhī zhě shú néng wú huò huò ér bù cóng shī qí wéi huò yě
人非生而知之者，孰能无惑？惑而不从师，其为惑也，
zhōng bù jiě yǐ
终不解矣。

shēng hū wú qián qí wén dào yě gù xiān hū wú wú cóng ér shī zhī
生乎吾前④，其闻⑤道也固先乎吾，吾从而师之⑥；
shēng hū wú hòu qí wén dào yě yì xiān hū wú wú cóng ér shī zhī wú shī dào
生乎吾后，其闻道也亦先乎吾，吾从而师之。吾师道
yě fú yōng zhī qí nián zhī xiān hòu shēng yú wú hū shì gù wú guì wú jiàn wú
也，夫庸知⑦其年之先后生于吾乎？是故⑧无贵无贱，无
zhǎng wú shào dào zhī suǒ cún shī zhī suǒ cún yě
长⑨无少，道之所存⑩，师之所存也。

解题

韩愈（768年—824年），字退之，自称郡望昌黎，唐代中期文学家、思想家、哲学家，其文学成就主要在散文，被尊为"唐宋八大家"之首。韩愈积极领导了唐代古文运动，改变汉魏六朝以来的骈体文，恢复先秦两汉时期的散文体，对后世文学理论的发展和文学实践活动都有积极的影响。其擅长各类文体，无论是论说类还是记叙类都有大量名篇。

这篇文章是韩愈散文中专论教师的名篇。文章论述了从师学习的必要性，批判了当时社会上"耻学于师"的陋习，并且强调任何人都可以做自己的老师，不会因地位贵贱或年龄差别就不肯虚心学习。文章表现了作者非凡的勇气和不顾世俗、独抒己见的精神。

Comentário

Han Yu (768–824), com nome de cortesia de Tuizhi, e a sua alcunha (hao) era Junwang Changli, é literato, pensador e filósofo nos meados da dinastia Tang, com realizações principalmente na área da prosa, conhecido como "os Oito Grandes Escritores das Dinastias Tang e Song". Han Yu chefiou ativamente o movimento de artigos antigos da dinastia Tang, mudando a prosa durante seis dinastias, tal como dinastias Han e Wei, para a prosa da época da antiga dinastia Qin. Tem impacto positivo no desenvolvimento das teorias literárias e atividade das práticas literárias. Ele se destacou em todas as categorias de estilos literários e tem um grande número de obras-primas tanto na dissertação quanto no estilo narrativo.

Esta é a prosa de Han Yu que é famosa por especialmente discutir sobre como ser um professor. O artigo discute a necessidade de aprender com o professor, critica os maus hábitos sobre a "vergonha de aprender com o professor" na sociedade da época. Além disso, enfatiza que qualquer um pode ser seu próprio professor e que não deve desistir de aprender com modéstia, por causa da diferença de status social ou de idade. O artigo mostra a extraordinária coragem do autor, bem como seu espírito de desconsiderar a convenção do mundo e expressar suas próprias opiniões.

注释

①**学者**：求学的人。

②**道**：儒家哲学、政治的原理、原则。

③**受业**：受，通"授"，传授。业，指儒家经典。

④**生乎吾前**：乎，相当于"于"，与下文"先乎吾"的"乎"相同。吾，指"我"。

⑤**闻**：听见。引申为知道，懂得。

Notas

①**学者**: Estudante, aprendente.

②**道**: Filosofia do confucionismo, princípios políticos.

③**受业**: 受: Igual à palavra "授", o seu sentido é ensinar. 业: Pensamentos clássicos do confucionismo.

④**生乎吾前**: A palavra "乎" é igual à palavra "于" e tem mesmo significado com a "乎" da locução "先乎吾". 吾: Eu.

⑤**闻**: Ouvir. O sentido figurado é "saber".

⑥**从而师之**：跟随（他），拜他为老师。师，意动用法，以……为师。
⑦**庸知**：哪里知道。
⑧**是故**：因此，所以。
⑨**长（zhǎng）**：表示年龄大。
⑩**存**：存在。

⑥**从而师之**：Seguir ele, ser estudante dele. 师：Ser estudante de...
⑦**庸知**：Como saber.
⑧**是故**：Por isso.
⑨**长（zhǎng）**：Velho.
⑩**存**：Existir.

译文

古代求学的人一定有老师。所谓老师，就是可以传授道理、教授学业、解答疑难问题的人。人不是生下来就懂得道理的，谁能没有困惑？有了困惑，如果不向老师请教，那些困惑便始终不能解决。

生在我前面，他懂得道理本来就早于我，我应该跟随他，把他当作老师；生在我后面，如果他懂得道理也早于我，我也应该跟随他，把他当作老师。我是向他学习道理啊，哪管他出生得比我早还是比我晚呢？因此，无论地位高低贵贱，无论年纪大小，谁懂得道理，谁就可以做老师。

扫码听录音

Tradução

Pessoas que estudaram nos tempos antigos devem ter professores.Um professor é alguém que pode ensinar a verdade, transmitir conhecimento e responder às questões. O homem não nasce com conhecimento. Ninguém tem coragem para dizer que ele próprio nunca vai estar confuso. Quando se encontrar confuso, estas perplexidades não serão resolvidas, a menos que ele pergunte ao seu professor.

Os homens nascidos antes de mim certamente sabem a verdade diante de mim, eu deveria segui-los como professores; enquanto aqueles que nascem depois de mim também podem conhecer a verdade antes de mim, eu ainda deveria segui-los como professores. Aprendi a verdade com o mestre: Quem se importa se ele nasceu antes ou depois de mim? Logo, não importa qual seja o status ou até mesmo jovem ou idoso, quem entende a verdade, pode ser um professor.

qián zhī lú
黔之驴

liǔ zōng yuán
柳宗元

扫码听录音

qián wú lú yǒu hào shì zhě chuán zài yǐ rù zhì zé wú kě yòng fàng zhī
黔①无驴，有好事者船载以入。至则②无可用，放之

shān xià hǔ jiàn zhī páng rán dà wù yě yǐ wéi shén bì lín jiān kuī zhī shāo
山下。虎见之，庞然③大物也，以为神，蔽林间窥④之。稍

chū jìn zhī yìn yìn rán mò xiāng zhī
出近之，慭慭然⑤，莫相知⑥。

tā rì lú yī míng hǔ dà hài yuǎn dùn yǐ wéi qiě shì jǐ yě
他日，驴一鸣，虎大骇⑦，远遁⑧；以为且⑨噬⑩己也，

shèn kǒng rán wǎng lái shì zhī jué wú yì néng zhě yì xí qí shēng yòu jìn chū qián
甚恐。然往来视之，觉无异能者；益⑪习其声，又近出前

hòu zhōng bù gǎn bó shāo jìn yì xiá dàng yǐ chōng mào lú bù shèng nù tí
后，终不敢搏。稍近，益狎⑫，荡倚冲冒⑬。驴不胜怒，蹄⑭

zhī hǔ yīn xǐ jì zhī yuē jì zhǐ cǐ ěr yīn tiào liáng dà hǎn duàn qí
之。虎因喜，计之⑮曰："技止此耳！"因跳踉大㘎⑯，断其

hóu jìn qí ròu nǎi qù
喉，尽其肉，乃去⑰。

yī xíng zhī páng yě lèi yǒu dé shēng zhī hóng yě lèi yǒu néng xiàng bù chū
噫！形之庞也类⑱有德⑲，声之宏也类有能。向⑳不出

qí jì hǔ suī měng yí wèi zú bù gǎn qǔ jīn ruò shì yān bēi fú
其技，虎虽猛，疑畏㉑，卒㉒不敢取。今若是焉，悲夫！

解题

柳宗元（773年—819年），字子厚，世称“河东先生”，唐代文学家、思想家，“唐宋八大家”之一，与韩愈共同发起并领导了唐代古文运动。柳宗元年少入仕，后因政治斗争被贬，其大量诗文写于贬官之后。柳宗元的文章体裁丰富，无论是山水游记还是寓言故事，都为后世留下了不少千古传颂的优秀作品。

本篇是柳宗元被贬时写的一篇寓言故事，借驴的形象来刻画当时统治集团中官高位显、仗势欺人却无才无德、外强中干的小人，深刻有力地讽刺了当时腐败的政治和社会。

Comentário

Liu Zongyuan (773–819), com nome de cortesia de Zihou, e a sua alcunha (hao) era Hedong Xiansheng literato e pensador da dinastia Tang, um dos “Oito Grandes Escritores das Dinastias Tang e Song”, iniciou e chefiou com Han Yu o movimento de artigos antigos da dinastia Tang. Liu Zongyuan entrou para o serviço público quando era jovem e foi deportado mais tarde devido a lutas políticas. A grande parte das suas obras foi escrita após sua deportação. Os artigos de Liu Zongyuan são ricos em gênero. Ele deixou muitas obras excelentes que foram sendo passadas através dos tempos, quer sejam prosas de paisagem ou fábulas.

Esta fábula foi escrita por Liu Zongyuan quando ele foi rebaixado. Ao fazer uso da imagem de um burro, a fábula descreve os oficiais do governo que estavam em lugares importantes na corte. Esses funcionários públicos eram hipócritas, sem capacidade e virtude. Oprimiam, contudo, o povo com os poderes deles. A prosa satiriza profundamente a sociedade e a política corrupta naquela época.

注释

①**黔（qián）**：即唐代黔中道，辖地相当于今彭水、酉阳、秀山一带和贵州北部部分地区。现以“黔”作为贵州的别称。

②**则**：表转折，却。

③**庞然**：巨大的样子。

④**窥**：偷偷看。

⑤**慭（yìn）慭然**：小心谨慎的样子。

⑥**莫相知**：不了解它。

⑦**骇**：非常害怕。

Notas

①**黔（qián）**：Refere-se à região Qianzhongdao da Dinastia Tang. Agora, a região inclui Pengshui, Youyang, Xiushan bem como certas regiões do Norte da Província Guizhou. A palavra “黔” é atualmente o nome breve de Guizhou.

②**则**：Entretanto.

③**庞然**：Com grande tamanho.

④**窥**：Espreitar.

⑤**慭（yìn）慭然**：Cuidadosamente.

⑥**莫相知**：Não o conhece bem.

⑦**骇**：Recear muito.

⑧**遁**：逃避。
⑨**且**：将要。
⑩**噬（shì）**：咬。
⑪**益**：逐渐。
⑫**狎（xiá）**：亲近而态度不庄重。
⑬**荡倚冲冒**：荡，碰撞。倚，靠近。冲，冲击。冒，冒犯。
⑭**踔**：名词作动词，踢。
⑮**计之**：盘算着这件事。
⑯**跳踉（liáng）大㘎（hǎn）**：跳踉，腾跃的样子。㘎，同"吼"，怒吼。
⑰**乃去**：乃，才。去，离开。
⑱**类**：似乎，好像。
⑲**德**：道行。
⑳**向**：以前，当初。
㉑**疑畏**：多疑又害怕。
㉒**卒**：最后，最终。

⑧**遁**：Escapar, fugir de algum lugar.
⑨**且**：Vai ser.
⑩**噬（shì）**：Morder.
⑪**益**：Gradualmente.
⑫**狎（xiá）**：Gosta de algo mas não o respeita.
⑬**荡倚冲冒**：荡: Chocar. 倚: Aproximar. 冲: Chocar. 冒：Ofender.
⑭**踔**：Pontapear.
⑮**计之**：Pensar isso,
⑯**跳踉（liáng）大㘎（hǎn）**：跳踉: Saltar alto. 㘎: Igual à palavra 吼, urrar.
⑰**乃去**：乃：Já. 去: Sair.
⑱**类**：Parece que.
⑲**德**：Forte.
⑳**向**：Dantes.
㉑**疑畏**：Suspeitar e recear.
㉒**卒**：Finalmente.

译文

黔地本来没有驴，有一个多事的人用船运了一头去。驴运到后却没有什么用处，那人就把它放置在山脚下。老虎看到驴是个庞然大物，以为它是什么神物，躲藏在树林里偷偷看它，一会儿又慢慢走近观察，战战兢兢，但最终还是不知道它是什么东西。

有一天，驴叫了一声，把老虎吓得逃得远远的，它以为驴要咬自己，非常害怕。但是老虎来来回回地观察驴，觉得它并没有什么特别的本领。老虎渐渐地熟悉了驴的叫声，更靠近它了，在它周围徘徊，但始终不与它搏

Tradução

扫码听录音

No início, não existia burro em Qian, até que um caçador de problemas transportou um burro num barco para lá. O burro foi colocado ao pé da montanha, por causa ausência de utilidade prática. Um tigre viu o burro como um gigante, pensou que era algo divino. Ele escondia-se nas árvores para o observar e aproximou-se dele um pouco. O tigre tinha medo porque não sabia o que era aquilo.

Um dia, o burro zurrou, assustando o tigre, que pensou que o burro iria morder a si mesmo e sentiu medo. Depois de várias observações, entretanto, o tigre descobriu que o burro não tinha nenhuma capacidade especial. Gradualmente, ele acostumou-se à voz do burro e sempre se aproximava dele, porém sem nunca lutar com ele. O tigre aproximava-se um pouco mais do burro,

斗。老虎又渐渐地靠近驴，更加随便地戏弄它，碰撞、倚靠、冲撞、冒犯它。驴非常生气，用蹄子踢老虎。老虎见了很高兴，心里盘算说："驴的本领只不过是这样罢了！"于是跳起来大吼了一声，咬断了驴的喉咙，吃光了它的肉，然后才离开。

唉！驴的外形庞大好像很有道行，声音洪亮好像很有能耐，当初要是不使出它的那点本事，老虎虽然凶猛，但由于多疑、畏惧，终究不敢吃掉它。如今落得如此下场，可悲啊！

brincando com ele, batendo nele, se apoiando nele e o ofendendo. O burro, então, zangou-se e chutou o tigre com um coice. O tigre, contrariamente, sentiu alegria e pensava: "a capacidade dele é apenas fazer isso!" Foi quando o tigre rugiu e saltou, mordeu a garganta do burro, comeu toda a sua carne e foi embora.

O burro tinha grande corpo e forte voz, como se fosse capaz de algo. No início, se não tivesse mostrado a capacidade dele, o tigre, ainda que fosse feroz, não se atreveria a comê-lo, devido à dúvida e ao medo. É triste, mas o burro acabou seus dias assim.

练习 Exercícios

一、根据课文内容回答问题（Responda às perguntas de acordo com o texto.）

1.《师说》一文中，作者认为老师的作用是什么？为什么要跟随老师学习？

2.《黔之驴》一文中，老虎刚开始为什么不吃驴，后来为什么把它吃掉了？

二、把下列句子译成现代汉语（Traduza as frases seguintes para chinês moderno.）

1. 是故无贵无贱，无长无少，道之所存，师之所存也。
2. 黔无驴，有好事者船载以入。
3. 驴不胜怒，蹄之。

三、一词多义（Indique os diferentes significados das palavras abaixo.）

1. 师
   （1）古之学者必有师 ____________
   （2）吾从而师之 ____________
   （3）吾师道也 ____________
2. 之
   （1）古之学者必有师 ____________
   （2）人非生而知之者 ____________
3. 习
   （1）学而时习之，不亦说乎 ____________
   （2）益习其声 ____________
4. 然
   （1）然往来视之 ____________
   （2）慭慭然，莫相知 ____________

第四编
宋　代

宋代（960年—1279年）是中国历史上商品经济、文化教育、科学创新高度繁荣的时代，也是继唐代之后文学发展的又一高峰期。唐宋八大家中，宋人占了六席。宋代文学在中国文学发展史上处于一个重要的承前启后的阶段，即中国文学从社会中上层的文人文学向社会下层的通俗文学过渡的时期。宋代在诗、词、散文、话本小说等方面都有伟大成就，其中宋词最为发达，堪称一代之文学。

Parte IV　Dinastia Song

A dinastia Song (960–1279) é uma era com economia de mercadorias, educação cultural e inovação científica muito prósperas na história da China e também é um dos períodos de auge do desenvolvimento literário após a dinastia Tang. Entre os Oito Grandes Escritores das Dinastias Tang e Song, o povo Song ocupa seis lugares. A literatura da dinastia Song está firmada num momento importante no desenvolvimento da literatura chinesa, isto é, uma espécie de período transitório em que a literatura chinesa passou de literatura literária de classes sociais superior e média para a literatura popular da classe de nível inferior. Desse modo, a dinastia Song obteve grandes conquistas na poesia, Song Ci, prosa e narração de histórias. A Song Ci é a mais desenvolvida neste período de transição e pode ser chamada de geração literária.

第一章　宋词五篇

词是一种音乐文学，它原本是配合音乐流行于民间的，大约在中唐时期，文人把这一文体引入文坛，晚唐时期词有了很大的发展，并在诗之外独树一帜。进入宋代，词的创作进入繁荣时期，名篇佳作层出不穷，成为中国古代突出的文学体裁之一。宋词的句子有长有短，便于歌唱，词坛相继出现了晏殊、柳永、苏轼、李清照、辛弃疾等杰出词人，他们共同造就了宋代词坛的繁荣。

Capítulo I　Os Cinco Excertos de Song Ci

Ci é um tipo de literatura musical. Originalmente era de canção popular entre povo, para acompanhar a música folclórica. Em meados do período Tang, aproximadamente, os literatos introduziram este estilo no mundo literário. A poesia tardia de Tang desenvolveu-se muito e distinguiu-se na área além da poética. Na dinastia Song, a criação de Ci foi magnífica, e muitas obras-primas foram compostas uma após a outra, tornando-se destaque dentre os gêneros literários na China antiga. Nas composições de Song Ci, existem estrofes longas e curtas, o que as torna fácil de cantar. Existem poetas de destaque como Yan Shu, Liu Yong, Su Shi, Li Qingzhao, Xin Qiji e etc., que juntos criaram a prosperidade da poesia de Song Ci.

huàn xī shā · yī qǔ xīn cí jiǔ yī bēi
浣溪沙·一曲新词酒一杯

yàn shū
晏殊

扫码听录音

yī qǔ xīn cí jiǔ yī bēi qù nián tiān qì jiù tíng tái xī yáng xī xià jǐ shí huí
一曲新词酒一杯，去年天气旧亭台。夕阳西下几时回？
wú kě nài hé huā luò qù sì céng xiāng shí yàn guī lái xiǎo yuán xiāng
无可奈何①花落去，似曾相识②燕归来③，小园香
jìng dú pái huái
径④独徘徊⑤。

解题

晏殊（991年—1055年），字同叔，自幼聪颖过人，北宋朝廷重臣，官至宰相。晏殊以词著于文坛，尤其擅长篇幅短小的小令。他善于捕捉瞬间情景，有闲雅的意趣和多情的特质，其词含蓄婉丽、音韵和谐。

Comentário

Yan Shu (991–1055), com o nome de cortesia de Tongshu, é mais inteligente do que outros desde infância, foi um dos funcionários importantes da corte da dinastia Song, alcançando o cargo de primeiro-ministro. Yan Shu era conhecido por suas Ci, especialmente Ling de composições curtas. Ele era bom em capturar os segundos e tem interesse elegante e pensamento afetuoso. Suas Ci são implícitas, belas e com ritmo harmonioso.

这首词写的是晚春闲步园林的日常生活小景，抒发的是无可奈何的春恨，蕴含着有关人事和自然的某些普遍性哲理。

Nesta Ci, faz a descrição da cena cotidiana duma voltinha num jardim no final da primavera, expressa o ódio desamparado da primavera, e contém algumas filosofias universais sobre o povo e a natureza.

注释

①**无可奈何**：不得已，没有办法。
②**似曾相识**：好像曾经认识。形容见过的事物再度出现。后用作成语。
③**燕归来**：燕子从南方飞回来。
④**香径**：带着幽香的园中小径。
⑤**徘徊**：来回走。

Notas

①**无可奈何**：Ter de, não ter alternativa.
②**似曾相识**：Como se conhecesse. Refere-se ao objeto conhecido que aparece de novo. A expressão é utilizada logo depois como Chengyu.
③**燕归来**：A andorinha volta do sul. Essa imagem é muito frequente na primavera.
④**香径**：Caminho estreito com aroma no jardim.
⑤**徘徊**：Ir para cá e para lá.

译文

听一曲新词喝一杯美酒，天气和亭台依然跟去年一样，但眼前的夕阳西下了，不知什么时候再回来呢？

无奈地看着花儿在风中凋落，而去年似曾见过的燕子，如今又飞回来了。惟有我在花园里落花遍地的小路上惆怅地独自徘徊。

扫码听录音

Tradução

Uma música cheia de novas palavras, um copo cheio de vinho velho,

O caramanchão é do ano passado, o tempo está bom como antes.

O ano passado reaparecerá com o pôr-do-sol?

Profundamente, suspiro pelas flores caídas ao vento;

Vagamente, eu saberia que as andorinhas tinham voltado.

Apenas pelo caminho aromático do jardim que eu ainda permaneço.

dié liàn huā zhù yǐ wēi lóu fēng xì xì
蝶恋花·伫倚危楼风细细

liǔ yǒng
柳 永

扫码听录音

zhù yǐ wēi lóu fēng xì xì wàng jí chūn chóu àn àn shēng tiān jì
伫倚危楼[1]风细细，望极[2]春愁，黯黯[3]生天际[4]。

cǎo sè yān guāng cán zhào lǐ wú yán shuí huì píng lán yì
草色烟光[5]残照里，无言谁会[6]凭阑[7]意。

nǐ bǎ shū kuáng tú yī zuì duì jiǔ dāng gē qiǎng lè huán wú wèi
拟[8]把疏狂[9]图一醉，对酒当歌[10]，强乐[11]还无味。

yī dài jiàn kuān zhōng bù huǐ wèi yī xiāo dé rén qiáo cuì
衣带渐宽[12]终不悔，为伊消得[13]人憔悴。

解题

柳永（约985年—1053年），字耆卿，北宋词人，婉约派代表人物。柳永一生在仕途上抑郁不得志，独以词著称于世。其词多写繁华都市、男女情事等世俗意象，辅以淋漓尽致的铺叙和平淡无华的白描，词调创新，自成一派，对宋词的发展产生了深远影响。

这是一首怀人之作，此词先写登高望远所引起的无尽离愁，再写主人公为消释离愁决意痛饮狂歌，末了再以健笔写柔情。全词巧妙地把飘泊异乡的落魄感受同怀念意中人的缠绵情思融为一体，借景抒情，感情真挚。

Comentário

Liu Yong (985–1053), com o seu nome de cortesia de Qiqing, é o escritor de Ci da dinastia Song, representante de Escola Wanyue (Escola Subtil e Concisa). Liu Yong, durante toda a sua vida, foi deprimido e desfavorável em sua carreira e é conhecido apenas por suas Ci. Suas Ci são principalmente sobre imagens populares tal como cidades prósperas e amor entre homens e mulheres, complementadas por narrativas e descrições vagas. Inventou o tom novo de Ci, formando uma escola própria que teve uma profunda influência da Ci.

Esta Song Ci tem como objetivo apresentar saudades de outrem. Nas primeiras estrofes, o protagonista subiu para um lugar alto e olhou para longe, causando uma tristeza infinita devido à distância. Em seguida, com o fim de aliviar a tristeza, o protagonista decidiu beber e cantar. No final, o autor escreveu os seus sentimentos com um estilo poderoso e determinado. A obra mistura os sentimentos de ficar numa terra estranha com as saudades da pessoa amada. Fazendo-se valer do ci lírico da dinastia Song, descreve-se paisagens belas e sentimentos sinceros.

注释

①**伫（zhù）倚危楼：**长时间倚靠在高楼的栏杆上。伫，久立。危楼，高楼。
②**望极：**极目远望。
③**黯黯（àn'àn）：**心情沮丧忧愁。
④**生天际：**从遥远的天边袭来。
⑤**烟光：**飘忽缭绕的云霭雾气。
⑥**会：**理解。
⑦**凭阑：**凭，倚靠。阑同“栏”。
⑧**拟：**打算。
⑨**疏狂：**狂放不羁。

Notas

①**伫（zhù）倚危楼：**Encostar-se à grade do edifício alto por longo tempo伫: Ficar por longo tempo. 危楼: Edifício alto.
②**望极：**Ver de longe.
③**黯黯（àn'àn）：**Triste.
④**生天际：**Vir do limite do céu.
⑤**烟光：**Nevoeiro.
⑥**会：**Entender.
⑦**凭阑：**凭: Apoiar-se. 阑: igual à palavra “栏”, grade.
⑧**拟：**Planejar.
⑨**疏狂：**Vigoroso e irrestrito.

⑩ **对酒当歌：**面对着美酒和歌舞。语出曹操《短歌行》"对酒当歌，人生几何"。"当"与"对"意同。

⑪ **强（qiǎng）乐：**勉强欢笑。强，勉强。

⑫ **衣带渐宽：**衣服腰带越来越宽松。指人逐渐消瘦。

⑬ **消得：**值得，甘愿。

⑩ **对酒当歌：** A expressão vem da frase "对酒当歌，人生几何", na poesia Duan Ge Xing do poeta Cao Cao. 当 : Tem mesmo sentido com "对".

⑪ **强（qiǎng）乐：** Forçar um sorriso. 强 : É forçado de fazer.

⑫ **衣带渐宽：** O cinto é cada vez mais inapropriado e relativamente largo. O sentido figurado é emagrecer. "Coleção de Dezanove Poesias"

⑬ **消得：** Merecer.

扫码听录音

译文

我久久地倚靠在高楼的栏杆上，细细春风迎面吹来，极目远望，不尽的愁思、低落的情绪弥漫开来。夕阳斜照，碧绿的草色，迷蒙的烟光，谁能理解在此默默倚靠栏杆的我的心思呢？

本想尽情放纵喝得一醉方休，当在歌声中举起酒杯时，才感到勉强求乐反而毫无兴味。我日渐消瘦也不觉得懊悔，为了意中人甘愿憔悴。

Tradução

Durante algum tempo, apoiei-me na grade alta de um edifício, sentindo uma brisa suave. Olhando para longe, a tristeza sem fim e expetativas fracassadas espalham-se no meu coração. Ao pôr-do-sol, parece que o capim está a brilhar. Ninguém me entende.

Queria beber até ficar bêbado. No entanto, quando, ao cantar, ergo o meu copo sinto-me relutante em me divertir, mas sem qualquer interesse. Estou a ficar cada vez mais magro mas não me arrependo. Prefiro ficar combalido por ti.

shuǐ diào gē tóu míng yuè jǐ shí yǒu
水调歌头·明月几时有

sū shì
苏轼

扫码听录音

bǐng chén zhōng qiū huān yǐn dá dàn dà zuì zuò cǐ piān jiān huái zǐ yóu
丙辰[1]中秋，欢饮达旦[2]，大醉，作此篇，兼怀子由[3]。

míng yuè jǐ shí yǒu bǎ jiǔ wèn qīng tiān bù zhī tiān shàng gōng què jīn xī
明月几时有？把酒[4]问青天。不知天上宫阙[5]，今夕

shì hé nián wǒ yù chéng fēng guī qù yòu kǒng qióng lóu yù yǔ gāo chù bù shèng
是何年。我欲乘风归去[6]，又恐琼楼玉宇[7]，高处不胜[8]

hán qǐ wǔ nòng qīng yǐng hé sì zài rén jiān
寒。起舞弄清影[9]，何似[10]在人间。

zhuǎn zhū gé dī qǐ hù zhào wú mián bù yīng yǒu hèn hé shì cháng
转朱阁[11]，低绮户[12]，照无眠。不应有恨，何事[13]长

xiàng bié shí yuán rén yǒu bēi huān lí hé yuè yǒu yīn qíng yuán quē cǐ shì gǔ nán
向[14]别时圆？人有悲欢离合，月有阴晴圆缺，此事古难

quán dàn yuàn rén cháng jiǔ qiān lǐ gòng chán juān
全。但[15]愿人长久，千里共婵娟[16]。

解题

苏轼（1037年—1101年），字子瞻，号东坡居士，世称苏东坡。北宋中叶文坛领袖，豪放派代表人物，其在诗、词、文、书、画等方面都取得了杰出成就。其诗题材广泛、独具风格；其词恣意豪迈、高旷飘逸；其散文著述宏富，行文自如。苏轼与其父苏洵、弟苏辙同在“唐宋八大家”之列。

这首词是词人在熙宁九年（1076年）把酒赏月时而作。当时苏轼在生活上已和胞弟苏辙阔别七年，政治上又和变法派意见分歧严重。中秋之夜，苏轼望月怀人，感叹人生，触发奇思遐想，思考寄寓深邃的人生哲理，写下了这首传颂千古的中秋词。

Comentário

Su Shi (1037–1101), o seu nome de cortesia é Zizhan, e a sua alcunha é Dongpo Jushi, conhecido como Su Dongpo no mundo. O líder literário em meados da dinastia Song do Norte e o representante da Escola Haofang (Escola Ousada e Sem Constrangimentos), ele fez notáveis realizações na poesia, escrita, caligrafia e pintura. Os seus poemas, com o seu estilo único, continham uma ampla gama de assuntos; as suas palavras eram ousadas, espirituosas e elegantes; sendo magnífica a sua escrita em prosa e a sua escrita era livre. Su Shi, com o seu pai Su Xun e o seu irmão mais novo Su Che, estavam entre “os Oito Grandes Escritores das Dinastias Tang e Song”.

Este poema foi escrito pelo poeta, Su Shi, quando ele admirou a lua no ano de 1076 d.C.. Naquela época, Su Shi já se tinha separado do seu irmão, Su Zhe, por sete anos, e não conseguiu encontrar uma harmonia com os reformistas na política.

Na noite do Festival do Meio Outono, olhando para a lua, o poeta tinha saudades do seu irmão. A paisagem causou-lhe tantos pensamentos, por isso, ele escreveu este poema que seria recitado por milhares de anos.

注释

①**丙辰**：指1076年（宋神宗熙宁九年）。这一年苏轼在密州（今山东省诸城市）任太守。

②**达旦**：到天亮。

③**子由**：苏轼的弟弟苏辙的字。

④**把酒**：端起酒杯。把，执、持。

⑤**天上宫阙（què）**：指月中宫殿。阙，古代城墙后的石台。

⑥**归去**：回去，这里指回到月宫里去。

⑦**琼（qióng）楼玉宇**：美玉砌成的楼宇，指想象中的仙宫。

Notas

①**丙辰**：Nomeadamente é 1076 d.C.. Neste ano, Su Shi foi perfeito da Região Mi Zhou (atual é conhecida como cidade de Zhu Cheng, província de Shandong).

②**达旦**：Por toda a noite.

③**子由**：Nome de cortesia do irmão de Su Shi.

④**把酒**：Segurar a taça de vinho. 把 : Segurar, pegar.

⑤**天上宫阙（què）**：Pavilhão na Lua. 阙 : Plataforma de pedra que fica atrás da muralha antiga.

⑥**归去**：Voltar. No texto, significa voltar ao pavilhão na Lua.

⑦**琼（qióng）楼玉宇**：Mansão de jade, aqui se refere ao pavilhão imaginário onde moram Deuses.

⑧**不胜（shèng）**：经受不住。胜，承担、承受。

⑨**弄清影**：意思是月光下的身影也跟着做出各种舞姿。弄，赏玩。

⑩**何似**：哪像。

⑪**朱阁**：朱红的华丽楼阁。

⑫**绮（qǐ）户**：雕饰华丽的门窗。

⑬**何事**：为什么。

⑭**长（cháng）向**：一作“偏向”。

⑮**但**：只。

⑯**婵娟（chánjuān）**：美好的月色。

⑧**不胜（shèng）**：Não suportar. 胜：Suportar.

⑨**弄清影**：Dançar com sombra iluminada pela lua. 弄：Dançar.

⑩**何似**：Não parece.

⑪**朱阁**：Mansão vermelha.

⑫**绮（qǐ）户**：Portas e janelas esculpidas ornamentadas.

⑬**何事**：Porque.

⑭**长（cháng）向**：Na outra versão, diz-se “偏向”.

⑮**但**：Apenas.

⑯**婵娟（chánjuān）**：Lua maravilhosa.

译文

丙辰年（1076年）中秋，通宵痛饮至天明，大醉，乘兴写下此文，同时抒发对弟弟子由的思念之情。

明月什么时候才会出现呢？我端着酒询问青天。不知道月亮的宫殿，现在是什么年代。我想要乘风飞向那月亮上的宫殿，又害怕那美玉砌成的楼宇太高，我受不住那儿的寒冷。还不如在月下翩翩起舞，和自己的影子嬉戏，天上怎比得上人间呢？

月光转过朱红的楼阁，低低地穿过雕花的门窗，照到了屋内还没睡意的我。月亮不应对人有怨恨吧，可为什么偏在人们离别时才圆呢？人有悲欢离合的变迁，月亮也有阴晴圆缺的转变，这样的事自古就难以周全。只希望我所牵挂的人都平安健康，即便相隔千里，也能共赏这美丽的月光。

扫码听录音

Tradução

Na noite do Festival do Meio Outono no ano de 1076 d.C., olhando para a lua, o poeta tinha saudades do seu irmão. A paisagem causou-lhe tantos pensamentos, por isso, ele bebeu até de madrugada e escreveu este poema para exprimir as suas saudades.

Lua brilhante, quando é que você apareceu? Erguendo um copo de vinho, pergunto ao céu escuro da noite. Em que ano está hoje nos palácios do céu? Eu queria montar no vento e voar para o palácio na lua, mas tenho medo de que o belo edifício de jade seja alto demais e não posso aguentar o frio lá. É melhor dançar sob a lua e brincar com minha própria sombra. Como a vida do céu pode ser comparada com a da terra?

Virando-se para o pavilhão vermelho e passando por entre as portas e janelas esculpidas, o luar brilha sobre os insones. Certamente o luar não tem má vontade – mas porque é que só se torna cheia nos momentos em que nós, seres humanos, estamos separados? As pessoas têm suas tristezas, alegrias, uniões e separações uma vez que a lua está sujeita às mudanças de estar cheia e crescente. Estas situações nunca são ideais de acordo com a vontade de pessoas há muito tempo. Só espero que nós tenhamos uma vida longa e saudável e que possamos compartilhar a beleza da lua, mesmo à distância.

rú mèng lìng cháng jì xī tíng rì mù
如梦令·常记溪亭日暮

lǐ qīng zhào
李清照

扫码听录音

cháng jì xī tíng rì mù chén zuì bù zhī guī lù
常记[1]溪亭日暮，沉醉[2]不知归路。
xìng jìn wǎn huí zhōu wù rù ǒu huā shēn chù
兴尽[3]晚回舟[4]，误入[5]藕花深处。
zhēng dù zhēng dù jīng qǐ yī tān ōu lù
争渡[6]，争渡，惊起一滩[7]鸥鹭[8]。

解题

李清照（1084年—1155年），号易安居士，宋代女词人，婉约派代表人物，有“千古第一才女”之称。李清照的词前期多写自然风光和离别相思，善用白描手法，言语清丽；后期多悲叹身世不幸和家国之思，情辞慷慨、悲凉沉郁。

Comentário

Li Qingzhao (1084–1155), a sua alcunha era Yi'an Jushi, uma poetisa da dinastia Song, representante da Escola Wanyue (Escola Subtil e Concisa), era conhecida como “a primeira mulher talentosa memorável”. No estágio inicial dos poemas de Li Qingzhao, ela costumava escrever sobre paisagens naturais e saudades de amor quando se despedia, e fazia bom uso de técnicas de desenho de linhas, com palavras claras e bonitas;

这首小令是李清照少女时代的词作，回忆少时游玩的情景。词人用简练的语言描绘了一个极富立体感的生活画面，映照出一幅年少时活泼快乐、无忧无虑的生活景象。

no estágio posterior, ela lamentava o infortúnio de sua experiência de vida e a saudade para a sua família e país, com expressões generosas e tristezas.

Este curto poema foi escrito por Li Qingzhao quando era menina, relembrando-se as cenas de brincadeiras de infância. A poetisa usa uma linguagem simples para descrever uma imagem da vida muito tridimensional, refletindo uma vida animada e feliz e despreocupada.

注释

①**常记**：时常记起。这里是难忘的意思。

②**沉醉**：大醉。

③**兴尽**：尽了兴致。

④**回舟**：乘船而回。

⑤**误入**：不小心进入。

⑥**争渡**：争，同"怎"。怎么才能划出去。

⑦**滩**：群。

⑧**鸥鹭**：这里泛指水鸟。

Notas

①**常记**：Ainda se lembrar. No texto, significa "ser inesquecível".

②**沉醉**：Ficar bêbado.

③**兴尽**：Ficar satisfeito.

④**回舟**：Voltar de barco.

⑤**误入**：Peguei o caminho errado inesperadamente e entrei em...

⑥**争渡**：争: Igual à palavra "怎". O seu sentido é "como remar para lá"

⑦**滩**：Bando.

⑧**鸥鹭**：Refere-se à ave aquática.

扫码听录音

译文

常常想起有那么一次郊游，我和一群小伙伴去溪边的亭子游玩，不知不觉到了日落时分，大家被美景陶醉，流连忘返。兴尽之后趁着夜色才拨转船头往回走，不小心划进了荷花丛中。大家争着奋力把船划出去，划船声惊得池中的水鸟纷纷飞了起来。

Tradução

Lembro-me sempre dum passeio em que fui ao pavilhão ao lado de um riacho com um grupo de amigos. Todos nós estávamos tão encantados pela paisagem e brincávamos até ao pôr-do-sol. Depois de termos terminado, já estava escuro. Virámos o barco para voltarmos, mas dirigimo-nos sem propósito para a área de lótus. Quando nos esforçávamos para remar o barco para fora, as aves ficaram assustadas e revoaram todas.

pò zhèn zi wèi chén tóng fǔ fù zhuàng cí yǐ jì zhī
破阵子·为陈同甫①赋壮词以寄之

xīn qì jí
辛弃疾

扫码听录音

zuì lǐ tiǎo dēng kàn jiàn mèng huí chuī jiǎo lián yíng bā bǎi lǐ fēn huī xià
醉里挑灯②看剑，梦回吹角连营。八百里③分麾下④

zhì wǔ shí xián fān sài wài shēng shā chǎng qiū diǎn bīng
炙⑤，五十弦⑥翻⑦塞外声⑧，沙场⑨秋点兵⑩。

mǎ zuò dí lú fēi kuài gōng rú pī lì xián jīng liǎo què jūn wáng tiān xià
马作⑪的卢⑫飞快，弓如霹雳⑬弦惊。了却⑭君王天下

shì yíng dé shēng qián shēn hòu míng kě lián bái fà shēng
事⑮，赢得生前身后⑯名。可怜⑰白发生！

解题

辛弃疾（1140年—1207年），字幼安，南宋豪放派词人。其词多以国家、民族的现实问题为题材，风格沉雄豪迈又不乏细腻柔美。雄伟奔放、富有力度、情感浓郁是辛弃疾作词的特色。

这是辛弃疾寄给好友陈亮的一首词，描写了作者梦中的一次盛大的点兵场面。前九句集中描绘出一位披肝沥胆、勇往直前的将军形象，从而表现词人远大的抱负。最后一句抒情，以沉痛的感叹抒发了壮志未酬人已将老的悲愤。

Comentário

Xin Qiji (1140–1207), nome de cortesia é You'an, é um poeta da Escola Ousada e Sem Restrições da dinastia Song do Sul. Os seus poemas eram baseados principalmente nas questões reais do país e da nação, e o seu estilo era heroico e majestoso, mas também delicado e feminino. Majestoso, desenfreado, dinâmico e emocional eram as características das letras de Xin Qiji.

Este é um poema que Xin Qiji escreveu para o seu amigo Chen Liang, descrevendo uma grande parada militar que ocorreu durante o sonho do autor. As primeiras nove frases concentram-se em retratar um general fiel e corajoso, que expressam assim as ambições do autor. O último verso lírico, com uma profunda exclamação, expressa a tristeza e a indignação do homem que se tornou velho.

注释

①**陈同甫**：陈亮，字同甫，辛弃疾的挚友之一。

②**挑灯**：拨动灯火，点灯。

③**八百里**：指牛。《世说新语·汰侈》"晋王恺有良牛，名'八百里驳'"。后诗词多以"八百里"指牛。

④**麾下**：指部下。麾，军旗。

⑤**炙**：烤肉。

⑥**五十弦**：本指瑟，泛指乐器。

⑦**翻**：演奏。

⑧**塞外声**：以边塞作为题材的雄壮悲凉的军歌。

⑨**沙场**：战场。

Notas

①**陈同甫**: Chen Liang, também conhecido como Chen Tongfu, foi um dos melhores amigos de Xin Qiji.

②**挑灯**: Acender a luz.

③**八百里**: Animal bovino. Segundo a obra "Shishuo Xinyu·Tai, Chi","Kai, o rei de Jin,tem um boi de boa qualidade, cujo nome é '八百里驳'". Depois, "八百里" é usado para indicar animal bovino nas obras literárias.

④**麾下**: Subordinados. 麾: Bandeira do exército.

⑤**炙**: Assar carne.

⑥**五十弦**: O sentido original é Sè, um instrumento de corda chinês. Refere-se geralmente a instrumentos.

⑦**翻**: Tocar.

⑧**塞外声**: Música triste de exército sobre fronteira.

⑨**沙场**: Campo de batalha.

⑩ **点兵**：检阅军队。

⑪ **作**：像……一样。

⑫ **的卢（dílú）**：的卢马，一种烈性的快马。相传刘备曾乘的卢马一跃三丈，脱离险境。

⑬ **霹雳（pīlì）**：特别响的雷声，比喻拉弓时弓弦响如惊雷。

⑭ **了（liǎo）却**：了结，完成。

⑮ **天下事**：此指收复中原，完成统一大业。

⑯ **身后**：死后。

⑰ **可怜**：可惜。

译文

醉里挑亮油灯细看我的宝剑，恍惚又回到了当年，听到军营的号角声响成一片。把烤牛肉分给部下享用，让乐器奏起雄壮的军乐鼓舞士气。秋高气爽，战场上正阅兵。

战马像的卢马一样，跑得飞快，利箭像惊雷一样，震耳离弦。我一心想完成替君收复国土的大业，取得世代相传的美名。可惜现已长满了白发！

⑩ **点兵**：Inspecionar as tropas.

⑪ **作**：Como.

⑫ **的卢（dílú）**：Cavalo Dilu, um cavalo veloz. Diz-se que o cavalo Dilu ajudou Liu Bei a sair do perigo.

⑬ **霹雳（pīlì）**：Forte trovão. No texto, indica que a corda de arco soa como um trovão.

⑭ **了（liǎo）却**：Acabar.

⑮ **天下事**：Reconquistar a Região Zhongyuan, unificar a região.

⑯ **身后**：Depois da morte.

⑰ **可怜**：Infelizmente

扫码听录音

Tradução

Bêbado, acendendo uma lâmpada a óleo, olhando para a espada, parece que estou voltando para aqueles anos, ouvindo o som das trombetas de corno no quartel. Eu, compartilhando a carne de vaca grelhada com os soldados, tocando instrumentos para tocar fanfarras militares majestosas e aumentando a moral do exército. Isto é a parada militar no campo de batalha no outono.

O cavalo de guerra corre rapidamente como o vento. O arco e a flecha, como um trovão, rasgam as orelhas. Tenho estado ansioso por recuperar o território perdido para o meu monarca e ganhar reputação que for passada de geração em geração. É uma pena que o meu cabelo tenha ficado de ancião!

练习 Exercícios

一、根据课文内容回答问题（Responda às perguntas de acordo com o texto.）

1. 作者在《浣溪沙·一曲新词酒一杯》这首词中主要表达了哪些感受？这些感受又是借助什么来表现的？
2. 在《蝶恋花·伫倚危楼风细细》中，“衣带渐宽终不悔，为伊消得人憔悴”一句表达了词人什么样的感情？由此可见上阙中的“春愁”指的是什么？
3. 古代诗词中有很多写月抒怀的诗句，除了《水调歌头·明月几时有》，你还知道其他描写“月”的诗句吗？
4. 《破阵子·为陈同甫赋壮词以寄之》中最后一句“可怜白发生”包含着作者怎样的人生感慨？

二、把下列句子译成现代汉语（Traduza as frases seguintes para chinês moderno.）

1. 无可奈何花落去，似曾相识燕归来。
2. 衣带渐宽终不悔，为伊消得人憔悴。

三、归纳拓展（Resumo e extensão.）

辛弃疾在《破阵子·为陈同甫赋壮词以寄之》一词中为我们描绘了一次盛大壮观的战场点兵场景。“战争”是古代诗人创作的一大主题，在你知道的诗词中还有哪些与战争相关的诗句，请你想一想、说一说。

第二章　宋代散文

宋代是中国散文历史长河中一个重要的发展阶段，是中国古代散文的鼎盛时期。宋代散文数量繁富，佳作纷呈，风格流派众多，同时在散文理论和体式上也多有开拓。从文体理论的角度来看，宋代是“散文”概念提出并渐趋成熟的时期。从文章内容上来看，宋代散文题材广泛，把论道、论政、抒情有机融合，具有强烈的感情色彩，有为而作、有感而发。

Capítulo II　A Prosa da Dinastia Song

A prosa da dinastia Song é um estágio importante no desenvolvimento da literatura chinesa antiga, sendo o auge da prosa chinesa antiga. A prosa na Dinastia Song é rica em quantidade, com uma grande variedade de trabalhos excelentes e estilos variados. Ao mesmo tempo, houve mais desenvolvimentos na teoria e no estilo da prosa. De uma perspetiva da teoria estilística, a dinastia Song foi um período em que o conceito de “prosa” foi proposto e gradualmente amadureceu. A julgar pelo conteúdo do artigo, que possui uma ampla variedade de tópicos, a integração orgânica de doutrina, política e lirismo, possui uma forte cor emocional e é feito para ação e sentimento.

yuè yáng lóu jì
岳阳楼记①

fàn zhòng yān
范仲淹

扫码听录音

qìng lì sì nián chūn téng zǐ jīng zhé shǒu bā líng jùn yuè míng nián zhèng
庆历四年②春，滕子京③谪④守巴陵郡。越明年⑤，政
tōng rén hé bǎi fèi jù xīng nǎi chóng xiū yuè yáng lóu zēng qí jiù zhì kè táng
通人和，百废具兴⑥。乃重修岳阳楼，增其旧制⑦，刻唐
xián jīn rén shī fù yú qí shàng zhǔ yú zuò wén yǐ jì zhī
贤今人⑧诗赋于其上。属⑨予⑩作文以记之。

yú guān fú bā líng shèng zhuàng zài dòng tíng yī hú xián yuǎn shān tūn
予观夫巴陵胜状⑪，在洞庭⑫一湖。衔⑬远山，吞

cháng jiāng hào hào shāng shāng héng wú jì yá zhāo huī xī yīn qì xiàng
长江，浩浩汤汤[14]，横无际涯[15]；朝晖夕阴[16]，气象[17]
wàn qiān cǐ zé yuè yáng lóu zhī dà guān yě qián rén zhī shù bèi yǐ rán zé běi
万千。此则岳阳楼之大观[18]也，前人之述备[19]矣。然则北
tōng wū xiá nán jí xiāo xiāng qiān kè sāo rén duō huì yú cǐ lǎn wù zhī
通巫峡[20]，南极潇湘[21]，迁客骚人[22]，多会于此，览[23]物之
qíng dé wú yì hū
情，得无[24]异乎？

ruò fú yín yǔ fēi fēi lián yuè bù kāi yīn fēng nù háo zhuó làng pái kōng
若夫淫雨霏霏[25]，连月不开[26]，阴风怒号，浊浪排空[27]；
rì xīng yǐn yào shān yuè qián xíng shāng lǚ bù xíng qiáng qīng jí cuī bó mù míng
日星隐曜[28]，山岳潜形[29]；商旅不行，樯倾楫摧[30]；薄暮冥
míng hǔ xiào yuán tí dēng sī lóu yě zé yǒu qù guó huái xiāng yōu chán wèi jī
冥[31]，虎啸猿啼。登斯楼也，则有去国[32]怀乡，忧谗畏讥[33]，
mǎn mù xiāo rán gǎn jí ér bēi zhě yǐ
满目萧然，感极而悲者矣。

zhì ruò chūn hé jǐng míng bō lán bù jīng shàng xià tiān guāng yī bì wàn
至若春和景明[34]，波澜不惊[35]，上下天光[36]，一碧万
qǐng shā ōu xiáng jí jǐn lín yóu yǒng àn zhǐ tīng lán yù yù qīng qīng ér
顷；沙鸥翔集[37]，锦鳞[38]游泳；岸芷汀兰[39]，郁郁[40]青青。而
huò cháng yān yī kōng hào yuè qiān lǐ fú guāng yuè jīn jìng yǐng chén bì
或[41]长烟一空[42]，皓月千里[43]，浮光跃金[44]，静影沉璧[45]，
yú gē hù dá cǐ lè hé jí dēng sī lóu yě zé yǒu xīn kuàng shén yí chǒng rǔ
渔歌互答，此乐何极！登斯楼也，则有心旷神怡，宠辱
xié wàng bǎ jiǔ lín fēng qí xǐ yáng yáng zhě yǐ
偕忘，把酒临风，其喜洋洋者矣。

jiē fú yú cháng qiú gǔ rén rén zhī xīn huò yì èr zhě zhī wéi hé zāi bù
嗟夫！予尝求古仁人[46]之心，或异二者之为[47]，何哉？不
yǐ wù xǐ bù yǐ jǐ bēi jū miào táng zhī gāo zé yōu qí mín chǔ jiāng hú zhī
以物喜，不以己悲；居庙堂[48]之高则忧其民；处江湖之
yuǎn zé yōu qí jūn shì jìn yì yōu tuì yì yōu rán zé hé shí ér lè yé qí
远则忧其君。是进亦忧，退亦忧。然则何时而乐耶？其
bì yuē xiān tiān xià zhī yōu ér yōu hòu tiān xià zhī lè ér lè hū yī wēi sī
必曰“先天下之忧而忧，后天下之乐而乐”乎。噫！微斯
rén wú shuí yǔ guī
人[49]，吾谁与归？

shí liù nián jiǔ yuè shí wǔ rì
时六年[50]九月十五日。

解题

范仲淹（989年—1052年），字希文，北宋时期著名政治家、军事家、文学家、教育家。其文多立足于政治，陈述时政、逻辑严密，有很强的说服力和教化作用。

范仲淹的这篇记写于宋仁宗庆历六年（1046年）九月。当时他因推行新政遭到权贵排挤，被贬官至河南。文章抒写了作者的顽强意志和积极有为的政治理想。"先天下之忧而忧，后天下之乐而乐"两句不只展示了作者高尚的襟怀，也提出了政治家立身行事的一个准则，对后世产生了深远影响。

Comentário

Fan Zhongyan (989–1052), o seu nome de cortesia é Xiwen. Ele é um famoso político, estrategista militar, escritor e educador na dinastia Song do Norte. A maioria dos seus artigos era baseada em política, eventos atuais estaduais, com lógica rigorosa, e tinha efeito persuasivo e esclarecedor muito forte.

Este artigo foi escrito por Fan Zhongyan em setembro de 1046. Naquela época, ele foi excluído pelos poderosos e banido a Henan por causa da sua implementação da Nova Reforma. O artigo expressa os sentimentos de ódio e de raiva e as ambições políticas do autor. A frase no artigo "Seja o primeiro a suportar as dificuldades no mundo e o último a desfrutar da comodidade no mundo" não apenas apresenta a aspiração nobre dele mas também propõe uma norma e um princípio de ser um político, o que gerou influências críticas para os descendentes.

注释

①**记**：一种文体。可以写景、叙事，多为议论。目的是为了抒发作者的情怀和抱负，阐述作者的某些观念。

②**庆历四年**：1044年。庆历，宋仁宗赵祯的年号。

③**滕子京谪守巴陵郡（jùn）**：滕子京降职任岳州太守。滕子京，名宗谅，字子京，范仲淹的朋友。古时朋友间多以字相称。

④**谪（zhé）**：被贬官，降职。

⑤**越明年**：到了第二年，即庆历五年（1045年）。越，到了，及。

Notas

①**记**: Um estilo de escrita que pode descrever as paisagens, narrar e principalmente discutir. Mas o objetivo é expressar os sentimentos e ambições do autor, explicando algumas ideias do autor.

②**庆历四年**: 1044 d.C.Qingli, o nome usado por Soberano Ren da dinastia Song, Zhao Zhen, para marcar os anos.

③**滕子京谪守巴陵郡（jùn）**: Teng Zijing foi rebaixado como prefeito de Yuezhou. Teng Zijing, cujo nome é Zongliang, é o amigo de Fan Zhongyan. Zijing é o suplemento do seu nome que se chama Zi em chinês. Nos tempos antigos, os amigos tratam-se principalmente por Zi.

④**谪（zhé）**: Ser rebaixado, despromover.

⑤**越明年**: Chegar ao segundo ano que é o quinto ano de Qingli (1045). 越: Chegar.

⑥**百废具兴**：各种荒废的事业都兴办起来了。具，通“俱”，全，皆。兴，复兴。

⑦**增其旧制**：扩大原来的规模。增，扩大。制，规模。

⑧**唐贤今人**：唐代和宋代的名人。

⑨**属（zhǔ）**：通“嘱”，嘱托，嘱咐。

⑩**予（yú）**：我。

⑪**胜状**：美景。

⑫**洞庭**：中国长江流域著名大湖，在湖南省北部。

⑬**衔（xián）**：衔接。

⑭**浩浩汤（shāng）汤**：水波浩荡的样子。

⑮**横无际涯**：宽阔无边。横，广远。际涯，边。

⑯**朝晖夕阴**：或早或晚（一天里）阴晴多变化。朝，在早晨，名词做状语。晖，日光。

⑰**气象**：景象。

⑱**大观**：雄伟壮阔的景象。

⑲**备**：详尽，完备。

⑳**巫峡**：长江著名三峡之一，在湖北省巴东县西面。

㉑**潇湘**：潇水和湘江。湘江为流入洞庭湖的河流，潇水是湘江上游的支流。

㉒**迁客骚人**：迁客，被贬谪流迁的人。骚人，诗人。

㉓**览**：观看，欣赏。

㉔**得无**：恐怕，是不是。

㉕**淫（yín）雨霏（fēi）霏**：连绵不断的雨。霏霏，雨（或雪）繁密的样子。

⑥**百废具兴**：A reconstrução em escala real está em andamento. 具：É o sinónimo de “俱”, 全：Tudo. 兴：Renascimento.

⑦**增其旧制**：Alargar a escala original. 增：Alargar. 制：Escala.

⑧**唐贤今人**：As celebridades da dinastia Tang e Song.

⑨**属（zhǔ）**：É o sinónimo de “嘱”: Significa confiar.

⑩**予（yú）**：Eu.

⑪**胜状**：Belas paisagens.

⑫**洞庭**：Dongting: O famoso lago grande do Rio Yangtze da China, fica ao norte da província de Hunan e a oeste da cidade de Yueyang.

⑬**衔（xián）**：Conectar, ligar.

⑭**浩浩汤（shāng）汤**：As ondas da água poderosas.

⑮**横无际涯**：Amplo e sem limite. 横：Amplo. 际涯：Lado.

⑯**朝晖夕阴**：Mudanças frequentes do tempo mais cedo ou mais tarde (num dia). 朝：De manhã, é substantivo usado como advérbio. 晖：Sol.

⑰**气象**：Paisagens.

⑱**大观**：Paisagem grandiosa.

⑲**备**：Exaustivo, completo.

⑳**巫峡**：Garganta Wu. Uma das famosas Três Gargantas do Rio Yangtze, fica a oeste do condado de Badong, província de Hubei.

㉑**潇湘**：Rio Xiao e Rio Xiang. O Rio Xiang é um rio que desagua no lago Dongting e Rio Xiao é um afluente a montante de Rio Xiang.

㉒**迁客骚人**：迁客：As pessoas que foram rebaixadas e exiladas. 骚人：Poetas.

㉓**览**：Ver, apreciar.

㉔**得无**：Não é?

㉕**淫（yín）雨霏（fēi）霏**：A chuva continua. 霏霏：A chuva(ou neve)densa.

㉖开：放晴。

㉗排空：翻腾着冲向天空，形容水势汹涌。

㉘隐曜：光亮隐没不见。曜，光亮。

㉙潜形：掩藏形体。

㉚樯（qiáng）倾楫（jí）摧：桅杆倒下，船桨折断。樯，桅杆。楫，船桨。

㉛冥（míng）冥：昏暗的样子。

㉜去国：离开国都。

㉝忧谗畏讥：担心（人家）说坏话，惧怕（人家）批评指责。忧，担忧。谗，谗言。畏，害怕，惧怕。讥，嘲讽。

㉞景明：阳光明媚。景，日光。

㉟波澜不惊：湖面平静，没有惊涛骇浪。

㊱上下天光：天色湖水交相辉映

㊲翔集：时而飞翔，时而停歇。集，栖止，鸟停息在树上。

㊳锦鳞：美丽的鱼。

㊴岸芷（zhǐ）汀（tīng）兰：岸边的香草与水中小洲上的兰草。芷，香草的一种。汀，小洲,水边平地。

㊵郁郁：香气浓郁。

㊶而或：或者。

㊷长烟一空：大片的云雾完全消散。

㊸皓月千里：皎洁的月光照耀千里。

㊹浮光跃金：湖面上月光浮动，金光闪耀。

㊺静影沉璧：静静的月影像沉入水中的璧玉。璧，圆形正中有孔的玉。

㉖开：Ensolarar.

㉗排空：Subir para o céu, descrevendo a água fervida.

㉘隐曜：A luz desapareceu. 曜 : A luz.

㉙潜形：Esconder o vestígio.

㉚樯（qiáng）倾楫（jí）摧：O mastro caiu e o remo quebrou-se. 樯：Mastro. 楫 : Remo.

㉛冥（míng）冥：Sombrio.

㉜去国：Sair do país.

㉝忧谗畏讥：Preocupar-se com que as pessoas falam mal, temer as críticas e acusações das pessoas. 忧 : Preocupar. 谗 : Palavrões. 畏 : Temer, recear. 讥 : Motejar.

㉞景明：Ensolarado. 景 : Sol.

㉟波澜不惊：O lago é calmo e não há ondas agitadas.

㊱上下天光：O céu e o lago refletem-se.

㊲翔集：Às vezes voa, às vezes descansa. 集 : Alcandorar-se, os pássaros alcandoram-se nas árvores.

㊳锦鳞：Peixes bonitos.

㊴岸芷（zhǐ）汀（tīng）兰：A baunilha na borda e orquídea no pequeno continente da água. 芷 : Um tipo de baunilha. 汀 : Pequena continente da água.

㊵郁郁：Aroma forte.

㊶而或：Ou.

㊷长烟一空：As névoas no céu desapareceram completamente.

㊸皓月千里：A lua branca brilha por milhares de quilômetros.

㊹浮光跃金：O luar flutua sobre o lago e a luz dourada brilha.

㊺静影沉璧：A sombra da lua silenciosa é como o jaspea fundado na água. 璧 : O jade redondo que tem furo no centro.

㊻**仁人**：品德高尚的人。
㊼**二者之为**：这里指前两段的“悲”与“喜”两种心情。
㊽**庙堂**：指朝廷。
㊾**微斯人**：如果没有这样的人。微，没有。斯人，这样的人。
㊿**时六年**：庆历六年（1046年）。

㊻**仁人**: Um homem virtuoso.
㊼**二者之为**: Aqui refere-se aos dois humores de “tristeza” e “felicidade” nos dois parágrafos acima.
㊽**庙堂**: A corte.
㊾**微斯人**: Se não houver esse tipo de pessoa. 微: Não haver. 斯人: Esse tipo de pessoa.
㊿**时六年**: O sexto ano de Qingli (1046).

扫码听录音

译文

庆历四年春天，滕子京被降职到岳州做太守。到了第二年，政务顺利，百姓和乐，各种荒废了的事业都兴办起来了。于是他重新修建岳阳楼，扩大它原有的规模，把唐代名家和当代名人的诗赋刻在上面。嘱托我写一篇文章来记述这件事。

我看那巴陵郡的美景，全在洞庭湖上。洞庭湖连接着远方的山脉，吞吐着长江的流水，浩浩荡荡，宽阔无边。清晨湖面上洒满阳光，傍晚又是一片阴暗，景物的变化无穷无尽。这就是岳阳楼雄伟壮丽的景象。前人对这些景象的记述已经很详尽了。但在岳阳楼这个北面通向巫峡，南面直到潇水和湘江的地方，被降职远调的人员和吟诗作赋的诗人，大多来此聚会，他们观赏这里的自然景物而触发的感情大概会有所不同吧？

Tradução

Na primavera do quarto ano de Qingli, Teng Zijing foi banido e acabou por ser o prefeito de Yuezhou.No segundo ano do seu mandato, Yuezhou era próspero e o povo estava feliz. Tudo que tinha sido abandonado foi renovado. Por isso, a Torre de Yueyang foi reconstruída numa escala maior. Além do mais, alguns poemas e prosas contemporâneas foram gravados nas paredes ou criados por famosos poetas da dinastia Tang. Teng Zijing encarregou-me de escrever um artigo para descrever o assunto.

Na minha opinião, as paisagens belas de Balingjun estão concentradas sobre o lago de Dongting, que liga às montanhas de longe e ao Rio Yangtze, parecendo marvilhoso e sem limites. Ao amanhecer, a luz do sol brilha na superfície do lago. Ao entardecer, o lago está na escuridão, com uma infinita variedade de paisagens. Isso é as paisagens magníficas da Torre Yueyang. Os relatos dos antecessores dessas cenas foram muito detalhados. No entanto, o lago liga à Garganta Wu no Norte e aos Rio Xiaoshui e Rio Xiang no Sul. Quando os oficiais banidos ou transferidos chegarem aos lugares remotos e os poetas que escrevem poesia aqui, os sentimentos deles reunindo na torre e apreciando as paisagens naturais são diferentes, não são?

像那细雨纷纷，接连几月不放晴的时候，寒风怒吼着，浑浊的波浪冲向天空；日月星辰隐藏起光辉，山岳也隐没了形迹；商人和旅客无法通行，桅杆倒下，船桨折断；傍晚时分天色昏暗，只听到老虎的吼叫和猿猴的悲啼。这时登上这座楼，就会有一种离开京城、怀念家乡，担心被小人恶语中伤，惧怕别人批评指责的心情，再抬眼望去尽是萧条冷落的景象，感慨万千而悲伤至极了。

至于春风和煦、阳光明媚时，湖面波平浪静，天色与湖光相连，一片碧绿，广阔无际；沙洲上的白鸥，时而飞翔，时而停歇，美丽的鱼儿游来游去；岸上的小草和小洲上的兰花，香气浓郁，颜色青翠。有时湖面上的大片烟雾完全消散，皎洁的月光一泻千里；有时湖面上微波荡漾，浮动的月光金光闪闪；有时湖面波澜不起，静静的月影像沉在水中的璧玉。渔夫的歌声一唱一和地响起来，这种乐趣真是无穷无尽啊！这时登上这座楼，就会感到胸怀开阔，精神愉快，光荣和屈辱一并忘了，在清风吹拂中端起酒杯，那心情真是快乐高兴极了。

唉！我曾经探求古时品德高尚的人的思想感情，他们或许不同于以上两种心情，这是什么缘

Quando garoavam por alguns meses contínuos e não se iluminavam, o vento rugia e as ondas turvas correram para o céu. O sol, a lua e as estrelas esconderam a luz deles, as montanhas ficando inavistáveis. Os mercadores e visitantes não podiam passar, o mastro no navio caiu e os remos foram quebrados. Ao entardecer, tudo estava escuro, ouviam-se apenas as vozes dos tigres e dos macacos. Neste período, ao subir à torre, os oficiais e poetas teriam saudades da terra natal, preocupar-se-iam com que alguém fale mal e temeriam das críticas dos outros. Depois de ver as paisagens desoladoras, sentiriam muitas tristezas.

Na primavera, quando o vento estava suave e o sol estava a brilhar, o lago estava calmo e conectou-se ao céu, se apresentando num azul extenso e infinito. As gaivotas brancas dunas de areia, às vezes voavam, às vezes pairavam. Os belos peixes nadavam no lago de um lado para o outro. Os capins na costa tinham uma cor verde e as orquídeas, um aroma forte. Quando a neblina sobre o lago dissipou-se completamente, a luz branca da lua penetrou-se a milhares de quilômetros de distância no lago. Às vezes, o lago estava a ondular com maré baixa, a luz da lua flutuava e brilhava na superfície do lago. Às vezes, a extensão da água era plana, a sombra da lua lançada no fundo ficava tranquila e parecia uma jade caída na água. Um pescador cantou e outro respondeu. A diversão era interminável. Neste momento, ao subir à torre, os oficiais e os poetas sentiriam a relaxamento e a alegria. Ambos esquecendo-se das glórias e humilhações. Se bebessem ao sentir a brisa suave, teriam que ser alegremente incomparáveis.

Ai, no passado, eu tentava procurar os pensamentos dos santos na antiguidade. Talvez os humores deles eram diferentes das duas situações acima. Porquê?

故呢？古时品德高尚的人不因外物好坏和自己得失而或喜或悲。在朝廷做官就为百姓忧虑；处在僻远的地方就为国家忧虑。这样他们进入朝廷做官也忧虑，身处江湖也忧虑。既然这样，那他们什么时候才快乐呢？他们一定会说“在天下人忧愁之前先忧愁，在天下人快乐以后才快乐”吧。唉！如果没有这种人，那我同谁一路呢？

写于庆历六年九月十五日。

Porque os santos antigos não sentiam alegria pelos ganhos exteriores nem sentiam tristeza pelas perdas deles próprios. Os que ocupavam empregos na corte preocupavam-se com o povo. Os que estavam longe da corte preocupavam-se com o imperador. Portanto, eles sentiam-se sempre preocupados onde quer que estivessem. Neste caso, quando é que eles se sentiam felizes? Eles teriam de responder: “Seja o primeiro a suportar as dificuldades no mundo e o último a desfrutar da comodidade no mundo.” Se não existissem os santos, com quem deveria aprender?

Escrito em 15 de setembro no sexto ano de Qingli.

zuì wēng tíng jì
醉翁亭记

ōu yáng xiū
欧阳修

扫码听录音

huán chú jiē shān yě qí xī nán zhū fēng lín hè yóu měi wàng zhī wèi rán
环滁[1]皆山也。其西南诸峰，林壑[2]尤[3]美，望之蔚然[4]
ér shēn xiù zhě láng yá yě shān xíng liù qī lǐ jiàn wén shuǐ shēng chán chán ér xiè
而深秀者，琅琊也。山行六七里，渐闻水声潺潺而泻
chū yú liǎng fēng zhī jiān zhě niàng quán yě fēng huí lù zhuǎn yǒu tíng yì rán lín
出于两峰之间者，酿泉[5]也。峰回路转[6]，有亭翼然[7]临
yú quán shàng zhě zuì wēng tíng yě zuò tíng zhě shuí shān zhī sēng zhì xiān yě míng
于泉上者，醉翁亭也。作[8]亭者谁？山之僧智仙也。名
zhī zhě shuí tài shǒu zì wèi yě tài shǒu yǔ kè lái yǐn yú cǐ yǐn shǎo zhé zuì
之者谁？太守自谓[9]也。太守与客来饮于此，饮少辄醉，
ér nián yòu zuì gāo gù zì hào yuē zuì wēng yě zuì wēng zhī yì bú zài jiǔ zài hū
而年又最高，故自号曰醉翁也。醉翁之意不在酒，在乎[10]
shān shuǐ zhī jiān yě shān shuǐ zhī lè dé zhī xīn ér yù zhī jiǔ yě
山水之间也。山水之乐，得[11]之心而寓[12]之酒也。

ruò fú rì chū ér lín fēi kāi yún guī ér yán xué míng huì míng biàn
若夫日出而林霏[13]开[14]，云归[15]而岩穴暝[16]，晦明[17]变
huà zhě shān jiān zhī zhāo mù yě yě fāng fā ér yōu xiāng jiā mù xiù ér fán yīn
化者，山间之朝暮也。野芳发[18]而幽香，佳木秀而繁阴[19]，
fēng shuāng gāo jié shuǐ luò ér shí chū zhě shān jiān zhī sì shí yě zhāo ér wǎng
风霜高洁[20]，水落而石出者，山间之四时[21]也。朝而往，
mù ér guī sì shí zhī jǐng bù tóng ér lè yì wú qióng yě
暮而归，四时之景不同，而乐亦无穷也。

zhì yú fù zhě gē yú tú xíng zhě xiū yú shù qián zhě hū hòu zhě yìng
至于[22]负者[23]歌于途，行者休于树，前者呼，后者应，
yǔ lǚ tí xié wǎng lái ér bù jué zhě chú rén yóu yě lín xī ér yú xī
伛偻[24]提携[25]，往来而不绝者，滁人游也。临溪而渔，溪
shēn ér yú féi niàng quán wéi jiǔ quán xiāng ér jiǔ liè shān yáo yě sù zá rán
深而鱼肥。酿泉为酒，泉香而酒洌[26]；山肴[27]野蔌[28]，杂然[29]
ér qián chén zhě tài shǒu yàn yě yàn hān zhī lè fēi sī fēi zhú shè zhě
而前陈[30]者，太守宴也。宴酣[31]之乐，非丝非竹[32]，射[33]者
zhòng yì zhě shèng gōng chóu jiāo cuò qǐ zuò ér xuān huá zhě zhòng bīn huān
中，弈[34]者胜，觥筹交错[35]，起坐而喧哗者，众宾欢

yě cāng yán bái fà tuí rán hū qí jiān zhě tài shǒu zuì yě
也。苍颜白发，颓然[36]乎其间者，太守醉也。

yǐ ér xī yáng zài shān rén yǐng sǎn luàn tài shǒu guī ér bīn kè cóng yě shù
已而[37]夕阳在山，人影散乱，太守归而宾客从也。树

lín yīn yì míng shēng shàng xià yóu rén qù ér qín niǎo lè yě rán ér qín niǎo
林阴翳[38]，鸣声上下[39]，游人去而禽鸟乐也。然而禽鸟

zhī shān lín zhī lè ér bù zhī rén zhī lè rén zhī cóng tài shǒu yóu ér lè ér bù
知山林之乐，而不知人之乐；人知从太守游而乐，而不

zhī tài shǒu zhī lè qí lè yě zuì néng tóng qí lè xǐng néng shù yǐ wén zhě tài
知太守之乐其乐也。醉能同其乐，醒能述以文者，太

shǒu yě tài shǒu wèi shuí lú líng ōu yáng xiū yě
守也。太守谓[40]谁？庐陵[41]欧阳修也。

解题

欧阳修（1007年—1072年），字永叔，北宋著名的文学家、史学家和政治家，“唐宋八大家”之一。其散文内容充实、形式多样，无论是议论还是叙事，都是有为而作、有感而发；语言简洁流畅，文气纡徐委婉，创造了一种平易自然的新风格。

本文作于宋仁宗庆历六年（1046年），欧阳修由于支持革新派的范仲淹等人被贬为滁州太守。欧阳修在滁州实行宽简政治，发展生产，滁州当时可谓政通人和。本文描述了滁州周围优美的风光及太守与民同乐的情景，这是令欧阳修无比快慰的。但来到滁州是因党争被贬，自己的政治抱负无处施展，这又让他感到沉重的忧虑和痛苦。

Comentário

Ouyang Xiu (1007–1072), com o seu nome de cortesia de Yongshu, ele era um famoso escritor, historiador e político da dinastia Song do Norte, e um dos “Oito Grandes Escritores das Dinastias Tang e Song”. A sua prosa era rica em conteúdos e tinha diversas formas. Quer se trate de uma discussão ou de uma narrativa, era feita com ações e sentimentos; a linguagem era concisa e suave, e o estilo era eufemístico, o que criou um novo estilo fácil e natural.

Esta prosa foi escrita por Ouyang Xiu em 1046 d.C. durante a dinastia Song do Norte, que foi difamado pelo estado do prefeito (太守, tàishǒu) de Chuzhou porque ele apoiava os reformistas, incluindo Fan Zhongyan, entre outros. Ouyang Xiu praticou uma política tolerante e simplificada, desenvolvendo a produção em Chuzhou, onde era então próspero e o povo estava feliz. Ao descrever as belas paisagens ao redor de Chuzhou e criar a cena em que o prefeito e o povo estavam felizes, este relato causou alívio e satisfação a Ouyang Xiu. Mas quando ele veio para Chuzhou, ele foi rebaixado por causa de lutas partidárias, e suas ambições políticas não tinham lugar para serem exibidas, o que o fez sentir muita ansiedade e dor.

注释

①**环滁**：环绕着滁州城。滁，滁州，今安徽省滁州市琅琊区。
②**壑（hè）**：山谷。
③**尤**：格外，特别。
④**蔚然**：草木茂盛的样子。
⑤**酿泉**：泉的名字。因水清可以酿酒，故名。
⑥**峰回路转**：山势曲折环绕，路也跟着拐弯。也可以用来比喻事情经历挫折失败后，出现新的转机。

Notas

①**环滁**：Rodeia a cidade de Chuzhou. 滁：Nome de Chuzhou, que agora é o distrito de Langya do município de Chuzhou na província de Anhui.
②**壑（hè）**：Vale.
③**尤**：Extraordinariamente, especialmente.
④**蔚然**：Descrição do cenário em que há uma vegetação exuberante.
⑤**酿泉**：O nome da fonte. Porque com a água limpa, pode-se fazer vinho, daí recebe esse nome.
⑥**峰回路转**：As montanhas rodeiam-se de curvas e as estradas seguem as curvas. É uma metáfora para indicar uma nova chance após um revés ou uma falha.

⑦**翼然**：四角翘起，像鸟张开翅膀一样。然，……的样子。

⑧**作**：建造。

⑨**自谓**：自称，用自己的别号来命名。

⑩**乎**：相当于“于”。

⑪**得**：领会。

⑫**寓**：寄托。

⑬**林霏**：树林中的雾气。霏，雾气。

⑭**开**：消散，散开。

⑮**归**：聚拢。

⑯**暝**：昏暗。

⑰**晦明**：指天气阴晴明暗。晦,阴暗。

⑱**发**：开放。

⑲**佳木秀而繁阴**：好的树木枝繁叶茂，形成一片浓密的绿荫。秀，茂盛，繁茂。繁阴，一片浓密的树荫。

⑳**风霜高洁**：风高霜洁，形容秋季天高气爽，霜色洁白。

㉑**四时**：四季。

㉒**至于**：连词，于句首，表示两段的过渡，提起另事。

㉓**负者**：背着东西的人。

㉔**伛偻**：驼背的样子，这里指代老年人。

㉕**提携**：搀扶，带领。这里指代小孩子。

㉖**洌**：水（酒）清。

㉗**山肴**：野味。

㉘**野蔌**：野菜。蔌，菜蔬。

㉙**杂然**：众多而杂乱的样子。

⑦**翼然**: Os quatro cantos são levantados, como um pássaro que está a abrir suas asas. 然: Como.

⑧**作**: Construir.

⑨**自谓**: Proclamar-se com a própria alcunha.

⑩**乎**: Equivalente a “于”: Localizar-se.

⑪**得**: Compreender.

⑫**寓**: Residir.

⑬**林霏**: O nevoeiro na floresta. 霏: Nevoeiro.

⑭**开**: Dissipar-se, dispersar-se.

⑮**归**: Reunir-se.

⑯**暝**: Escuro.

⑰**晦明**: Refere-se ao tempo nublado e ensolarado. 晦: Sombrio.

⑱**发**: Desabrochar.

⑲**佳木秀而繁阴**: As boas árvores luxuriantes formam uma densa sombra verde. 秀: Exuberante, luxuriante. 繁阴: Uma sombra densa de árvores.

⑳**风霜高洁**: Descrição do cenário no outono quando o céu parece alto, o ar é fresco e a geada é branca.

㉑**四时**: Quatro estações.

㉒**至于**: Quanto a, eis a conjunção no início da frase, significa a transição de dois parágrafos, para levantar outra questão.

㉓**负者**: Portador, pessoa que traz consigo alguma coisa.

㉔**伛偻**: Corcunda, aqui se refere aos idosos.

㉕**提携**: Apoiar e guiar, aqui se refere às crianças.

㉖**洌**: Indica que a água (vinho) é clara.

㉗**山肴**: Caça.

㉘**野蔌**: Vegetais selvagens. 蔌: Legumes.

㉙**杂然**: Um cenário desarrumado e desordenado devido a muitas coisas.

㉚**陈**：摆放，摆设。

㉛**酣**：尽情地喝酒。

㉜**非丝非竹**：不在于音乐。丝，琴、瑟之类的弦乐器。竹，箫、笛之类的管乐器。“丝竹”在这里指音乐。

㉝**射**：这里指投壶，宴饮时的一种游戏，把箭向壶里投，投中多的为胜，负者照规定的杯数喝酒。

㉞**弈**：围棋。这里用做动词，下围棋。

㉟**觥筹（gōngchóu）交错**：酒杯和酒筹相错杂，形容喝酒尽欢的样子。觥，酒杯。筹，酒筹，用来计算饮酒数量的筹子。

㊱**颓然**：精神不振的样子，这里形容醉醺醺的样子。

㊲**已而**：不久。

㊳**阴翳**：形容枝叶茂密成荫。翳，遮蔽。

㊴**鸣声上下**：意思是鸟到处叫。上下，指高处和低处的树林。

㊵**谓**：为，是。

㊶**庐陵**：庐陵郡，宋代称吉洲，今江西省吉安市。欧阳修先世为庐陵大族。

㉚**陈**：Colocar, pôr em algum lugar.

㉛**酣**：Beber vinho à vontade.

㉜**非丝非竹**：Não reside na música. 丝: Refere-se aos instrumentos de corda, como cítara. 竹: Refere-se aos instrumentos de sopro, como flauta. 丝竹: Aqui representa a música.

㉝**射**：Aqui se refere a um jogo durante banquetes, onde se joga flechas aos potes. O vencedor é a pessoa que jogam mais flechas nos potes, e o perdedor deve beber vinho de acordo com o número prescrito de xícaras.

㉞**弈**：Jogar Go. É usado aqui como um verbo.

㉟**觥筹（gōngchóu）交错**：Copos de vinho e lascas de vinho são misturados. Refere-se ao cenário de beber e se divertir. 觥: Copo de vinho. 筹: Lascas de vinho, usadas para calcular os números de xícaras de vinho.

㊱**颓然**：Refere-se ao estado deprimido, aqui é a descrição de estar bêbedo.

㊲**已而**：Daqui a pouco.

㊳**阴翳**：Refere-se à folhagem espessa que forma uma sombra densa. 翳: Assombrar.

㊴**鸣声上下**：Significa que os pássaros estão a chilrear em qualquer lugar. 上下: Indica os bosques em locais altos e baixos.

㊵**谓**：Ser, desempenhar certa função.

㊶**庐陵**：Luling, nome do condado de Luling, eis Jizhou. Hoje em dia refere-se à cidade de Ji'an da província de Jiangxi. Ouyang Xiu era duma família nomeada de Luling.

扫码听录音

译文

环绕着滁州城的都是山。它西南方的那些山峰，树林和山谷格外秀美。远远望过去，树

Tradução

A cidade de Chuzhou está rodeada de montanhas. As montanhas, os bosques e os vales do Sudoeste de Chuzhou são particularmente belos. Olhando para longe,

木茂盛又幽深秀丽的地方就是琅琊山。沿着山路走六七里，渐渐听到潺潺的流水声，从两峰之间飞泻而下，这就是酿泉。山势回环，路也跟着拐弯，有一个四角翘起，像鸟张开翅膀一样的亭子坐落在泉水边上，这就是醉翁亭。建造这个亭子的人是谁呢？是山里的和尚智仙。给它命名的人是谁呢？是太守用自己的"醉翁"这一别号来命名的。太守和宾客来这里饮酒，喝了一点就醉了，而且年龄又最大，所以给自己起了个别号叫"醉翁"。醉翁的情趣不在喝酒上，而在欣赏山水之间的美景上。欣赏山水的乐趣，领会在心里，寄托在酒中。

又如太阳出来而树林的雾气消散了；烟云聚拢来，山谷就显得昏暗了。阴暗明亮交替变化的，就是山间早晨和傍晚。春天野花盛开，有一股清幽的香味；夏天树木枝繁叶茂，形成一片葱郁的绿荫；秋天天高气爽，霜色洁白；冬天溪水落下，露出石头。这就是山里四季的景象。早晨进山，傍晚回城。四季的景色不同，乐趣也是无穷无尽的。

背负着东西的人在路上欢唱，行人在树下休息，前面的人呼喊，后面的人回应，老人弯着腰走，小孩子由大人领着走。来来往往络绎不绝的滁州人来此游

a montanha fascinante com vegetações exuberantes é a Montanha Langya. Se alguém caminhar uma milha ou duas ao longo do caminho da montanha, ouve-se gradualmente o som da água que flui dos dois picos. Isto é a Fonte do Fermentador. Ao fazer uma curva, vê-se um pavilhão na beira da fonte. Isto é a Cabana do Velho Ébrio. A cabana foi construída por um monge chamado Zhixian, sendo nomeada pelo prefeito, com o seu próprio nome. O prefeito, vem aqui com os convidados, fica bêbado frequentemente depois de beber um pouco, como ele é o mais velho, dá a si próprio o chamado Velho Ébrio. Ele se deleita menos em beber do que na beleza das paisagens, tendo prazer neles e expressando o sentimento no seu coração por meio da bebida.

Ao amanhecer e ao entardecer nesta montanha, veem-se as mudanças entre a clareza e a escuridão. Quando o sol nasce, a neblina nos bosques dissipa-se. Quando as nuvens se juntam, o vale fica sombrio. Às quatro estações, ainda há mais belezas. Na primavera, as flores silvestres desabrocham, com um aroma suave. No verão, as árvores estão frondosas e formam uma sombra. No outono, o céu está claro, e o ar está fresco e agradável. Encontra-se geada branca. No interno, a água do riacho cai baixa, expondo as pedras. Vai-se por aqui de manhã e volta-se à tardinha. O cenário das quatro estações do ano é diferente e a diversão é interminável.

Pode-se ver que as pessoas locais vão e voltam como um fluxo interminável por lá. As pessoas que carregam coisas, cantando no caminho, e os pedestres descansam debaixo das árvores. As que na frente gritam, e os que estão na retaguarda respondem. Os idosos andam curvados em frente, e as crianças andam atrás dos adultos. Eles vêm pescar ao longo do riacho profundo

玩。来到溪边捕鱼，溪水深，鱼儿肥；用酿泉的泉水来酿酒，泉水清，酒水甜；山中各种各样的野味、野菜都在面前摆着，那是太守在宴请宾客。宴饮酣畅的乐趣，不在于弹琴奏乐；投壶的人中了，下棋的赢了，酒杯和酒筹交互错杂；人们时起时坐，大声喧哗，这是宾客们在尽情欢乐。脸色苍老，头发花白，醉醺醺地坐在众人中间的是喝醉了的太守。

不久，夕阳落到山顶，人影散乱，这是宾客们跟随着太守归去了。树林里的枝叶茂密成荫，鸟儿到处啼鸣，游人离去鸟雀开始欢唱。但是鸟儿只知道山林中的乐趣，却不知道人们的乐趣；而人们只知道跟随太守游玩很快乐，却不知道太守因他们的快乐而快乐。喝醉了能够和大家一起欢乐，酒醒后能够用文章记叙这乐事的人，是太守。太守是谁？是庐陵的欧阳修。

com peixes gordos, produzindo aguardentes com água da Fonte Fermentador. A água é doce e as aguardentes são excelentes. O prefeito realiza um banquete com produtos da montanha. O prazer de um banquete não consiste em músicas. Alguém vence um jogo de touhu ou xadrez. Os convidados pontuam em jogos de beber juntos ou fazem barulho em voz alta. Pode-se ver que os convidados se divertem. O idoso, com o cabelo branco, estando bêbado, sentado à vontade no meio da multidão, é o prefeito.

Pouco tempo depois, o pôr-do-sol caiu sobre o cume da montanha e as sombras dos homens dispersaram-se. O prefeito sai seguido pelos convidados. À sombra dos bosques, os pássaros começam a cantar, mostrando que os homens saem e os pássaros ficam cheios de contentamento. Os pássaros conhecem apenas a diversão na montanha, porém não conseguem entender a diversão das pessoas. As pessoas só sabem que estão alegres seguindo o prefeito, porém não sabem que ele se sente alegre devido à diversão delas. Aquele que se embriagou e se divertia com todos, e foi capaz de relatar essa alegria em artigos, é o prefeito. Quem é o prefeito?[1] É Ouyang Xiu de Luling.

[1] Chefe da prefeitura na China feudal.

练习 Exercícios

一、根据课文内容回答问题（Responda às perguntas de acordo com o texto.）

1.《岳阳楼记》第二段结尾说“迁客骚人，多会于此，览物之情，得无异乎？”文中提到的两种“览物之情”是什么？作者认为怎样才能摆脱这种“览物之情”？

2. 请找出源自《醉翁亭记》的两个成语，并说说现在人们用它们表达什么意思？

3.《醉翁亭记》第一段写景，第二段写人，全文紧扣一个“乐”字；而范仲淹在《岳阳楼记》中也提到“后天下之乐而乐”。请简要分析欧阳修和范仲淹的“乐”有何不同？

4. 请用自己的话说出醉翁亭的准确位置。

二、把下列句子译成现代汉语（Traduza as frases seguintes para chinês moderno.）

1. 不以物喜，不以己悲。

2. 微斯人，吾谁与归？

3. 野芳发而幽香，佳木秀而繁阴，风霜高洁，水落而石出者，山间之四时也。

4. 然而禽鸟知山林之乐，而不知人之乐；人知从太守游而乐，而不知太守之乐其乐也。

三、一词多义（Indique os diferentes significados das palavras abaixo.）

1. 极

（1）此乐何极 ________

（2）南极潇湘 ________

2. 景

（1）春和景明 ________

（2）四时之景不同 ________

3. 归

（1）沉醉不知归路 ________

（2）云归而岩穴暝 ________

4. 然

（1）然则北通巫峡，南极潇湘 ________

（2）望之蔚然而深秀者 ________

第五编

元明时期

元代（1271年—1368年）是蒙古族上层贵族集团掌握国家政权的时代。元代的疆域比汉唐时代更为广阔，蒙古统治者根据征服时间将全国人民分为蒙古人、色目人、汉人、南人等。元代基本停止了科举考试，汉人、南人中的文人地位降低，甚至有“七匠、八娼、九儒、十丐”之说。这使得文人们转向戏剧创作，同时市民阶层的兴起和戏剧演出的商业化，共同促进了元杂剧的繁荣。杂剧等叙事文学第一次居于文坛的主导地位，元曲（包括杂剧、散曲）继唐诗、宋词之后成为一代文学的标志。

明代（1368年—1644年）。元末明初，在过去话本的基础上产生了一些长篇章回小说，其中以《三国演义》《水浒传》的成就最高，这两本书与明代中后期的《西游记》《金瓶梅》，合称明代“四大奇书”。明代中期以后，通俗文学兴盛，雅俗传统混融，顺应市民阶层文艺需求的增长，出版印刷业空前繁荣。主要从事诗文创作的作家也普遍重视通俗文学，并从中得到启发。与元代文人大多因为社会环境和个人遭遇的变化而投入通俗文学不同，明代文人对于通俗文学的投入更多带有一种自觉意识。这也是晚明雅俗文学进一步混融的主要原因。

Parte V Dinastia Yuan e Ming

Na dinastia Yuan (dinastia Luã ou Luane, 1271–1368), a China foi dominada por imperadores de origem mongol. Naquela época, os mongóis conquistaram muitas regiões. Ademais, o território do império na dinastia Yuan era mais extenso do que nas dinastias Han e Tang. Segundo a ordem de conquista, o governante mongol dividiu o povo em mongol, semu, han, nan e etc. Durante a dinastia Yuan, exames imperiais foram suspensos e a posição de literatos desceu tanto nos grupos han quanto nos nan. À época, dizia-se que “na sociedade, o artesão estava no sétimo lugar, o prostituto no oitavo, o literato ficava no nono e o mendigo ficava em último”. A baixa posição de literatos provocou mudanças e eles começaram a se focar na produção de teatro. Ainda naquele momento, o crescimento de uma classe burguesa e a comercialização de teatro trouxeram prosperidade à Ópera Za Ju da dinastia Yuan. Foi a primeira vez que o gênero narrativo ficou na posição de liderança entre todos os género da literatura. Depois daquela época da corrente da Poesia Tang e Ci da dinastia Song, também marcaram a literatura chinesa os Cantos de Yuan, incluindo Ópera Za Ju e Música San Qu.

Dinastia Ming (1368–1644), entre o final da dinastia Yuan e o início da dinastia Ming, com base do estilo Huaben, surgiram romances do estilo Zhang Hui, entre os quais a obra "Romance dos Três Reinos" e "À Beiro d'água" alcançaram grandes realizações. Junto à "Peregrinação ao Oeste", "Jin Ping Mei", escritos no meado e no final da dinastia Ming, os quatro livros são chamados de "Quatro Obras Maravilhosas" da dinastia Ming. Depois da metade da duração da dinastia Ming, a literatura vulgar popularizou-se e a tradição canônica e a vulgar passaram a conviver. Com a necessidade crescente dos cidadãos pela literatura e pela arte, a indústria da imprensa ficou mais próspera do que nunca. Além disso, os escritores da época também dedicaram-se mais à literatura vulgar. O que foi diferente dos literatos da dinastia Yuan. Estes se empenhavam a produzir a literatura vultar devido ao ambiente social e à experiência pessoal. Já os letrados da dinastia Ming dedicavam-se à literatura vulgar por vontade e interesse próprio. Esta é a principal razão da harmoniosa convivência das literaturas canônica e vulgar no final da dinastia Ming.

第一章　元曲

元曲为元杂剧与散曲的合称。元杂剧的结构形式是以四折（也有五、六折）外加一段楔子为一本，少数剧目是多本，一折意味着一个故事单元。元散曲从音乐意义来说，是元代流行的歌曲；从文学意义来说，是一种具有独特语言风格的抒情诗，总体上倾向通俗。

Capítulo I

Canção Yuanqu inclui Ópera Za Ju da dinastia Yuan e Canção San Qu[1]. Ópera Za Ju de Yuan é constituída por quatro Zhe (às vezes são cinco ou quatro Zhe) e um Qi Zi (introdução), um Zhe é um capítulo da história. Do ponto de vista musical, San Qu foi considerada como música popular da dinastia Yuan; do ponto de vista lietrário, ela é poesia lírica com estilo especial no uso de linguagem. Em geral, Canção Yuanqu é um gênero literário vulgar.

[1] San Qu: É uma forma fixa de ritmo da poesia clássica chinesa e também é conhecida como "canção literária", que começou na dinastia Jin (1115–1234), porém está especialmente associada às dinastias Yuan (1271–1368), Ming (1368–1644) e Qing (1644–1912).

tiān jìng shā · qiū sī

天净沙①·秋思②

mǎ zhì yuǎn
马致远

扫码听录音

kū téng lǎo shù hūn yā
枯藤③老树昏鸦④，
xiǎo qiáo liú shuǐ rén jiā
小桥流水人家⑤，
gǔ dào xī fēng shòu mǎ
古道⑥西风⑦瘦马⑧。
xī yáng xī xià
夕阳西下，
duàn cháng rén zài tiān yá
断肠人⑨在天涯⑩。

解题

这是马致远散曲中最著名的一支，属于散曲中的小令。作者以凝练的语言，通过对秋郊夕照的描绘，刻画旅人漂泊的心境。前三句用九个并列的实词，把九种不同的景物巧妙地组织在一个画面里，渲染出一派凄凉萧瑟的晚秋气氛，从而含蓄地烘托出旅人的哀愁。此种写法历来受到称道，也是中国传统的以景传情、情景交融美感的体现。

Comentário

Esta é uma das obras mais famosas de Ma Zhiyuan e pertence ao estilo Xiao Ling da Canção Yuan Qu. Por meio da imagem do crepúsculo, o autor visa descrever o sentimento na sua viagem. Nas primeiras três frases, o autor junta nove objetos numa imagem, salienta o ambiente triste de outono e apresentar, consequentemente, a tristeza do viajante. Usar descrição de imagem para exprimir sentimentos é um dos modos tradicionais de escrita literária na China.

注释

①**天净沙**：曲牌名。

②**秋思**：标题。

③**枯藤**：枯萎的枝蔓。

④**昏鸦**：黄昏时归巢的乌鸦。昏，傍晚。

⑤**人家**：农家。此句写出了诗人对温馨家庭的渴望。

⑥**古道**：已经废弃不堪再用的古老驿道（路）或年代久远的驿道。

⑦**西风**：寒冷、萧瑟的秋风。

⑧**瘦马**：瘦骨如柴的马。

⑨**断肠人**：形容伤心悲痛到极点的人，此指漂泊天涯、极度忧伤的旅人。

⑩**天涯**：远离家乡的地方。

Notas

①**天净沙**：O nome de Qu Pai (melodia de Qu)。

②**秋思**：O título.

③**枯藤**：Galho márcido.

④**昏鸦**：Corvo que volta ao ninho ao noitecer. 昏：Ao noitecer.

⑤**人家**：Casa de camponês. A frase “小桥流水人家” indica que o poeta deseja uma família feliz.

⑥**古道**：Via antiga e/ou abandonada.

⑦**西风**：Vento frio de outono.

⑧**瘦马**：Cavalo muito magro.

⑨**断肠人**：Pessoa extremamente triste, no texto refere-se a pessoa triste que está sempre a viajar.

⑩**天涯**：Terra afastada.

译文

天色黄昏，一群乌鸦落在枯藤缠绕的老树上，发出凄厉的哀鸣。

小桥下流水哗哗作响，桥边庄户人家炊烟袅袅。

古道上一匹瘦马，顶着西风艰难地前行。

夕阳渐渐地失去了光泽，从西边落下。

只有孤独的旅人漂泊在遥远的地方。

扫码听录音

Tradução

No crepúsculo, os corvos empoleiram-se numa velha árvore retorcida por videiras murchas e gemem severamente.

Um riacho corre debaixo de uma ponte, ao lado, estão casas com fumaça da cozinha.

Numa antiga via, há um cavalo magro, se encaminhando na direção contra o vento oeste.

O sol está a pôr-se à direção de oeste e gradualmente perdeu seu brilho.

E um viajante de coração destroçado viaja por terras afastadas.

Na noite fria, apenas o viajante solitário ainda vangueia para longe.

shān pō yáng tóng guān huái gǔ
山坡羊[1]·潼关怀古[2]

zhāng yǎng hào
张养浩

扫码听录音

fēng luán rú jù bō tāo rú nù shān hé biǎo lǐ tóng guān lù wàng xī dū
峰峦如聚[3]，波涛如怒[4]，山河表里[5]潼关[6]路。望西都[7]，
yì chóu chú shāng xīn qín hàn jīng xíng chù gōng què wàn jiān dōu zuò le tǔ xīng
意踌躇[8]。伤心秦汉经行处[9]，宫阙[10]万间都做了土。兴[11]，
bǎi xìng kǔ wáng bǎi xìng kǔ
百姓苦；亡，百姓苦。

解题

这是张养浩散曲中的代表作，以历代王朝兴亡感叹人民在战乱中蒙受的苦痛的角度出发，表现了传统中国知识阶层的特有情怀：反思历史，感慨兴亡，同情人民的疾苦。既是儒家文化中“仁”的思想的体现，也表现了道家文化中对政治中心的偏离心态。

Comentário

Esta é a obra representativa da Canção San Qu de Zhang Yanghao, que lamenta o sofrimento do povo na guerra por ascensão e queda das dinastias. O texto representa os sentimentos únicos dos intelectuais tradicionais chineses, que são: meditar a história, suspirar pela ascensão e pela queda e simpatizar com o sofrimento do povo. Os sentimentos referidos não são apenas o reflexo do pensamento de “benevolência”na cultura confucionista, contudo são também o desvio do centro político da cultura taoista.

注释

①山坡羊：曲牌名，指出这首散曲的格式。
②潼关怀古：标题。
③峰峦如聚：形容群峰攒集，层峦叠嶂。聚，聚拢，包围。
④波涛如怒：形容黄河波涛的汹涌澎湃。怒，指波涛汹涌。
⑤山河表里：指潼关一带地势险要，外有黄河，内有华山，是为表里。
⑥潼关：关名，后汉建安中建，在今陕西省潼关县北，历代为军事要地。
⑦西都：指长安（今陕西西安）。秦、西汉建都长安，东汉建都洛阳，因此称洛阳为东都，长安为西都。
⑧踌躇：原指犹豫不决、徘徊不前。此处形容思潮起伏，陷入沉思。
⑨伤心秦汉经行处：经过秦汉故地，内心伤感。经行处，经过的地方，指秦汉故都遗址。
⑩宫阙：宫，宫殿。阙，皇宫前的望楼。
⑪兴：指政权的统治稳固。兴、亡，指朝代的盛衰更替。

Notas

① **山坡羊**: Melodia, a estrutura da obra.
② **潼关怀古**: O título.
③ **峰峦如聚**: Montanhas que se encontram em todos os lados. 聚: Encontrar-se, abraçar.
④ **波涛如怒**: Ondas do Rio Amarelo marulham. 怒: Marulhar.
⑤ **山河表里**: Refere-se à área em torno de terreno perigoso de Tongguan. Biaoli significa que liga Rio Amarelo por fora e Huashan por dentro.
⑥ **潼关**: O nome da porta do cerco chinês, foi construída no período de Jian'an na dinastia Han Posterior, hoje situa-se no norte do condado de Tongguan, na província de Shaanxi (em chinês: 陕西), foi o lugar militar importante em dinastias anteriores.
⑦ **西都**: Refere-se a Chang'an (na província de Shaanxi, hoje é conhecido como Xi'an). As dinastias Qin e Han Ocidental estabeleceram as suas capitais em Chang'an e o Han Oriental em Luoyang, então Luoyang foi chamada de capital oriental e Chang'an foi a capital ocidental.
⑧ **踌躇**: Aqui refere-se a estar absorto em pensamentos e suspirar.
⑨ **伤心秦汉经行处**: Ficar triste porquanto passar pelas ruínas das dinastias Qin e Han. 经行处: Lugar de passagem, refere-se às ruínas das dinastias Qin e Han.
⑩ **宫阙**: "宫" refere-se aos palácios, "阙" refere-se à torre de vigia em frente ao palácio.
⑪ **兴**: O regime firme. 兴、亡: Ascensão e queda das dinastias.

扫码听录音

译文

华山的山峰从四面八方会聚，黄河的波涛像发怒似的汹涌。潼关古道内接华山，外连黄河。遥望古都长安，我徘徊不定，思潮起伏。经过秦汉故地，内心伤感，万间宫殿早已化作了尘土。一朝兴盛，百姓受苦；一朝灭亡，百姓依旧受苦。

Tradução

Os picos de Huashan encontram-se em todos os lados e as ondas do Rio Amarelo marulham como raiva. A estrada antiga de Tongguan liga Huashan por dentro e Rio Amarelo por fora. Olhando para a antiga capital Chang'an, estive absorto em pensamentos e suspirei o tempo passado. Ficou triste porquanto passar pelas ruínas das dinastias Qin e Han, os palácios transformaram-se em poeira. Quando uma dinastia prospera, o povo sofre; uma vez destruída, o povo ainda sofre.

练习 Exercícios

一、根据课文内容回答问题（Responda às perguntas de acordo com o texto.）

1.《天净沙·秋思》使用了怎样的描写方法？

2. 简述《山坡羊·潼关怀古》所怀之“古”是什么？

二、把下列词语和句子译成现代汉语（Traduza as seguintes locuções e frases para chinês moderno.）

1. 枯藤老树昏鸦

2. 断肠人在天涯

3. 波涛如怒

4. 山河表里

5. 经行处

三、一词多义（Indique os diferentes significados das palavras abaixo.）

1. 昏

（1）枯藤老树昏鸦 ____________

（2）昏昏欲睡 ____________

（3）老眼昏花 ____________

（4）君昏不能匡 ____________

2. 表

（1）山河表里潼关路 ____________

（2）虚有其表 ____________

（3）天下之表也 ____________

（4）出师表 ____________

（5）惟天可表 ____________

3. 行

（1）伤心秦汉经行处 ____________

（2）杨柳成行 ____________

（3）多行不义 ____________

第二章　晚明散文

晚明散文，特别是所谓“小品”，有非常重要的意义。这种文体并无定制，日记、游记、短论均可包涵，发展了散文的审美功能。其特点大致有三：一是篇幅通常不长，二是结构松散随意，三是文笔轻松而富有情趣。其源流可追溯至唐宋古文家，尤其是苏轼，被认为是晚明小品之祖。

Capítulo II　Prosa do Final da Dinastia Ming

Prosa do final da dinastia Ming, especialmente Xiao Pin, é muito importante. Xiao Pin não tem um estilo fixo e pode ser como diário, relatório de viagem e artigo curto. Ele desenvolve a função estética da prosa. Xiao Pin tem três características: curta extensão; estrutura não fixa; escrita refinada, descontraída e lúdica. Este gênero de prosa originou-se dos literatos das dinastias Tang e Song. Ademais, o famoso Su Shi é considerado o pai do Xiao Pin do final da dinastia Ming.

hǔ qiū jì jié xuǎn
虎丘①记（节选）

yuán hóng dào
袁宏道

扫码听录音

hǔ qiū qù chéng kě qī bā lǐ qí shān wú gāo yán suì hè dú yǐ jìn chéng
虎丘去②城可七八里，其山无高岩邃壑，独以近城
gù xiāo gǔ lóu chuán wú rì wú zhī fán yuè zhī yè huā zhī chén xuě zhī xī
故，箫鼓楼船，无日无之。凡月之夜，花之晨，雪之夕，
yóu rén wǎng lái fēn cuò rú zhī ér zhōng qiū wéi yóu shèng
游人往来，纷错如织，而中秋为尤胜。

měi zhì shì rì qīng chéng hé hù lián bì ér zhì yī guān shì nǚ xià dài bù
每至是日，倾城阖户，连臂而至。衣冠士女，下迨蔀
wū mò bù jìng zhuāng lì fú chóng yīn lěi xí zhì jiǔ jiāo qú jiān cóng qiān
屋③，莫不靓妆④丽服，重茵累席⑤，置酒交衢⑥间，从千
rén shí shàng zhì shān mén zhì bǐ rú lín tán bǎn qiū jī zūn léi yún xiè
人石⑦上至山门，栉比如鳞⑧，檀板⑨丘积，樽罍⑩云⑪泻，
yuǎn ér wàng zhī rú yàn luò píng shā xiá pū jiāng shàng léi gǔn diàn huò wú dé
远而望之，如雁落平沙，霞铺江上，雷辊电霍⑫，无得
ér zhuàng
而状。

bù xí zhī chū chàng zhě qiān bǎi shēng ruò jù wén bù kě biàn shí fēn cáo
布席之初，唱者千百，声若聚蚊，不可辨识。分曹
bù shǔ jìng yǐ gē hóu xiāng dòu yǎ sú jì chén yán chī zì bié wèi jǐ ér yáo
部署⑬，竟以歌喉相斗；雅俗既陈，妍媸自别。未几而摇
shǒu dùn zú zhě dé shù shí rén ér yǐ yǐ ér míng yuè fú kōng shí guāng rú liàn
手顿足⑭者，得数十人而已。已而明月浮空，石光如练，
yī qiè wǎ fǔ jì rán tíng shēng zhǔ ér hè zhě cái sān sì bèi yī xiāo yī cùn
一切瓦釜⑮，寂然停声，属而和者，才三四辈。一箫，一寸
guǎn yī rén huǎn bǎn ér gē zhú ròu xiāng fā qīng shēng liàng chè tīng zhě hún xiāo
管，一人缓板而歌，竹肉⑯相发，清声亮彻，听者魂销。
bǐ zhì yè shēn yuè yǐng héng xié xìng zǎo líng luàn zé xiāo bǎn yì bù fù yòng yī
比至夜深，月影横斜，荇藻⑰凌乱，则箫板亦不复用；一
fū dēng chǎng sì zuò bǐng xī yīn ruò xì fà xiǎng chè yún jì měi dù yī zì
夫登场，四座屏息，音若细发，响彻云际，每度一字，
jǐ jìn yī kè fēi niǎo wéi zhī pái huái zhuàng shì tīng ér xià lèi yǐ
几尽一刻，飞鸟为之徘徊，壮士听而下泪矣。

jiàn quán shēn bù kě cè fēi yán rú xiāo qiān qǐng yún dé tiān chí zhū shān zuò
剑泉[18]深不可测，飞岩如削。千顷云得天池诸山作
àn luán hè jìng xiù zuì kě shāng kè dàn guò wǔ zé rì guāng shè rén bù kān
案[19]，峦壑竞秀，最可觞客。但过午则日光射人，不堪
jiǔ zuò ěr wén chāng gé yì jiā wǎn shù yóu kě guān ér běi wéi píng yuǎn táng jiù
久坐耳。文昌阁亦佳，晚树尤可观。而北为平远堂旧
zhǐ kōng kuàng wú jì jǐn yú shān yī diǎn zài wàng táng fèi yǐ jiǔ yú yǔ jiāng
址，空旷无际，仅虞山[20]一点在望。堂废已久，余与江
jìn zhī móu suǒ yǐ fù zhī yù cí wéi sū zhōu bái lè tiān zhū gōng yú qí zhōng
进之[21]谋所以复之，欲祠韦苏州、白乐天[22]诸公于其中；
ér bìng xún zuò yú jì qǐ guī kǒng jìn zhī zhī xìng yì lán yǐ shān chuān xīng fèi
而病寻作，余既乞归，恐进之之兴亦阑矣。山川兴废，
xìn yǒu shí zāi
信有时哉！

……

解题

袁宏道（1568年—1610年），字中郎，公安（今湖北省公安县）人。与其兄宗道、弟中道都是晚明反复古主义“公安派”的代表人物，他们力矫复古派提出的“文必秦汉，诗必盛唐”的流弊，主张文学作品要“独抒性灵，不拘格套”。作品多描写封建士大夫阶层的闲适生活。本文记明代苏州虎丘中秋月夜游人云集的情景，生动描绘了虎丘的月夜景色和游人聚饮斗歌的场面。

Comentário

Yuan Hogndao (1568–1610), cujo nome de cortesia é Zhonglang, nasceu em Gong'an (atual Cidade de Gong'an, província de Hubei). Ele, junto com seus irmãos Yuan Zongdao e Yuan Zhongdao, são seguidores conhecidos da Escola Gong'an, que compreende o antirretrocesso da dinastia Ming. Eles salientam que "uma boa escrita é resultado de emoções genuínas e experiência pessoal" e as suas obras descrevem principalmente a vida dos letrados. O texto registra a cena de turistas na Montanha Huqiu de Suzhou durante o Festival da Lua na dinastia Ming, descrevendo ativamente a imagem noturna e a cena de turistas que se reuniram, se divertiram e cantaram na Montanha Huqiu.

注释

①**虎丘**：山名，在今江苏省苏州市，是江南名胜之一。相传春秋时吴王阖闾葬在这里，三日有虎踞其上，故名。

②**去**：距离。

③**下迨蔀（bù）屋**：下至贫民。迨，及，至。蔀屋，指贫家昏暗的房屋，这里指贫民。

④**靓（jìng）妆**：涂脂抹粉。

⑤**重茵累席**：游客皆席地而坐，以重褥作垫。茵，垫褥。

⑥**交衢**：通衢。

⑦**千人石**：虎丘山有大石面平坦，面积甚大，传说梁时高僧生公于此说法，有千人列听，故称千人石。

⑧**栉比如鳞**：形容前文所指的情

Notas

①**虎丘**：Nome de montanha que se localiza no município de Suzhou, na província de Jiangsu, é um dos pontos cênicos no sul do Rio Yangtze. Segundo a lenda, no Período de Primavera e Outono. O rei do reino Wu, He Lǔ, foi enterrado nesse local e um tigre ficou em cima dele por três dias, daí recebeu o nome.

②**去**: Distância.

③**下迨蔀（bù）屋**：Incluindo os pobres. 迨: Chegar, até, atingir. 蔀屋: Abrigos residenciais dos pobres, no texto é usado para indicar os pobres.

④**靓（jìng）妆**：Passar maquiagem.

⑤**重茵累席**：Todos convidados estão sentados no colchão do chão. 茵: Colchão.

⑥**交衢**：Cruzamentos importantes de ruas.

⑦**千人石**：Nas pedras e montanhas da Montanha de Tigre, encontram-se pedras grandes cujas superfícies são planas e são muito grandes. Na dinastia Liang, dizem que o monge famoso divulgava budismo aqui e na ocasião, milhares de pessoas estavam presentes, por isso foi conhecido como Pedra de Mil Pessoas.

形之多，如鱼鳞相次排列。栉比，言其密。
⑨**檀板**：用檀木制的歌板。
⑩**樽罍（léi）**：皆盛酒器。
⑪**云**：像云一样。
⑫**雷辊（gǔn）电霍**：雷鸣电闪。辊，车轮转动声。
⑬**分曹部署**：分部安排。
⑭**摇手顿足**：形容唱曲子的人舞动手和脚配合节拍而歌。
⑮**瓦釜**：比喻粗俗的歌调。
⑯**竹肉**：指管乐和歌喉。
⑰**荇（xìng）藻**：水草。这里比喻月下的树影。
⑱**剑泉**：又称剑池，在千人石下。两侧崖高千尺，池水终年不涸。
⑲**千顷云得天池诸山作案**：意谓千顷云得天池等诸山作为几案。千顷云，山名，在虎丘山上。天池，山名，又名华山，在苏州阊门外三十里。
⑳**虞山**：在江苏省常熟县西北。
㉑**江进之**：名盈科，字进之，时任长洲县知县。
㉒**韦苏州、白乐天**：即唐代诗人韦应物、白居易。两人均在苏州留有遗迹。

⑧**栉比如鳞**：Indica-se as situações numerosas mencionadas no trecho anterior do artigo que são parecidas com as escamas de peixe. 栉比: Muito denso.
⑨**檀板**：Prateleira de sândalo.
⑩**樽罍（léi）**：Taças de licor.
⑪**云**：É parecido com as nuvens.
⑫**雷辊（gǔn）电霍**：Trovão e relâmpago. 辊: Som feito pelo giro da roda.
⑬**分曹部署**：Disposição.
⑭**摇手顿足**：Uma pessoa que canta uma música dançando com as mãos e os pés seguindo o ritmo.
⑮**瓦釜**：Cantos populares e folclóricos.
⑯**竹肉**：Instrumento de sopro e canto.
⑰**荇（xìng）藻**：Plantas aquáticas. Aqui é uma metáfora que indica a sombra de árvore sob a lua.
⑱**剑泉**：Também é conhecido como Jianchi. Localiza-se debaixo da Pedra de Mil pessoas. As falésias de ambos os lados têm milhares de metros de altura e o lago não fica seco o ano todo.
⑲**千顷云得天池诸山作案**：Qian Qingyun é o local mais alto da Montanha Huqiu sendo abraçada pelas outras montanhas, tais como Tianchi. 千顷云: Nome de montanha e fica situada na Montanha de Tigre. 天池: Nome de montanha, também é chamada de Montanha Huashan.
⑳**虞山**：Fica situada no noroeste de distrito Changshu da província Jiangsu.
㉑**江进之**：Então prefeito de Changzhou.
㉒**韦苏州、白乐天**：Poetas de dinastia Tang, conhecidos também como Wei Yingwu e Bai Juyi.

译文

虎丘离城约七八里路，这座山没有高峻的山峰与幽深的峡谷，只不过因为靠近城市，所以奏着音乐的游船没有一天不到那

Tradução

扫码听录音

A Montanha Huqiu fica a doze quilômetros da cidade. Esta montanha não possui picos altos nem desfiladeiros profundos, contudo, como fica próxima à cidade, as músicas dos navios ouvem-se todos os dias. Nas

儿去。凡是有月亮的夜晚，开花的早晨，下雪天的黄昏，密集的游人纷沓往来，而以中秋最为繁盛热闹。

每到这一天，全城闭户，(游人）接踵并肩而来。上至士大夫乡绅、大家闺秀，下至平民百姓，全都涂脂抹粉，穿着鲜衣美服，坐在铺设厚厚的席毡的地上，将酒肴摆在大路边，从千人石一直到山门，如鱼鳞般密集相连。檀板等乐器聚积如小山，喝酒的器具似云霞般倾泻。远远望去，犹如成群的大雁栖落在平坦的沙滩，彩霞铺满江面，电闪雷鸣，无法具体描绘这样的盛况。

刚开始安设筵席时，唱歌的人成百上千，声音如聚在一起的蚊子，没法分辨识认。等到分部安排后，争相以歌喉比高低；雅乐和俗乐各自陈献后，唱得好坏自然有区别了。不多时，摇头顿脚按节拍而歌的，就不过几十个人而已。一会儿，明月升到天空，月光照在石上犹如洁白的绢绸，所有粗俗的歌曲，不再发出声响。跟随着唱和的，只有三四个人。一支箫，一寸管，一个人慢慢地打着歌板节拍唱着，管乐伴着歌喉，声音清脆嘹亮，使听

noites de luar, nas manhãs de florescer e nas noites com neve, os visitantes estão constantemente indo e vindo, no qual, o Festival do Meio do Outono é o mais popular.

No dia de festival, todas as residências estavam vazias e os turistas andavam de mãos dadas. Tanto os oficiais, os nobres e as damas delicadas quanto os pobres, todos estavam bem maquiados e vestidos. As refeições eram dispostas e oferecidas na rua. Desde a Pedra de Mil Pessoas até o portão da montanha, as mesas de refeições eram densamente dispostas como se fossem formigueiros. Os badalos[1] de madeira acumulavam-se como uma colina e as taças de bebida caíam como nuvens. De longe, parecia um bando de gansos selvagens descansando numa praia plana. As nuvens coloridas encobriam a superfície do rio e as formas dos trovões e raios aparecidos que não podiam ser bem descritos.

No início do banquete, havia centenas de pessoas cantando, as suas vozes pareciam mosquitos reunidos e os sons do canto não podiam ser distinguidos. Quando os cantores eram organizados a cantar em coro, todos concorriam com as suas vozes; depois a música da corte e a música folclórica eram apresentadas separadamente, a beleza e a feiura eram naturalmente distinguidas. Pouco tempo depois, apenas dezenas de pessoas balançavam a cabeça e cantavam ao ritmo. Depois de um tempo, a lua ficou brilhante no céu e iluminou as pedras que as transformou como se fossem sedas brancas. Todas as músicas folclóricas pararam de tocar, apenas três ou quatro pessoas acompanhavam cantando no ritmo. Uma flauta, um sopro instrumental, um canto lento e pacífico uniram-se numa música maravilhosa que comoveu profundamente a audiência.

[1] Um tipo de instrumento musical.

的人陶醉不已。

等到夜深，月亮西斜，树影散乱，于是连箫和歌板也不用了。只见一个人登场，四周的人屏住声息，(他唱歌的）声音细如发丝，响彻云端。每唱一字，几乎拖长达一刻之久，飞鸟听了为之回翔盘旋，壮士听了感动得流下眼泪。

虎丘的剑泉深得无法测量，陡峭的岩石如斧削一般。千顷云犹如有天池等山作为几案，山峰峡谷比争秀丽，是请客饮酒的好地方。但是过了中午便阳光逼人，不能久坐。文昌阁也不错，晚上林中的景色尤为迷人。北边为平远堂旧址，空旷没有遮拦，仅能远远望见虞山，如小小的黑点。平远堂荒芜已经很久了，我和江进之商量修复它的办法，想在里面供奉韦应物、白居易等人；但不久我生了病，便请求辞了官，恐怕进之的兴致也消尽了。可见山川的兴旺和荒废，确实有它的运数啊。

No final da noite, a lua inclinou-se para oeste e as sombras das árvores espalharam-se, de modo que não havia necessidade de utilizar a flauta vertical de bambu na circunstância tão tranquila e começou logo uma performance solo que levou ao silêncio de toda a audiência. O som de canto ressoava como se fossem cabelos finos e lisos voando para o céu tocando fortemente nas nuvens. Cada palavra arrastava-se por alguns segundos. Ao ouvirem o som, os pássaros pairaram e os homens fortes derramaram as lágrimas.

O Lago Jianquan é é de enorme profundidade para medir e a rocha íngreme é como se fosse machado afiado. Qianqingyun é o local mais alto da Montanha Huqiu e é abraçada pelas outras montanhas. Com picos e desfiladeiros, serve-se para ter festas. Depois do meio-dia, faz tanto calor de ficar sentado lá por mais tempo. O Pavilhão Wenchang também é maravilhoso e as paisagens na floresta à noite são particularmente encantadoras. No Norte, localiza-se a sede antiga de Pingyuan Tang, aberta e desobstruída que de onde se vê o Monte Yu à distância. O Pingyuan Tang ficou deserto por um longo tempo e então discuti com Jiang Jinzhi sobre como consertá-lo para consagrar no local Wei Yingwu, Bai Juyi, etc. Mas logo depois, fiquei doente e demiti-me do cargo oficial. Receio que o meu amigo Jiang já tivesse perdido o interesse de continuar o trabalho de conserto. A prosperidade e a desolação de montanhas e rios seguem o seu destino.

hú xīn tíng kàn xuě
湖心亭看雪

zhāng dài
张 岱

扫码听录音

chóng zhēn wǔ nián shí èr yuè yú zhù xī hú dà xuě sān rì hú zhōng rén
崇祯五年[1]十二月，余住西湖，大雪三日，湖中人

niǎo shēng jù jué shì rì gēng dìng yǐ yú ráo yī xiǎo zhōu yōng cuì yī lú
鸟声俱绝。是日，更定[2]矣，余拏[3]一小舟，拥毳衣[4]炉

huǒ dú wǎng hú xīn tíng kàn xuě wù sōng hàng dàng tiān yǔ yún yǔ shān yǔ shuǐ
火，独往湖心亭看雪。雾凇[5]沆砀[6]，天与云与山与水，

shàng xià yī bái hú shàng yǐng zi wéi cháng dī yī hén hú xīn tíng yī diǎn yǔ
上下一白。湖上影子，惟长堤[7]一痕，湖心亭一点，与

yú zhōu yī jiè zhōu zhōng rén liǎng sān lì ér yǐ
余舟一芥[8]，舟中人两三粒而已。

dào tíng shàng yǒu liǎng rén pū zhān duì zuò yī tóng zǐ shāo jiǔ lú zhèng fèi
到亭上，有两人铺毡对坐，一童子烧酒，炉正沸。

jiàn yú dà xǐ yuē hú zhōng yān dé gèng yǒu cǐ rén lā yú tóng yǐn yú qiǎng
见余大喜曰："湖中焉[9]得更有此人？"拉余同饮。余强

yǐn sān dà bái ér bié wèn qí xìng shì shì jīn líng rén kè cǐ jí xià chuán
饮三大白[10]而别。问其姓氏，是金陵[11]人，客此[12]。及下船，

zhōu zǐ nán nán yuē mò shuō xiàng gōng chī gèng yǒu chī sì xiàng gōng zhě
舟子[13]喃喃[14]曰："莫说相公[15]痴，更有痴似[16]相公者！"

解题

张岱（1597年—1689年），号陶庵，山阴（今浙江绍兴）人，侨寓杭州。张岱家世显贵，年少时不求仕进，过着一种游山玩水、读书品艺的生活。明亡后，隐居剡溪，从事著述。他是明末小品文的代表作家，《陶庵梦忆》《西湖梦寻》都写于明亡之后，是对过去生活和西湖旧日风光的追忆，寄寓着他的故国之思、身世之悲。本文中的湖心亭在西湖之中，据说是宋代疏浚西湖时，以湖泥堆成小丘，后在丘上建成亭阁，叫做湖心亭，是观赏西湖风景的好地方。文中描绘出一幅江山被雪的图景，充满了诗情画意。全文不到200字，却融叙事、写景、抒情于一体。语言清秀，表现力极强，写景状物，惟妙惟肖。

Comentário

Zhang Dai (1597–1679), cujo nome de cortesia é Tao'an, nasceu em Shanyin (atualmente conhecida como Shaoxing e pertence à província de Zhejiang) e morava em Hangzhou. A família de Zhang Dai era nobre e, quando jovem, não se dedicava muito na sua carreira na corte, pois vivia sempre uma vida de viajar, ler e aprender. Após a queda da dinastia Ming, ele viveu em reclusão em Shanxi (nome do rio) e se dedicou a escrever. Ele é autor representativo de escrever ensaios no final da dinastia Ming. "Recordações de Sonhos de Tao'an" e "Uma Procura de Sonho No Lago Oeste" foram escritos após a queda da dinastia Ming que são reminiscências da vida passada e do cenário antigo do Lago Oeste, expressando suas saudades da terra natal e da tristeza da própria experiência de vida. O Pavilhão Huxin escrito no artigo fica no Lago Oeste. Dizem que quando o Lago Oeste foi dragado na dinastia Song, a lama do lago ficou empilhada em pequenas colinas onde foi construído o pavilhão, logo depois foi conhecido como Pavilhão de Huxin que é um lugar maravilhoso para apreciar a paisagem do Lago Oeste. O artigo mostra uma imagem em que as paisagens cobertas de neve e cheia de elementos poéticos e artísticos. O artigo completo tem menos de 200 palavras, mas integra em conjunto os conteúdos de narrativa, descrição de paisagens e lirismo. A linguagem é delicada e expressiva e a representação do cenário é vívida.

注释

①**崇祯五年**：即1632年。崇祯是明思宗朱由检的年号（1628年—1644年）。

②**更（gēng）定**：古代以更记夜时，一夜分五更，每更大约两小时。更定，旧时晚上八点左右，打鼓报告初更开始，称为"更定"。

Notas

①**崇祯五年**：Nomeadamente é 1632, Chongzhen é o último imperador da dinastia Ming, governando entre 1628–1644.

②**更（gēng）定**：Nos tempos antigos, "Geng" foi usado para registrar os horários na noite, uma noite dividia-se em cinco turnos, cada turno era de duas horas. Nos tempos antigos, "Gengding"era por volta das 20 horas da noite.

③**挐（ráo）**：通“桡”，船桨。这里是划船的意思。

④**毳（cuì）衣**：一种毛皮服。毳，鸟兽的细毛。

⑤**雾凇**：通称“树挂”。是寒冷天气雾滴碰到在零度以下的树枝等物时，再次凝结成的白色松散的冰晶。

⑥**沆砀（hàngdàng）**：白色迷茫貌。

⑦**长堤**：在湖心亭之西，即苏堤，宋朝苏东坡筑。

⑧**芥（jiè）**：小草。

⑨**焉**：疑问代词，哪里，怎么。

⑩**大白**：大酒杯。白，古人罚酒时用的酒杯，也泛指一般的酒杯。

⑪**金陵**：今江苏南京。

⑫**客此**：在这里做客，意谓旅居此地。

⑬**舟子**：船夫。

⑭**喃喃**：低声嘟哝。

⑮**相公**：原意是对宰相的尊称，后转为对年轻人的敬称及对士人的尊称。

⑯**似**：介词，用于比较，表示程度更甚，相当于“于”“过”。

③**挐（ráo）**：É igual a “桡”: significa remo. Neste caso quer dizer remar o barco.

④**毳（cuì）衣**：Um tipo de roupa de pele. 毳: As penas dos pássaros e os pêlos dos animais.

⑤**雾凇**：Também é conhecido como “objetos pendurados na árvore”. São os cristais de gelo que se condensam quando as gotas de nevoeiro tocam galhos que apenas têm temperatura abaixo de zero.

⑥**沆砀（hàngdàng）**:

⑦**长堤**：Fica no oeste do pavilhão do lago, é conhecido como Barragem de Su que foi construída na dinastia Song pelo Su Dongpo.

⑧**芥（jiè）**：Relva.

⑨**焉**：Pronomes interrogativos, onde, como.

⑩**大白**：As taças de licor usadas pelos antigos no jogo punir beber, também podem ser as taças comuns de vinho.

⑪**金陵**：Hoje em dia fica localizada na cidade de Nanjing da província de Jiangsu.

⑫**客此**：Ser visitante ou convidado no local.

⑬**舟子**：Barqueiro.

⑭**喃喃**：Murmurando em voz baixa.

⑮**相公**：Antigamente servia-se como o título de cortesia do primeiro-ministro e mais tarde foi utilizado como título de cortesia especializado para jovens e sábios.

⑯**似**：Preposição. Utilizado para fazer comparação, significa um grau maior, equivalente a “Yu” e “Guo”.

译文

崇祯五年十二月，我住在西湖边。大雪接连下了多日，湖中游人全无，连飞鸟的声音都消失了。这天晚上八点左右，我撑着

扫码听录音

Tradução

Em dezembro, no quinto ano de Chongzhen, eu morava junto ao Lago do Oeste. A neve continuou a cair por dias. A voz do homem e até o som das aves desapareciam. Um dia, por volta das oito horas da

一叶小舟，穿着细毛皮衣，带着火炉，独自前往湖心亭看雪。湖面上冰花一片弥漫，天与云与山与水，浑然一体，白茫茫一片。湖上的影子，只有一道长堤的痕迹，一点湖心亭的轮廓，和我的一叶小舟，舟中的两三个人罢了。

到了湖心亭上，看见有两人铺好毡子，相对而坐，一个童子正把酒炉里的酒烧得滚沸。他们看见我，非常高兴地说："想不到在湖中还会有您这样闲情逸致的人！"于是拉着我一同饮酒。我尽力喝了三大杯酒，然后和他们道别。问他们的姓氏，得知他们是金陵人，在此地客居。等到了下船的时候，船夫喃喃地说："不要说相公您痴，还有像相公您一样痴的人啊！"

noite, vestido com casaco de couro e com uma fornalha pequena, de uma canoa, fui sozinho para a cabana no centro do lago a fim de ver a neve. O lago estava gelado. O céu, as nuvens, as montanhas e o lago estavam conectados, em branco. A sombra sobre o lago era apenas um aterro longo, um contorno da cabana, a minha canoa e duas ou três figuras humanas na canoa.

Quando cheguei à cabana, vi dois homens sentados um em frente ao outro no cobertor e um menino fervendo a aguardente numa fornalha pequena. Eles viram-me e disseram com alegria, "Não pensávamos em encontrar alguém como você aqui!" Eles convidaram-me para beber juntos. Tentei o meu melhor para beber três copos de aguardente e depois me despedi deles. Perguntei os apelidos deles e soube que eles eram de Jinling e moravam aqui como viajantes. Quando desci do barco, o barqueiro murmurou, "Não diga doido, e há pessoas que são tão doidas como você!"

练习 Exercícios

一、根据课文内容回答问题（Responda às perguntas de acordo com o texto.）

1. “独抒性灵”在《虎丘记》中的具体体现是什么？
2. 在《虎丘记》中为何韦应物、白居易被称为韦苏州、白乐天？
3. 请根据《湖心亭看雪》所描述的情景画一幅画，并进行解读。

二、把下列句子译成现代汉语（Traduza as seguintes frases para chinês moderno.）

1. 每至是日，倾城阖户，连臂而至。
2. 一夫登场，四座屏息，音若细发，响彻云际，每度一字，几尽一刻，飞鸟为之徘徊，壮士听而下泪矣。
3. 莫说相公痴，更有痴似相公者。

三、古今词义变迁（Defina os caracteres antigos e modernos.）

1. 属而和者
   古义：__________　　今义：__________
2. 竹肉相发
   古义：__________　　今义：__________
3. 余强饮三大白而别
   古义：__________　　今义：__________
4. 莫说相公痴，更有痴似相公者
   古义：__________　　今义：__________

四、一词多义（Indique os diferentes significados das palavras abaixo.）

1. 缓
   （1）一人缓板而歌 __________　　（2）缓兵之计 __________
   （3）缓其刑政 __________
2. 度
   （1）每度一字 __________　　（2）置之度外 __________
   （3）众里寻他千百度 __________　　（4）度，然后知长短 __________
3. 更
   （1）更有痴似相公者 __________　　（2）凡数更 __________
   （3）更定矣 __________

第六编

清　代

清代（1636年—1912年）是中国历代统一王朝中第二个少数民族建立的政权，是中国历史上最后一个封建王朝。清代国家版图曾非常辽阔，生活着50多个民族，其疆域的广大和民族的众多是空前的。清代前期出现过史家所称的“康（康熙）乾（乾隆）盛世”，但道光二十年（1840年）鸦片战争后，西方列强入侵，中国历史进入近代，中国社会处于激烈的转型期。一方面封闭的中国社会被迫面向世界开放，正面接触以西方为代表的现代资本主义文明，另一方面救亡图存成为晚清仁人志士的自觉选择，也成为当时的文学创作主题之一。由于外来文化的介入，清代既是中国文学样式及文化的集大成期，同时也是新的文化范式的孕育期。

Parte VI　Dinastia Qing

A dinastia Qing (1636–1912) é a segunda dinastia imperial não formada pela etnia Han na história e é também a última dinastia imperial da China. O território chinês da dinastia Qing era bastante grande, no qual viviam mais de 50 etnias. No início da dinastia Qing, durante o período de Kangxi e Qianlong foi que a prosperidade chegou ao apogeu. Essa época também é conhecida como “Kang (Kangxi) Qian(Qianlong) Sheng Shi” por historiadores. Entretanto, em 1840, com a Guerra do Ópio e as invasões estrangeiras, a sociedade chinesa entrou numa fase de transformação. Por essas razões, a sociedade na China, inicialmente fechada, transformou-se obrigatoriamente numa sociedade aberta. Além disso, as elites procuravam conscientemente medidas para salvar a nação e a sobrevivência do país foi um tema importante para a literatura da época. Nesse período, novas ideias foram introduzidas na China, a literatura da dinastia Qing não só combina estilos literários e culturas antigas, como também promove a criação do novo paradigma cultural.

第一章　文言小说

文言小说的历史可以追溯到先秦神话和历史散文，清代《聊斋志异》是古代文言小说的集大成之作，是一部文言短篇小说集。它创造了一个奇幻的狐鬼世界，也是对现实世界的投射和省视。作者描绘了许多主动追求爱情幸福的女性形象，她们被赋予狐仙花精之类非人的身份，与尖锐的现实矛盾产生一定距离，成为诗意的、幻想性的存在。

Capítulo I　Romance em Chinês Clássico

O romance em chinês clássico é originado de mitos anteriores à dinastia Qin e prosas históricas. "Contos Estranhos de Liao Zhai", escrito na dinastia Qing, é uma coleção de contos em chinês clássico com enorme sucesso. A obra cria um mundo mágico cheio de fantasmas, um reflexo do mundo real. No livro, descrevem-se imagens femininas que procuram amor e felicidade. Elas são normalmente fadas ou fantasmas, que estão fora da realidade, e são imaginárias e poéticas.

liáo zhāi zhì yì · huáng yīng (jié xuǎn)
聊斋志异·黄英（节选）

pú sōng líng
蒲松龄

扫码听录音

huáng yīng jì shì mǎ yú jiān bì kāi fēi tōng nán dì rì guò kè qí pú
黄英既适马，于间壁[1]开扉通南第，日过课其仆[2]。
mǎ chǐ yǐ qī fù héng zhǔ huáng yīng zuò nán běi jí yǐ fáng xiáo luàn ér jiā suǒ
马耻以妻富，恒嘱黄英作南北籍[3]，以防淆乱。而家所
xū huáng yīng zhé qǔ zhū nán dì bù bàn suì jiā zhōng chù lèi jiē táo jiā wù mǎ
需，黄英辄取诸南第。不半岁，家中触类皆陶家物。马
lì qiǎn rén yī yī jī huán zhī jiè wù fù qǔ wèi jiā xún yòu zá zhī fán
立遣人一一赍还[4]之，戒勿复取。未浃旬[5]，又杂之。凡

shù gēng mǎ bù shèng fán huáng yīng xiào yuē chén zhòng zǐ wú nǎi láo hū mǎ
数更，马不胜烦。黄英笑曰：“陈仲子[6]毋乃劳乎？”马
cán bù fù jī yī qiè tīng zhū huáng yīng jiū gōng pǐ liào tǔ mù dà zuò mǎ
惭，不复稽，一切听诸黄英。鸠工庀料[7]，土木大作，马
bù néng jìn jīng shù yuè lóu shè lián gèn liǎng dì jìng hé wéi yī bù fēn jiāng jiè
不能禁。经数月，楼舍连亘[8]，两第竟合为一，不分疆界
yǐ rán zūn mǎ jiào bì mén bù fù yè jú ér xiǎng yòng guò yú shì jiā mǎ bù
矣。然遵马教，闭门不复业菊，而享用过于世家。马不
zì ān yuē pú sān shí nián qīng dé wéi qīng suǒ lèi jīn shì xī rén jiān tú
自安，曰：“仆三十年清德[9]，为卿所累。今视息[10]人间，徒
yī qún dài ér shí zhēn wú yī háo zhàng fū qì yǐ rén jiē zhù fù wǒ dàn zhù
依裙带而食[11]，真无一毫丈夫气矣。人皆祝[12]富，我但祝
qióng ěr huáng yīng yuē qiè fēi tān bǐ dàn bù shǎo zhì fēng yíng suì lìng qiān zǎi
穷耳！”黄英曰：“妾非贪鄙；但不少致丰盈，遂令千载
xià rén wèi yuān míng pín jiàn gǔ bǎi shì bù néng fā jì gù liáo wèi wǒ jiā péng
下人，谓渊明[13]贫贱骨，百世不能发迹，故聊为我家彭
zé jiě cháo ěr rán pín zhě yuàn fù wéi nán fù zhě qiú pín gù yì shèn yì
泽[14]解嘲耳。然贫者愿富，为难；富者求贫，固亦甚易。
chuáng tóu jīn rèn jūn huī qù zhī qiè bù jìn yě mǎ yuē juān tā rén zhī jīn
床头金任君挥去之，妾不靳也。”马曰：“捐他人之金，
yì yì liáng chǒu yīng yuē jūn bù yuàn fù qiè yì bù néng pín yě wú yǐ xī
抑亦良丑。”英曰：“君不愿富，妾亦不能贫也。无已，析
jūn jū qīng zhě zì qīng zhuó zhě zì zhuó hé hài nǎi yú yuán zhōng zhù máo cí
君居。清者自清，浊者自浊，何害。”乃于园中筑茅茨[15]，
zé měi bì wǎng shì mǎ mǎ ān zhī rán guò shù rì kǔ niàn huáng yīng zhāo zhī
择美婢往侍马。马安之。然过数日，苦念黄英。招之，
bù kěn zhì bù dé yǐ fǎn jiù zhī gé xiǔ zhé zhì yǐ wéi cháng huáng yīng xiào
不肯至；不得已，反就之。隔宿辄至，以为常。黄英笑
yuē dōng shí xī sù lián zhě dāng bù rú shì mǎ yì zì xiào wú yǐ duì
曰：“东食西宿[16]，廉者当不如是。”马亦自笑，无以对，
suì fù hé jū rú chū
遂复合居如初。

……

táo zì guī jiě zhuāng kè yì dà xiū tíng yuán wéi rì yǔ mǎ gòng qí jiǔ
陶自归，解装课役，大修亭园，惟日与马共棋酒，
gèng bù fù jié yī kè wèi zhī zé hūn cí bù yuàn zǐ qiǎn èr bì shì qí qǐn chù
更不复结一客。为之择婚，辞不愿。姊遣二婢侍其寝处，

jū sān sì nián shēng yī nǚ táo yǐn sù háo cóng bù jiàn qí chén zuì yǒu yǒu rén

居三四年，生一女。陶饮素豪[17]，从不见其沉醉。有友人

zēng shēng liàng yì wú duì shì guò mǎ mǎ shǐ yǔ táo xiāng jiào yǐn èr rén zòng yǐn

曾生，量亦无对。适过马，马使与陶相较饮。二人纵饮

shèn huān xiāng dé hèn wǎn zì chén yǐ qì sì lòu jì gè jìn bǎi hú zēng làn zuì

甚欢，相得恨晚。自辰以迄四漏[18]，计各尽百壶。曾烂醉

rú ní chén shuì zuò jiān táo qǐ guī qǐn chū mén jiàn jú qí yù shān qīng dǎo

如泥，沉睡座间。陶起归寝，出门践菊畦，玉山倾倒[19]，

wěi yī yú cè jí dì huà wéi jú gāo rú rén huā shí yú duǒ jiē dà yú quán

委衣于侧，即地化为菊，高如人；花十馀朵，皆大于拳。

mǎ hài jué gào huáng yīng yīng jí wǎng bá zhì dì shàng yuē hú zuì zhì cǐ

马骇绝，告黄英。英急往，拔置地上，曰：“胡醉至此！”

fù yǐ yī yào mǎ jù qù jiè wù shì jì míng ér wǎng zé táo wò qí biān mǎ

覆以衣，要马俱去，戒勿视。既明而往，则陶卧畦边。马

nǎi wù zǐ dì jú jīng yě yì ài jìng zhī ér táo zì lù jì yǐn yì fàng héng zì

乃悟姊弟菊精也，益爱敬之。而陶自露迹，饮益放，恒自

zhé jiǎn zhāo zēng yīn yǔ mò nì zhí huā zhāo zēng nǎi zào fǎng yǐ liǎng pú yú

折柬招曾，因与莫逆。值花朝[20]，曾乃造访，以两仆舁

yào jìn bái jiǔ yī tán yuē yǔ gòng jìn tán jiāng jié èr rén yóu wèi shèn zuì mǎ

药浸白酒一坛，约与共尽。坛将竭，二人犹未甚醉。马

qián yǐ yī chī xù rù zhī èr rén yòu jìn zhī zēng zuì yǐ bèi zhū pú fù zhī

潜以一瓻[21]续入之，二人又尽之。曾醉已惫，诸仆负之

yǐ qù táo wò dì yòu huà wéi jú mǎ jiàn guàn bù jīng rú fǎ bá zhī shǒu qí

以去。陶卧地，又化为菊。马见惯不惊，如法拔之，守其

páng yǐ guān qí biàn jiǔ zhī yè yì qiáo cuì dà jù shǐ gào huáng yīng yīng wén

旁以观其变。久之，叶益憔悴。大惧，始告黄英。英闻

hài yuē shā wú dì yǐ bēn shì zhī gēn zhū yǐ kū tòng jué qiā qí gěng mái

骇曰：“杀吾弟矣！”奔视之，根株已枯。痛绝，掐其梗，埋

pén zhōng xié rù guī zhōng rì guàn gài zhī mǎ huǐ hèn yù jué shèn yuàn zēng yuè

盆中，携入闺中，日灌溉之。马悔恨欲绝，甚怨曾。越

shù rì wén zēng yǐ zuì sǐ yǐ

数日，闻曾已醉死矣。

pén zhōng huā jiàn méng jiǔ yuè jì kāi duǎn gàn fěn duǒ xiù zhī yǒu jiǔ xiāng

盆中花渐萌[22]，九月既开，短干粉朵，嗅之有酒香，

míng zhī zuì táo jiāo yǐ jiǔ zé mào hòu nǚ zhǎng chéng jià yú shì jiā huáng yīng

名之“醉陶”，浇以酒则茂。后女长成，嫁于世家。黄英

zhōng lǎo yì wú tā yì

终老，亦无他异。

解题

蒲松龄（1640年—1715年）早岁有文名，屡试不第，中年时曾做幕宾数年，后居乡授徒自给。以二十年左右时间写成短篇小说集《聊斋志异》，托笔于虚幻想象，藉谈狐说鬼以讽喻当时社会现实。本文讲述了一个传奇性的故事，讲述菊花化身的黄英姐弟与人间男子结缘，于人间生活的故事。本文赋予他们高洁的品质，也是中国文化中以菊花拟人的一种做法。文中对黄英性格的刻画，对陶弟醉后化菊的描写，生动形象，如在目前。

Comentário

Pu Songling (1640–1715) , apesar de ter sido conhecido por talento na escrita quando jovem, não obteve muito sucesso nos exames oficiais. Ele foi conselheiro na meia-idade e dedicou-se ao ensino como professor particular no resto da vida. Pu Songling escreveu uma coleção de contos “Contos Estranhos de Liao Zhai” cerca de 20 anos. A Obra cria um mundo mágico cheio de fantasmas, falando de fantasmas e fadas para criticar a realidade social da época. O texto apresentado conta a história da vida das fadas de crisântemo, Huangying e o seu irmão, com Ma Zicai, dando-lhes qualidades nobres. A descrição das características de Huangying e a descrição de imagem em que o seu irmão se torna em crisântemo depois de ser bêbado são vivas.

注释

①**间壁**：一本作“壁间”。

②**课仆**：督促仆人。

③**作南北籍**：把南北两第的财物分别登记在簿册上。

④**赍（jī）还**：送还。

⑤**浃（jiā）旬**：十日。古代以干支纪日，称自甲至癸一周十日为浃日或浃旬。浃，周匝。

⑥**陈仲子**：战国时齐国人，其兄陈戴是齐国的大官。据说，他因耻食“不义之食”，与兄分居。一次误吃了人家送其兄的鹅肉，他知道以后，又吐了出来；由于饿得厉害，就爬到井上吃虫

Notas

①**间壁**: Em outra versão escreve-se “壁间”.

②**课仆**: Mandar os empregados.

③**作南北籍**: Registrar separadamente os bens do norte e do sul da casa.

④**赍（jī）还**: A pronúncia é igual a “jī”, devolver.

⑤**浃（jiā）旬**: Nos tempos antigos, Gan Zhi, um sitema numérico cíclico, era usado para registrar o tempo. Havia dez dias numa semana e os dez dias eram numerados, respetivamente, desde “甲 (jiǎ)” até “癸 (kuǐ)”. 浃: A pronúncia é igual a “jiā”, um círculo.

⑥**陈仲子**: Uma pessoa do reino de Qi no período de Reinos Combatentes. O irmão de Chen Zhong Zi é um alto funcionário do reino de Qi. Diz-se que ele separou-se do irmão por ter vergonha de comer “comida indevida”. Uma certa vez, comeu, por coincidência, a carne de ganso oferecida pelo irmão, quando soube de fato o que era, vomitou a comida. No entanto, como estava com

蛀过的李子。孟子曾认为陈仲子的行为矫揉做作。这里黄英用来作比，含有讥讽之意。

⑦**鸠工庀（pǐ）料**：做好人工和物料的准备。鸠，聚集。庀，储备。

⑧**连亘**：连贯。

⑨**清德**：清廉自守的德行。

⑩**视息**：眼睛看，鼻子呼吸。指生存。视，看。息，呼吸。

⑪**徒依裙带而食**：依靠女人吃饭、生活。裙带，指妇女。

⑫**祝**：祈求。

⑬**渊明**：晋代诗人陶潜的号。

⑭**我家彭泽**：陶渊明曾为彭泽县令，后辞官归隐，家贫，性爱菊。黄英也姓陶，故曰“我家彭泽”。

⑮**茅茨（cí）**：茅屋。茨，芦苇、茅草盖的屋顶。

⑯**东食西宿**：《艺文类聚》卷四十引《风俗通》，谓齐人有女，二人求之。一人丑而富，一人美而贫。父母疑而不决，问其女。女曰：“欲东家食，西家宿。”黄英借用这个故事，取笑马生既要“廉洁”之名，又贪“享受”之实。

⑰**豪**：豪放。此指豪饮。

⑱**自辰以迄四漏**：从上午辰时一直到夜里四更。迄，至。

⑲**玉山倾倒**：《世说新语·容止》中提到嵇康为人傲然若孤松独

fome, comeu, por fim, uma ameixa podre. O seu ato foi considerado melodramático por Mengzi. Na história, Huang Ying compara-o com Ma para demonstrar ironia.

⑦**鸠工庀（pǐ）料**: Preparar-se bem com os recursos humanos e materiais. 鸠: Reunir. 庀: Reservar.

⑧**连亘**: Coerência.

⑨**清德**: Honestidade e autocontrole.

⑩**视息**: Ver com olhos e respirar com nariz, no texto, a expressão significa “viver”. 视: Ver. 息: Respirar.

⑪**徒依裙带而食**: Contar com uma mulher para viver. 裙带: Mulher.

⑫**祝**: Pedir.

⑬**渊明**: Nome de arte de Tao Qian, o grande poeta da dinastia Jin.

⑭**我家彭泽**: Tao Yuanming foi magistrado de Pengze. Depois da renúncia, ela tornou-se ermitão e vivia no campo. Tao era muito pobre e adorava crisântemo. Uma vez que Huang Ying tinha também o apelido “Tao”, ela chamou-o “Wo Jia Peng Ze”(Peng Ze da minha família)

⑮**茅茨（cí）**: Cabana. 茨: Telhado feito por cana e mata densa .

⑯**东食西宿**: Segundo Feng Su Tong, a introdução do volume 40 do livro “Yi Wen Lei Ju”, uma família do reino de Qi tinha uma filha e dois homens queriam namorar com ela. Um deles era feio e rico, o outro era bonito e pobre, os pais dela estavam hesitantes e, por isso, perguntou à sua filha. A filha disse: “Queria comer na casa de um e dormir na casa de outro.” Huang Ying aproveitou o conto para gozar com a cara de Ma, porque Ma Sheng não procurava apenas a reputação de “integridade”, assim como queria “desfrutar dos bens”.

⑰**豪**: Bravo. No texto, o termo signfica “beber muito”.

⑱**自辰以迄四漏**: Desde Chen da manhã até Si Geng da noite.(Chen e Si Geng são indicações de tempo na antiguidade). 迄: Até.

⑲**玉山倾倒**: A expressão vem da obra Um Novo Conto dos Contos do Mundo·Rong Zhi. Diz-se que Ji Kang é uma pessoa extraordinária e é como um pinheiro alto e reto; quando ele está bêbado, parece uma montanha de

立，酒醉时“若玉山之将崩”，后遂以“玉山倾倒”形容醉倒。

⑳**花朝**：古人以农历二月十二日（一说十五日）为百花生日，称“花朝”。

㉑**瓻（chī）**：古时盛酒用具。

㉒**萌（méng）**：发芽。

jade que está a cair. Por isso, usa-se “玉山倾倒”para indicar estar bêbado.

⑳**花朝**: Tradicionalmente, é celebrado no décimo segundo dia (na outra versão, diz-se décimo quinto) do segundo mês lunar o aniversário de flores, “Hua Zhao”.

㉑**瓻（chī）**: Objeto antigo para depósito de vinho.

㉒**萌（méng）**: Brotar.

扫码听录音

译文

黄英嫁给马子才以后，在墙壁上开了个便门通南宅，每天过去督促仆人做活。马子才觉得依靠妻子的财富生活不光彩，常嘱咐黄英为南北宅子各立帐目，以防混淆。然而家中所需要的东西，黄英总是从南宅拿来使用。不过半年，家中所有的便全都是从陶家拿来的物品了。马子才立刻派人一件一件送回去，并且告诫仆人，不要再拿南宅的东西过来。可不到十天，又混杂了。这样拿来送去好几次，马子才烦恼得很。黄英笑着说：“你如此追求廉洁，不觉太劳心吗？”马子才感到惭愧，便不再过问，一切听黄英的。黄英于是召集工匠，置备建筑材料，大兴土木。马子才制止不住，只几个月，楼舍连成一片，两座宅子合成一体，再也分不出界线了。但黄英也听从了马子才的意见，关起门不再培育、售卖菊花，生活享用却超过

Tradução

Após Huangying se casar com Ma, ela abriu uma porta na parede da casa do Sul, assim por lá, poderia supervisionar o trabalho dos empregados domésticos. Ma sentiu-se envergonhado por depender da riqueza da esposa, por isso, sugeriu-lhe a separação das contas da casa do Norte e da casa do Sul, evitando causar confusões. Entretanto, quando precisava de algo Huangying trazia sempre objetos da casa do sul. Menos de seis meses, a casa de Ma estava cheia dos objetos que pertenciam à casa da esposa. Quando se deu conta desse fato, Ma mandou os empregados devolverem os objetos e os proibiu de levarem os objetos à casa do sul. No entanto, após menos de 10 dias, objetos do sul reapareceram na casa de Ma. O assunto repetiu-se várias vezes. Ma ficou muito aborrecido. Huangying riu e disse: “ainda acha que tudo isso vem de um trabalho que não vale a pena fazer?” Ma, envergonhado, não insistiu mais no assunto, deixando Huangying a gerir todos os assuntos da família. Ela reuniu trabalhadores e preparou os materiais necessários para fazer melhoramentos nas casas. Alguns meses depois, pavilhões e corredores foram conectados às residências do norte e do sul integraram-se como uma só e não havia nenhum limite entre as duas partes. Ao mesmo tempo, Huangying aceitou a sugestão de Ma, fechando os seus negócios e

了富贵大家。马子才心里不安，说："我清廉自守三十年，被你牵连了。如今生活在世上，靠老婆吃饭真是没有一点男子汉大丈夫的气概，别人都祈祷富有，我却祈求咱们快贫穷吧！"黄英说："我不是贪婪卑鄙的人，只是没有点财富，会让后代人说爱菊花的陶渊明是穷骨头，世世代代也不能发迹，所以才给我们的陶公争这口气。但由穷变富很难，由富变穷容易得很。床头的金钱任凭你挥霍，我决不吝惜。"马子才说："花费别人的钱财也是很丢人的。"黄英说："你不愿意富，我又不能穷，没有别的办法，只好同你分开住。这样清白的自然清白，污浊的自然污浊，对谁也没有妨害。"黄英就在园子里盖了间茅草屋让马子才住，选了个漂亮的奴婢去侍候他，马子才住得很安心。可是过了几天，就苦苦想念黄英，派人去叫她，她不肯来，马子才没有办法只好回去找她。隔一宿去一趟，习以为常了。黄英笑着说："你东边吃饭西边睡觉，清廉的人不应当是这样的。"马子才自已也笑了，没法回答，只得又搬回来，同当初一样住到一块了。

……

陶生回来以后，放下行李就

já não cultivava e vendia crisântemo. Todavia a despesa diária dela era mais do que a das famílias aristocráticas. Perante tal fato, Ma ficou muito preocupado e disse-lhe: “Vivi a vida pobre e pura por trinta anos, porém a vida sofreu grandes mudanças por causa de ti. Agora, a minha boa vida conta com a tua ajuda, não há um sopro de masculinidade em mim. Todo o mundo deseja ser rico, mas para mim, gostaria de ser mais pobre!” E de pronto, respondeu-lhe Huangying: “Não sou cobiçosa. Mas se não fizesse tudo o que pudesse para ser rica, então as pessoas teriam a ideia de que o nosso antepassado, Tao Yuanming, era pobre e não teria capacidade de ganhar dinheiro. Foi por isso que fiz tudo isto. É difícil ficar cada vez mais rica, ao contrário, é fácil ser ainda mais pobre. Pode usar o dinheiro que está na cabeceira da cama como quiser, não vou dizer nada.” E Ma respondeu a ela: “É uma vergonha gastar dinheiro de outrem.” Então Huangying retrucou: “Você não quer ser rico, mas eu não queria ser pobre. Temos de viver separadamente: pode se manter puro, e eu continuo a ser rica – não há mal para nós mesmos.” Em seguida, Huangying mandou construir uma cabana de palha para Ma e escolheu criadas mais belas para o servir. Ma ficou muito satisfeito com tudo isto. No entanto, depois de alguns dias, ele começou a sentir a falta dela e a pediu para voltar a ficar ao seu lado. Huangying não queria vir, então, Ma tinha de ir lá para a encontrar. Desde então, Ma ia lá de dois em dois dias. Perante seu ato, Huangying sorriu e comentou: “comes em uma casa e dormes em outra, não é exatamente o comportamento de um indivíduo puro.” As palavras dela também fizeram Ma sorrir, já que ele não encontrou uma resposta; assim ele decidiu morar novamente na casa de Huangying.

[...]

Ao voltar a casa, depois de deixar as malas, Tao

指挥仆人大修亭园。每天只同马子才一块下棋饮酒，再也没有结交任何朋友。马子才要为他娶妻，陶生推辞不愿意。黄英就派了两个婢女服侍他起居，过了三四年生了一个女孩。陶生一向很能饮酒，从来没有见他喝醉。马子才有个朋友曾生，酒量也大得没有对手。有一天曾生来到马家，马子才就让他和陶生较量酒量，两个人纵情痛饮，喝得非常痛快，只恨认识太晚。从辰时一直喝到夜里四更天，每人各喝了一百壶，曾生喝得烂醉如泥，沉睡在座位上。陶生起身回房去睡，刚出门踩到菊畦上，一个跟头摔倒，衣服散落一旁，身子立即变成了一株菊花，有一人那么高，开着十几朵花，朵朵都比拳头大。马子才吓坏了，忙去告诉黄英。黄英急忙赶到菊畦。拔出那株菊花放在地上说："怎么醉成这样了！"她把衣服盖在那株菊花上，让马子才和她一块回去，告诉他不要再来看。天亮以后，马子才和黄英一道来到菊畦，见陶生睡在一旁，马子才这才知道陶家姐弟都是菊精，于是更加敬爱他们。陶生自从暴露身份以后，饮酒更加豪放，常常亲自写请柬叫曾生来，两人结为莫逆之交。花朝节时，曾生带着

Sheng mandou os empregados construir novamente pavilhões no jardim. Tao Sheng passou seus dias bebendo e jogando xadrez chinês com Ma, não fazia amigos. Ma queria ajudar Tao Sheng a escolher uma mulher para casar, no entanto, Tao Sheng recusou. Então, Huangying mandou duas criadas para o servir no quarto. Três ou quatro anos depois, uma das criadas deu à luz uma filha. Tao Sheng adorava beber vinho e bebia frequentemente, porém nunca ficava bêbado. Ma tinha um amigo chamado Zeng Sheng, tal como Tao Sheng, Zeng Sheng também era muito competente em beber vinho. Um dia, Zeng Sheng visitou Ma e Ma propôs uma competição, entre Tao Sheng e Zeng Sheng, para ver quem poderia beber mais. Zeng Sheng e Tao Sheng beberam muito, ficaram muito satisfeitos e lamentavam não terem se conhecido antes. Eles beberam da manhã até à noite, bebendo cada um cem potes de vinho. Zeng Sheng ficou completamente bêbado, adormecendo na cadeira. Tao Sheng levantou-se e dirigiu-se para o seu quarto, contudo, quando saiu, pisou na cama de crisântemo e lá escorregou, transformando-se num crisântemo. O crisântemo tinha a altura de um homem e mais de dez flores grandes. Ma, espantado, contou a Huangying o que acontecera. Ela correu para lá, puxou o crisântemo gigante e o colocou no chão, exclamando: "Por que ele está bêbado como um cacho?" Depois, cobriu-o com a roupa e pediu Ma a sair com ela e não voltar. De manhã, eles regressaram à cama de crisântemo. Tao Sheng estava lá, dormindo. Ma percebeu, finalmente, que o irmão e a irmã, ou seja, Tao Sheng e Huangying, eram fadas de crisântemo. Por isso., ele tratou-os com mais respeito. Desde que Ma descobriu a verdade, Tao Sheng bebia com mais frequência, convidando sempre Zeng Sheng para a sua casa. Assim, eles tornaram-se amigos inseparáveis.

No Festival das Fadas das Flores, Zeng Sheng veio

两个仆人，抬着一坛用药浸过的白酒来拜访陶生，约定两人一块把它喝完。一坛酒快喝完了，两人还没多少醉意，马子才又偷偷地拿了一瓶酒倒入坛中。两人喝光后，曾生醉得不醒人事，两个仆人把他背回去了。陶生躺在地上，又变成了菊花。马子才见得多了也不惊慌，就用黄英的办法把他拔出来，守在旁边观察他的变化。待了很长时间，见花叶越来越枯萎，马子才非常害怕，这才去告诉黄英。黄英听了十分吃惊，说："你杀了我弟弟了！"急忙跑去看那菊花，根株已经干枯了。黄英悲痛欲绝，掐了它的梗，埋在盆中，带回自已房里，每天浇灌它。马子才悔恨欲绝，十分怨恨曾生。过了几天，听说曾生已经醉死了。

盆中的花梗渐渐萌发，九月就开了花，枝干很短，花是粉色的。嗅起来有酒香，起名叫"醉陶"。用酒浇它，就长得更茂盛。后来陶生的女儿长大成人，嫁给了官宦世家。黄英一直到老，也没有什么异常的事情。

com dois empregados, carregando uma grande jarra de vinho com infusão de ervas para visitar Tao Sheng. Ele combinou com Tao acabar com o vinho. Ainda quando a jarra estava quase vazia, os dois homens ainda tinham consciência clara. Então, Ma pôs mais um pouco de vinho na jarra. Quando os dois acabaram com todo o vinho, Zeng Sheng ficou bêbado e os seus empregados o levaram para casa. Tao Sheng deitou-se no chão e transformou-se novamente num crisântemo. Ma, acostumado à situação, não ficou surpreso e repetiu o que Huangying tinha feito, puxando a flor gigante no chão e observando a sua mudança. Entretanto, com o passar do tempo, a flor ficou cada vez mais murcha, então, Ma ficou com medo e contou a Huangying. Quando ela ouviu o fato, gritou: "Tu mataste o meu irmão!" Eles correram para lá, mas, infelizmente, as raízes e o caule da flor estavam secos. Huangying ficou extremamente triste, agarrando a flor pelo caule, colocando-a em um vaso, cobrindo-a com terra e a regando diariamente. Ma lamentou muito por o que fez e culpou Zeng Sheng por este erro. Depois de alguns dias, dizia-se que Zeng Sheng morreu por beber demais.

A flor crescia gradualmente no vaso e floresceu em setembro. Logo depois, produziu flores cor-de-rosa com perfume de vinho. Por esta razão, a flor foi chamada "Zui Tao (Tao embriagado)". Quando se regava com vinho, crescia ainda mais rápido. Depois que a filha de Tao Sheng cresceu, ela casou com um homem da família poderosa. Huangying passou os anos restantes lá sem ocorrerem assuntos estranhos ao seu redor.

练习 Exercícios

一、根据课文内容回答问题（Responda às perguntas de acordo com o texto.）

1. 作者为什么会安排小说中菊花化身的姐弟姓陶？
2. 简要概括小说中男主角马子才的个性特点。

二、把下列词语和句子译成现代汉语（Traduza as frases abaixo para o chinês moderno.）

1. 马耻以妻富，恒嘱黄英作南北籍，以防淆乱。
2. 清者自清，浊者自浊，何害。
3. 玉山倾倒

三、古今词义变迁（Defina os caracteres antigos e modernos.）

1. 黄英既适马

   古义：________________ 今义：________________

2. 课其仆

   古义：________________ 今义：________________

第二章　晚清诗歌

清代诗歌的数量超过了以往历代流存下来的诗歌的总和，其中流派迭出，风格多样，是中国古代诗歌的集大成期。清代后期出现了主张“我手写我口”的“新派诗”，使用旧体诗的形式，但引进新名词，反映新的文化知识，成为旧体诗到新体诗之间的一种过渡。清代后期，动荡危机的时事激起仁人志士忧时愤世的心情，从林则徐到秋瑾，都留下了大量纪实抒愤的诗篇，反映了当时的时代心声。

Capítulo II　Poemas no Final da Dinastia Qing

Os poemas produzidos no final da dinastia Qing estão em uma quantidade muito maior do que anteriormente e contém estilos bastante variados. Nesse período, surgiu “Xinpai Shi”, que procura “escrever o que diz”, mantendo a forma da poesia clássica. Contudo introduz termos novos, refletindo novos conhecimentos e nova cultura. Esse período é considerado a etapa de transição entre o estilo poético clássico e o estilo poético novo. No final da dinastia Qing, a sociedade sofreu muitas agitações, o que provocou preocupação e irritação das pessoas com ideais grandiosos. Desde Lin Zexu até Qiu Jin, foram criadas muitas poesias para descrever a realidade e expressar sua irritação.

huáng hǎi zhōu zhōng rì rén suǒ jù bìng jiàn rì é zhàn zhēng dì tú
黄海舟中日人索句①并见日俄战争地图②

qiū jǐn
秋瑾

扫码听录音

wàn lǐ chéng fēng qù fù lái zhī shēn dōng hǎi xié chūn léi
万里乘风③去复来④，只身东海⑤挟春雷⑥。

rěn kàn tú huà yí yán sè kěn shǐ jiāng shān fù jié huī
忍看⑦图画⑧移颜色⑨，肯使⑩江山付劫灰⑪。

zhuó jiǔ bù xiāo yōu guó lèi jiù shí yīng zhàng chū qún cái
浊酒不销忧国泪⑫，救时⑬应仗⑭出群才⑮。

pīn jiāng shí wàn tóu lú xuè xū bǎ qián kūn lì wǎn huí
拼将⑯十万⑰头颅血，须把乾坤⑱力挽回。

解题

秋瑾（1875年—1907年），字竞雄，别号鉴湖女侠，会稽（今浙江省绍兴市）人。庚子事变以后，她目睹清朝廷腐败，国家危机深重，为寻革命道路，于1904年东渡日本留学，次年参加孙中山领导的同盟会。1906年回国后，奔走各地，主办女学，提倡女权，积极参加革命活动。1904年，日本与俄罗斯为重新分割朝鲜和中国东北进行了日俄战争，战场主要在中国东北境内，对此清王朝却宣布“中立”，听人宰割。此诗是作者再次东渡日本时于舟中所作，表现了忧国救时的思想情感和抱负。

Comentário

Qiu Jin (1875–1907), cujo nome de cortesia é Jingxiong é conhecida como heroína de Jianhu. Ela nasceu em Kuai Ji (atual Cidade de Shaoxing, província de Zhejiang). Depois do evento“Gengzi Shibian”(Guerra dos boxers), tendo em conta a corrupção do governo e crises da nação, ela mudou-se para o Japão e estudou lá a fim de buscar o caminho de revolução. No ano seguinte, participou na Liga Chinesa Unida, liderada por Sun Zhongshan. Em 1906, Qiu regressou à China, lutou pelos direitos das mulheres e participou ativamente nas atividades revolucionárias. Em 1904, ocorreu a guerra travada entre o Japão e a Rússia para dividir novamente a Coreia e o Nordeste da China, todavia o governo chinês não fez nenhuma reclamação. A poesia foi escrita durante a sua viagem para o Japão, expressando a sua preocupação pelo país e a vontade de salvar a nação.

注释

①**日人索句**：日本友人讨取诗句。

②**日俄战争地图**：光绪三十年（1904年），日、俄帝国主义因争夺中国东北，在中国领土上开战，沙俄战败，与日本签订《朴茨茅斯和约》，重新瓜分中国东北。

③**乘风**：即乘风而行的意思。

④**去复来**：往返来去。指往返于祖国与日本之间。秋瑾光绪三十年（1904年）仲夏东渡，次年春回国；是年六月再次赴日，同年十二月返国。

⑤**只身东海**：指单身乘船渡海。

⑥**挟春雷**：形容胸怀革命理想，为使祖国获得新生而奔走。春

Notas

①**日人索句**：Os japoneses pediram os poemas chineses.

②**日俄战争地图**：Em 1904, realizou-se a Guerra travada entre o Japão e a Rússia na China, visando dividir o nordeste da China. A Rússia falhou e assinou O Tratado de Portsmouth com o Japão, depois, os dois países conquistaram e dividiram o território Nordeste da China.

③**乘风**：Cavalgar ao vento.

④**去复来**：Ida e volta. No texto, refere-se à viagem entre a China e o Japão. Em 1904, Qiu Jin foi ao Japão no verão e regressou à China na primavera no ano seguinte. Em 1905, ela foi, novamente, ao Japão, em junho, e regressou em dezembro.

⑤**只身东海**：Ir de barco sozinho.

⑥**挟春雷**：Com ideais revolucionários, esforçar-se pelo renascimento do país. 春雷：O travão da primavera

雷，春天的雷声可使万物苏醒，故此处有唤醒民众之意。

⑦**忍看：**反诘之词，"怎忍看"的省略。

⑧**图画：**地图。

⑨**移颜色：**即指中国的领土变成日本的领土。日俄战争后，俄国将对中国旅顺、大连湾的租借权让给日本。移，改变。颜色，地图上为辨认方便，把各国都涂上不同的颜色。

⑩**肯使：**"岂肯使"的省略。

⑪**劫灰：**遭到劫掠之后的灰烬，佛家语。此处指遭到瓜分惨祸。

⑫**浊酒不销忧国泪：**言其忧国忧民的愁苦之深。销，消除。

⑬**救时：**挽救时局命运。

⑭**仗：**依靠。

⑮**出群才：**指杰出的人才，出类拔萃的人物。出群，犹超群。

⑯**拚将：**舍弃。将，语助词。

⑰**十万：**泛言极多。

⑱**乾坤：**天地，此指中国危亡的局势。

pode despertar toda a gente. Por isso, no texto, a expressão significa despertar o povo.

⑦**忍看：**O termo tem sentido irónico e é a omissão de "怎忍看".

⑧**图画：**Mapa.

⑨**移颜色：**Indica que o território da China acaba por ser ocupado pelo Japão. Depois da Guerra Russo-japonesa, a Rússia cedeu o direito de arrendamento de Luyshun e Dalian Wan da China ao Japão. 移: Mudar. 颜色: Os países são pintados com cores diferentes no mapa.

⑩**肯使：**Omissão de "岂肯使".

⑪**劫灰：**Termo budista, indica cinza existente depois de conquistas. No texto, refere-se à tragédia de ser dividido.

⑫**浊酒不销忧国泪：**Grande tristeza e preocupação pelo destino do país e do povo. 销: Eliminar.

⑬**救时：**Salvar o país.

⑭**仗：**Depender de.

⑮**出群才：**Elites. 出群: Extraordinário.

⑯**拚将：**Deixar. 将: Palavra auxiliar.

⑰**十万：**Muito.

⑱**乾坤：**O sentido original é mundo, no texto, refere-se à situação perigosa da China.

译文

千万里的远途我像腾云驾雾一样去了又回，我独自一人穿越东海往返心怀革命理想。

不忍心看到地图上祖国的领土变成别国的颜色，怎能让锦绣江山被侵略者的炮火化成飞灰。

那浊酒哪能排解我忧心国事所洒的热泪，国家的救亡图存依靠的是大家群策群力。

就算是需要极多的将士抛头颅洒热血，也必须把这祖国危亡的局势拼力挽回。

扫码听录音

Tradução

Eu navego dez mil milhas, para casa e estou de volta. E atravesso sozinha o Mar Leste com trovão da primavera.

Fico triste quando a nossa terra se tornou no território de outros. Como é possível deixar a nossa terra arrasada?

Nenhuma bebida poderia parar minhas lágrimas e afogar minha tristeza. Para salvar a China, devemos confiar na sabedoria coletiva.

Derramaria o sangue de cem mil e mais, para manter nosso país inteiro.

练习 Exercícios

一、根据课文内容回答问题（Responda às perguntas de acordo com o texto.）

1. “浊酒不销忧国泪”句中，为何作者会流泪？

2. 作者所言“须把乾坤力挽回”最终成功了吗？

二、把下列词语译成现代汉语（Traduza as seguintes expressões para chinês moderno.）

1. 挟春雷

2. 救时

3. 出群才

三、古今词义变迁（Defina os caracteres antigos e modernos.）

1. 忍看图画移颜色

古义：______________________ 今义：______________________

2. 救时应仗出群才

古义：______________________ 今义：______________________

练习参考答案

（Soluções）

第一编　先秦两汉时期

第一章　神话故事

一、略

二、1. 把泥土揉成圆形

2. 空闲

3. 于是（女娲）就负责安排两性婚配

4. 追赶到太阳落下的地方

5. 在半路上渴死了

6. 桃林

三、

1. 古义：工作十分繁重	今义：指剧团里有关排演、演出的各种事务
2. 古义：于是	今义：因为
3. 古义：安排	今义：放，摆，搁
4. 古义：跑	今义：行走，步行
5. 古义：特指黄河	今义：水道的通称

第二章　寓言故事

一、略

二、1. 什么都不能刺穿的盾与什么都能刺穿的矛，不可能同时存在。

2. 那个丑女人只知道皱着眉头好看，却不知道皱着眉头好看的原因。

3. 不知是庄周梦中变成蝴蝶呢，还是蝴蝶梦中变成庄周呢？

三、

1. 古义：有人	今义：也许，有时，表示不定的词
2. 古义：用在句首，引发议论	今义：成年男子
3. 古义：妻子和孩子	今义：指男女结婚后，对女方的称谓
4. 古义：跑	今义：行走，步行

四、1.（1）代词，代“盾”

（2）用在主语和谓语中间，取消句子的独立性，使这个句子成为一个词组，作为全句的一部分，不译

（3）放在定语和中心语之间，相当于“的”

2.（1）坚硬，坚固　（2）紧紧的

3.（1）语气助词，相当于“呢”（2）和

4.（1）连接前后两部分，前一部分是后一部分的状语，表示动作发生的原因、目的、方式、时间等。
（2）表示顺接，相当于“然后”“于是”“就”。
（3）表示转折，相当于“但是”“可是”“却”。

第三章 《论语》八则

一、略
二、1. 生气，发怒
2. 原意是指人在三十岁前后建立自己人生稳定的价值观，做事做人的原则，如孔子三十立于礼。现多指人在三十岁前后有所成就。
3. 白天睡觉
4. 文饰超过了质朴就会显得虚浮。
5. 选择他的优点向他学习。
6. 过于性急图快，反而不能达到目的。
7. 君子在人际交往中能够与他人保持一种和谐友善的关系，但在对具体问题的看法上却不必苟同于对方。
8. 自己不愿意的，不要强加给别人。
三、1. 说：通“悦”，愉快。
2. 有：通“又”，古人在两位数的整数和零数之间常常加“有”字。
3. 与：同“欤”，用在句中或句尾，有舒缓语气或提顿的作用。
四、1. 不亦乐乎：略
2. 三十而立（而立之年）：略
四十不惑（不惑之年）：略
知命之年：略
耳顺之年：略
从心之年：略
3. 朽木不可雕（朽木不雕）：略
4. 文质彬彬：略
5. 择善而从：略
6. 欲速不达：略
7. 和而不同：略
8. 己所不欲，勿施于人：略

第四章 《孟子》二章

一、略

二、1. 方圆三里的内城
2. 划定的边疆界线
3. 忧患使人生存发展
4. 使百姓定居下来不能靠疆域的界限，巩固国防不能靠山河的险要，震慑天下不能靠武器的锐利。
5. 凭着天下人都归顺他的条件，去攻打那连兄弟骨肉都背叛他的寡助之君，所以能行仁政的君主不战则已，战则必胜。
6. 一个国家，在国内没有坚守法度的大臣和足以辅佐君王的贤士，在国外没有实力相当、足以与之抗衡的国家和来自国外的祸患，这样的国家就常常会走向灭亡。

三、1. C　2. C　3. A　4. D　5. D　6. D

第五章　《老子》八则

一、略

二、1. 最高境界的善就好像水一样，水善于滋润万物而不与万物相争。
2. 踮脚而立的人反而站立不稳。比喻不踏实工作的人站不住脚。
3. 大的器物要经过长时间的加工才能做成。比喻能成大事的人要经过长期的锻炼，所以成就较晚。

三、1. 古义：接近，靠近　　今义：询问数量多少的疑问词；表示不定的数目
2. 古义：踮脚站　　今义：盼望
3. 古义：最大的形象　　今义：动物名，即象

四、1. 上善若水：略
2. 自知之明：略
3. 大器晚成：略
4. 千里之行，始于足下：略

第六章　烛之武退秦师

一、1. 已：同“矣”，语气词，了。
2. 共：通“供”，供给。
3. 厌：通“餍（yàn）”，满足。
4. 说：通“悦”，喜悦，悦服。
5. 知：通“智”，明智。

二、1. 如果灭掉郑国对您有好处，怎敢拿这件事情来麻烦您。
2. 如果您放弃围攻郑国，把它当做东方道路上接待过客的主人，出使的人来来往往，郑国可以随时给他们提供缺少的东西，对您也没有什么害处。

3. 现在它既然以郑国作为东边的疆界，又想往西扩大边界。如果不损害秦国的利益，它到哪里去夺取土地呢？
4. 依靠别人的力量而又反过来损害他的利益，这是不仁义的；失掉自己的同盟国，这是不明智的；用混乱相攻取代联合一致，这是不符合武德的。

三、1. 古义：从属二主，动词　　今义："二"的大写，数词
2. 古义：东方道路上的主人　　今义：泛指设宴请客的主人
3. 古义：使者，出使的人　　今义：指外出之人随身携带的物品
4. 古义：那个人　　今义：尊称一般人的妻子
5. 古义：离开　　今义：往，到

第七章　报任安书

一、略

二、1. 卓越豪迈，才华不凡，不受约束的样子。
2. 抒发愤懑。
3. 想到未来，意思是让后世了解自己的思想。
4. 起草稿。
5.《诗》三百篇，大都是一些圣贤们抒发愤懑而写作的。
6. 也是想探求天道与人事之间的关系，贯通古往今来变化的脉络，成就一派学说。

三、1. 摩：通"磨"，拭去。
2. 底：通"抵"，大都，大多。
3. 见：通"现"，表现。
4. 失：通"佚"，散失。
5. 纪：通"记"，历史记录。
6. 责：通"债"，指下狱受宫刑。

四、1.（1）转折，但是，却　　（2）顺接，然后，就
2.（1）完成　　（2）承受
3.（1）写成　　（2）向
4.（1）思想　　（2）诉说

第二编　魏晋南北朝时期

第一章　诗　歌

一、略

二、1. 建造住宅
2. 结伴而归

3. 悠然间，那远处的南山映入眼帘。
4. 刚刚开始想要认识郎君的时候，总是希望两颗心都是一样的渴望彼此。
5. 那风吹到草低处，有一群群的牛羊时隐时现。

三、1.（1）道德水平高的人 （2）国王，君主 （3）我自己 （4）您，对对方的尊称
2.（1）盼望，希望 （2）看，向远处看 （3）声誉，名望，声望
3.（1）通“现”，出现，显现 （2）看见 （3）进见，拜见

第二章　世说新语

一、略

二、1. 一天夜里大雪纷飞
2. 经过一夜
3. 我本来是乘着兴致前往，兴致没了自然返回，为什么一定要见戴安道呢？
4. 举止潇洒脱俗
5. 像挺拔的孤松傲然独立

三、1.（1）至，到 （2）作，制造 （3）培养
2.（1）美丽，俊秀 （2）草木茂盛 （3）凸出，高出，特出
3.（1）延长，伸长 （2）举，拿 （3）拉，拉开

第三编　唐　代

第一章　唐诗五首

一、略

二、1.（1）(huán) 返回 （2）(jiào) 让
2.（1）生起、升起 草木生长 （2）月份 月亮

三、1. B　2. C　3. A　4. B　5. A

第二章　唐代散文

一、略

二、1. 因此，无论地位高低贵贱、无论年纪大小，谁懂得道理，谁就可以做老师。
2. 黔地本来没有驴，有一个多事的人用船运了一头过去。
3. 驴非常生气，用蹄子踢它。

三、1.（1）老师 （2）把……当老师，跟……学习 （3）学习
2.（1）相当于助词“的” （2）代词，指代前文提到的“道”
3.（1）练习 （2）通晓，熟悉
4.（1）不过，但是 （2）形容词词尾，表示“……的样子”

第四编　宋　代

第一章　宋词五篇

一、略

二、1. 无奈地看着花儿在风中凋落，而去年似曾见过的燕子，如今又飞回来了。

2. 日渐消瘦也不觉得懊悔，为了意中人我甘愿憔悴。

三、“秦时明月汉时关，万里长征人未还”“国破山河在，城春草木深。”……

第二章　宋代散文

一、略

二、1. 不因外物好坏和自己得失而或喜或悲。

2. 如果没有这种人，那我同谁一路呢？

3. 春天野花盛开，有一股清幽的香味；夏天树木枝繁叶茂，形成一片葱郁的绿荫；秋天天高气爽，霜色洁白；冬天溪水落下，露出石头。这就是山里四季的景象。

4. 但是鸟儿只知道山林中的乐趣，却不知道人们的乐趣；而人们只知道跟随太守游玩很快乐，却不知道太守是因他们快乐而快乐。

三、1.（1）非常，最　　（2）尽头，极点

2.（1）日光　　（2）景象，景色

3.（1）返回　　（2）聚拢

4.（1）这样　　（2）……的样子

第五编　元明时期

第一章　元散曲

一、略

二、1. 天色黄昏，一群乌鸦落在枯藤缠绕的老树上，发出凄厉的哀鸣。

2. 只有孤独的旅人漂泊在遥远的地方。

3. 黄河的波涛像发怒似的汹涌

4. 潼关一带地势险要，外有黄河，内有华山。

5. 经过的地方

三、1.（1）黄昏，天刚黑的时候　（2）形容头脑昏乱，神志不清　（3）目不明，视觉模糊　（4）糊涂，昏聩

2.（1）外面，外边　（2）外貌，外表　（3）表率，标准　（4）古代的一种文体，给皇帝的书信、奏章　（5）表达，述说

3.（1）行走　（2）行列　（3）做，实施

第二章　晚明散文

一、略

二、1. 每到这一天，全城闭户，(游人) 接踵并肩而来。

2. 只见一个人登场，四周的人屏住声息，(他唱歌的) 声音如细发丝，响彻云端。每唱一字，几乎拖长达一刻之久，飞鸟听了为之回翔盘旋，壮士听了感动得流下眼泪。

3. 不要说相公您痴，还有像相公您一样痴的人啊!

三、1. 古义：读zhǔ，跟随　　今义：属于，归属

2. 古义：歌喉，人的歌声　　今义：人和动物体内接近皮的部分柔韧的物质

3. 古义：我　　今义：剩下的

4. 古义：沉迷，因爱好而入迷　　今义：呆傻，无知

四、1.（1）慢，与中板、紧板相对　（2）推迟，拖延　（3）宽宏，与“严”相对

2.（1）按曲谱歌唱　（2）考虑，谋虑　（3）次，回　（4）读duó，衡量

3.（1）又，再，还　（2）更换，替代

（3）古代夜间计时的单位，一夜分为五更，每更约两小时

第六编　清　代

第一章　文言小说

一、略

二、1. 马子才觉得依靠妻子的财富生活不光彩，常嘱咐黄英为南北宅子各立帐目，以防混淆。

2. 这样清白的自然清白，污浊的自然污浊，对谁也没有妨害。

3.《世说新语·容止》中提到嵇康为人傲然若孤松独立，酒醉时“若玉山之将崩”，后遂以“玉山倾倒”形容醉倒。

三、1. 古义：嫁给　　今义：适合

2. 古义：督促（完成指定的工作）　　今义：功课，课程

第二章　晚清诗歌

一、略

二、1. 形容胸怀革命理想，为使祖国获得新生而奔走

2. 挽救时局命运

3. 杰出的人才，出类拔萃的人物

三、1. 古义：地图　　今义：绘画，用线条、色彩描绘出来的形象

2. 古义：时代，时势　　今义：时间，小时